U0964986

思濂庐文学论稿选

吴淮生◉著

黄河出版传媒集团
宁夏人民出版社

图书在版编目(CIP)数据

思濂庐文学论稿选 / 吴淮生著. — 银川 : 宁夏人民出版社,2015.8

ISBN 978-7-227-06096-3

Ⅰ. ①思… Ⅱ. ①吴… Ⅲ. ①中国文学—当代文学—文学评论—文集 Ⅳ. ①I206.7-53

中国版本图书馆CIP数据核字(2015)第215846号

思濂庐文学论稿选 吴淮生 著

责任编辑 姚小云
封面设计 黄河浪
责任印制 肖 燕

黄河出版传媒集团
宁夏人民出版社 出版发行

地 址 银川市北京东路139号出版大厦(750001)
网 址 http://www. yrpubm.com
网上书店 http://www.hh-book.com
电子信箱 renminshe@yrpubm.com
邮购电话 0951-5052104
经 销 全国新华书店
印刷装订 宁夏报业传媒印刷有限公司
印刷委托书号 (宁)0017827

开 本 880mm × 1230mm 1/32
印 张 7.5
字 数 200千字
印 次 2015年9月第1次印刷
书 号 ISBN 978-7-227-06096-3/I · 1541

定 价 36.00元

目 录

为自由和民主而斗争的伟大战士

——纪念席勒诞生二百周年

18世纪德国伟大的戏剧家和诗人弗利德利希·席勒(1759—1805)到今年(1959年)11月,诞生已经整整200周年了。

席勒是德国民族文学创始人之一,他和歌德都是继莱辛之后的德国启蒙运动文学最伟大的代表。在他二十八年的创作生活中,给德国和世界留下了十几部辉煌的剧作和许多不朽的诗篇。席勒同时还是一个反抗封建专制、反抗强暴、为争取自由和德意志统一的英勇的斗士。他把战斗任务和自己的文学生活紧密地结合在一起,他的创作过程就是他的战斗过程;恩格斯曾称他的戏剧《阴谋与爱情》是"第一部德国政治倾向戏剧"。

18世纪的德国还是处于愚昧黑暗分崩离析的中世纪封建割据状态,全国分裂为三百多个封建小邦,德意志人民生活在黑暗和痛苦中。少年时代的席勒生活也是极其不幸的。他被迫进入制造奴仆的士官学校里学习。就在这样的学校里,席勒接触了卢梭、莎士比亚和歌德的作品。这时他开始了第一部向封建社会公开宣战的伟大戏剧《强盗》的创作。

《强盗》是一部充满抗暴精神的作品。席勒在它的扉页上写下了古代希腊名医希波克拉忒斯的名句:"药治不了的,要用铁;铁治不了的,要用火。"这表现了诗人反抗封建制度的抗暴的思想。剧中年轻的主人公卡尔是一个对封建阶级和专制制度进行了全面反抗的英雄。由于这本剧的鲜明的反抗性,在出版和上演之后简直轰动了整个德国的文坛和剧院。

在《强盗》获得广大声誉的同时,席勒遭到了统治阶段的迫害,他流浪了十一年。

在流浪的岁月里，席勒并没有停止他对封建制度的攻击。这一时期，他写出了一系列的剧本，其中最著名的是《阴谋与爱情》。《阴谋与爱情》描写了贵族阶级和平民阶级的冲突。这部作品是一个沉痛的控诉，它强烈地谴责了封建等级制度的不合理以及它给人类纯真爱情带来的残害。

席勒热烈地向往着德意志祖国的统一。在18世纪最后的年代(1799年)，他写出了以德国30年战争为背景的伟大的历史剧《华伦斯坦》。剧中体现了德意志人民争取实现民族统一的要求，华伦斯坦是一个具有统一祖国的愿望和意志的英雄，他的悲剧正是德国陷于长期分裂的社会悲剧的历史性的反映。

在席勒创作生活的最后几年中，他的作品的爱国主义和人民性达到了高峰。《威廉·退尔》剧中的威廉·退尔出身于猎户，是一个人民的儿子，他领导人民进行了争取民族解放和祖国统一的斗争。

除了戏剧之外，作为一个民族诗人的席勒，还写下了许多璀璨的诗篇。他创作了举世闻名的哲理诗和歌谣体诗。在这些诗篇里，同样表现了诗人对劳动、对和平生活的热情颂赞，以及对自由和未来的无限向往。

但是，和任何一个伟大的古典作家一样，由于时代的和阶级的制约，总有其局限性。席勒在哲学观点和美学观点上便陷入了唯心主义。席勒世界观中的这些矛盾，正是当时德国社会中多种矛盾的反映。席勒死后不久，他的作品在反对拿破仑侵略战争中，对德国青年的爱国主义精神起了极大的鼓舞作用。

今天，诗人所向往的和平自由的美好理想，在世界上很大一部分地区已经实现。现在，我们来纪念席勒——这位伟大的爱国战士和诗人诞生二百周年，就更有现实的意义。

（原载《宁夏日报》1959年11月）

从宁夏人民生活中产生出来的诗

——评长诗《沙原牧歌》

漫天黄沙，遍地狼烟，地主恶霸凶如虎狼，穷人弟兄苦难无边——当我们翻开朱红兵同志的长诗《沙原牧歌》的时候，作者把我们带到这样一个永不复返的暗无天日的岁月。那时，我们美丽富饶的宁夏川，虽然是一样的“东靠黄河西靠山，年种年收水浇田”，但是，却是“家家没吃穿”。因为“吃肥了马家众匪官，大小地主吃红眼，百姓怎能不饿干？”长诗《沙原牧歌》，就是通过一对农民青年男女——王夫和吕秀兰——爱情的悲欢离合，在一定程度上真实地反映了解放战争这一个特定的历史时期中，农民和地主之间的尖锐的阶段矛盾。农民在忍无可忍的情况下起来向地主阶级进行了斗争，并在共产党的领导下，在八路军的帮助下推倒了在自己头上作威作福、横行霸道的地主阶级。作品也真实地描绘了农民在激烈的斗争中，终于找到了党、找到了解放自己的道路的成长过程。

长诗的主人公王夫和秀兰是一对在苦难中长大的孩子。秀兰和王夫的父亲都死于恶霸地主之手，王夫出世三天就死了母亲，王夫是在秀兰母亲的抚养下长大的。他和秀兰是“一个母亲两个奶，喂奶一起搂住怀；一个桃子两人分，王夫秀兰一样亲”。共同的命运从小就把他们紧紧地联结在一起。作者通过对他们共同的阶级感情的描写，表现了他们的纯洁真挚的爱情，用这样的生活逻辑向读者证实了爱情的阶级性。

王夫和秀兰有着共同的美好而倔强的性格。秀兰不但模样长得像花一样，更重要的，是从小的劳动生活把她锻炼得聪明伶俐，文武双全。因此在她的家里“整天媒婆乱踏门”，然而，“天下人儿无计数，秀兰心爱一个人”，秀兰是个有主见的姑娘。她爱王夫心地善良，劳动好，秀兰把整个心都放在王夫身上，而王夫也是从小就“挖出‘天津’给妹妹，挖出小草自己拿”。长大了便是“糠干粮虽少哥的心，掏出来两人平半分”。作者在关于他们爱情的描写中，给这两个青年的形象赋予了一定的艺术生命，但是只有当他们把彼此间美好而深挚的爱情和对地主阶级的仇恨交织在一起的时候，当他们在反抗地主牛如山破坏他们爱情的斗争中更加紧密地连在一起的时候，当他们找到了党并把自己的命运和革命紧密地联系了起来的时候，他们的生命才真正地放射着光彩！

是的，在黑咕隆咚的旧社会里，王夫和秀兰的善良的愿望，是不能够实现的。恶霸地主牛如山的魔爪，伸进了秀兰的家，牛如山使尽毒计，企图把王夫冻死在雪里。又拆了他家的屋子，把他断了腿的父亲王库扔在雪窝里活活冻死，还要抓他的壮丁。王夫跑了，牛如山就把秀兰捉到自己的家中，逼她屈从，威胁利诱都不成，就强迫她做婢女来百般折磨她。在这里，地主阶级对农民的残暴，通过牛如山对王夫秀兰爱情的破坏的种种毒辣手段得到了集中表现。农民不仅经济上政治上遭受剥削压迫，连最起码的生活权利也遭到地主阶级无情的摧残。残酷的现实告诉人们，要想活下去，就得起来斗争！王夫和秀兰走的就是这条斗争的道路。

王夫和秀兰的爱情被牛如山破坏了，但他们并没有屈服。秀兰始终坚贞不屈；王夫呢？打了牛如山和保丁，奔向边区。这是王夫整个生活的一个重大转折点。

在对地主牛如山的斗争中，我们清楚地看到王夫和秀兰逐步地成长和坚强起来。

在他们接触了革命，受到党的教育以后，他们把争取个人幸福的斗争，和整个劳动阶级的解放事业联系起来，把对牛如山的血海深仇和对整个统治阶级的斗争联系起来。因此，“胡宗南占了延安城，马匪在宁夏也调兵”的时候，王夫就毫不犹豫地带头要求参军。

当时秀兰虽然没能随八路军撤至南山，但是她沉着镇静地巧施计谋，灌醉了牛如山和马家的匪官，夺了枪支，打死了马匪军，在路上还搭救了被俘的同志，后来自己被俘，受尽了酷刑，但始终是坚强不屈。在这里，我们看到的，已经不是一个柔弱的农村姑娘，而是一个具有大无畏精神的革命女英雄了！秀兰的性格，到这里发展到了高峰。最后，在千钧一发的时候，八路军终于赶到了，救出了秀兰。经过了生死的斗争，她和王夫的爱情更加深厚了，并且进入了一个崭新的阶段。他们共同走上了革命的道路，王夫还是当他的骑兵，秀兰背上了红十字药包做了八路军里的白衣战士。

王夫和秀兰的爱情故事，他们在对地主阶级的斗争中的发展成长，生动地说明了爱情必须具有共同的阶级基础；深刻地暴露了地主阶级的凶残和毒辣；更重要的，在于指出了农民阶级解放自己的道路——只有依靠党的领导，把个人的自发复仇斗争和整个阶级解放事业联系在一起的时候，才能获得胜利。长诗在塑造王夫和秀兰这两个青年农民的形象中所揭示出来的全部意义就在于此。

作者在塑造秀兰和王夫这两个人物形象时，是通过对劳动、爱情和斗争等多方面的描写来表现他们的。作者把他们放在阶级斗争中去描写，因而使得他们的性格成长更加合乎生活真实。因此，一般地说，这两个人物形象是比较丰满和有血有肉的。特别因为写的就是我们地区人民的生活，所采取的又是三边一带的民间说唱形式，因此，人物和故事都使我们倍加亲切。这首先当然是由于作者熟悉当地人民的生活和斗争；其次，在表现手法上作者也的确是花费了不少心血的。

作者善于选择切近生活的和富于地方特征的形象来加以描写，善于用对比和起兴的方法来突出和引起所要描述的事件。这些都是我国民间文学特别是民歌的传统艺术特色，作者吸取了这些优点并成功地运用在自己的诗中。如:“针尖刀尖锥子尖,/尖刻莫如牛如山;/干山石头要蒸酒,/荞麦皮榨出油点点。”

针、刀子、锥子、干山石头和荞麦皮都是切近生活的形象,而且后两者又都富有地方特征,作者就选取了这些形象来加以比喻:把针、刀、锥子等和牛如山的尖刻相似的形象联在一起,这就准确而生动地描绘了地主阶级对人民敲骨吸髓的剥削和压榨。

长诗的开头“楔子”,实际上是一种起兴,采用说唱的形式引出下面的故事,尾声是故事说完了以后的一个照应和交代,也是说唱的形式,这就使得作品不仅结构完整,饶有风趣,而且加强了它的故事性和真实性。这些都是我国古代民歌(如《孔雀东南飞》)、说唱文学(如说书)和现代民歌常用的为广大群众所喜爱的形式。由于长诗很自然地运用了民歌中“信天游”的形式,语言是道地“宁夏式”的,或者说是道地“三边式”的人民的口头语,就赋予长诗浓厚的地方色彩和乡土气味,读起来亲切、和谐。

总之,《沙原牧歌》无论从思想上、从艺术表现上看,都不失为一首较好的长篇叙事诗,在我们宁夏的文艺园地里,这还是第一部较成功的长诗。应该说这是一个可喜的收获。我们可以高兴地说:这是从宁夏人民生活中产生出来的诗。

最后,想谈一谈这首长篇叙事诗的一些缺点和不足之处。

第一,在主要人物塑造上,我们感到人物性格中某些东西还不够协调和统一。比如当王夫在秀兰家里打走了牛如山以后,牛如山设计谋害王夫,叫他雪地砍柴,这时作者描述王夫的心情是:“有心装着没听见,又怕丢了破饭碗,心里愁的直冒火,无奈吞声挪脚步。”这样软弱,和以前赶走牛如山以及后边用椽打倒了牛如山和保丁的那种刚强勇敢的精神是不相谐调和统一的,而且也削弱了这个艺术形象的力量。

第二,在人物性格的发展中,党的教育和影响的作用体现得不够清楚。在和解放区仅有一山之隔的地方,平时不可能不直接或间接受到党的教育和影响。但是，这一点在王夫进入边区之前，我们在诗中是看不到的，因此，王夫的奔向边区就显得没有思想基础，而是自发性的行动，这也就多少妨碍了把这个形象塑造得更高、更完整。至于秀兰，虽然写到了她和八路军的接触，但是时间非常短，也没有明确地写出她怎样受到革命的影响，但后来她却变得那样勇敢无畏，就显得突然，中间缺乏必要的发展过程，令人感到未免有些牵人就事。特别是"鼻涕眼泪的把儿劝"那一节中，把吕大娘写得过于软弱了，没有写出她的阶级反抗性，看了使人觉得很不舒服。一个"爱女如爱命"的寡妇母亲，当恶霸要夺取她女儿时，是绝不会反而劝女儿去自投火坑的，因而，在这一点上，也是不符合生活真实的。

此外，作品在形式和语言上虽有一定独特的风格，但在情节和结构上独创性还是不够的；语言上个别地方也有粗糙和勉强凑韵的地方。如"想在脑中画心田"之类，甚至不合口语习惯。

我们提出这些缺点和不足，并不妨碍对长诗的基本肯定，只是力求对它做一个比较客观的分析，提出这些意见，希望作者通过修改使它更臻完美而已。

（原载《宁夏文艺》1960年第7期）

沃土春风诗花美

我们的诗苑，在粉碎“四人帮”的文化专制主义以后，呈现出百花齐放的盛景。这些诗，尽管题材多样，风格迥异，意境各别，但其中好的作品却有一个共同点：都是从火热的生活中涌现出来的，是斗争的烈焰铸成的。

请看一首小诗。

人流，车流，／汇成条滚滚的小河；／歌声，笑声，／激起欢乐的水波。//早晨，小河从大街流进工厂，／多少新闻在波浪上传着：／报上又登了咱大干的消息，／师傅的嗓音上了广播……//傍晚，小河从工厂流向大街，／多少捷报在河面上飘着：／任务，完成了，提前完成！／指标，超过了，再次超过！//车流，人流——滚滚的小河，／笑声，歌声——欢乐的水波。／小河载着理想的船哟，／每天在厂里流着，流着……

（邓海南《厂里的“小河”》，《诗刊》1977年第5期）

作者是个青年工人，身在火热斗争第一线。通过日常的观察、体验、分析、综合，抓住工厂中每天上班、下班这样普通的情景，用短短十六行诗句勾勒出一幅色调明朗、气氛欢快的图画，从一个侧面生动地再现了工厂里大干社会主义的红火景象。在同一组诗的另一首《新竹》中，作者是这样描写工人对生产指标栏的感情的：“说黑板像块肥沃的黑土，／把箭头比作一片春笋”。将“四人帮”干扰、破坏抓革命、促生产比喻为沃土“被严寒封冻”，“箭头也像被压的笋芽，/拼足力气也钻不出土层”。今天排除了“四人帮”干扰后，则像“沃土上洒下一场甘雨，/春笋充满活力竞相上升”。构思新颖，形象贴切，感情炽烈，对照鲜明。如果对“四人帮”没有强烈的憎恨，对工厂生活没有较深的感受，是写不出这样感人的诗句来的。

生活真是无际的沃土呵！——像这位年轻的工人作者深情地赞美生产指标栏一样，我们不禁这样由衷地来赞美生活对诗歌创作的决定作用了。

但是，我们也常常看到一些反映工厂生活的诗，写工具不外乎“十八磅大锤”，写车间离不开“马达轰鸣，机器飞转”，写工人的干劲总是“汗珠落地成八瓣”之类。看起来似乎无可非议，但是千篇一律，形象不生动，语言很干瘪。

为什么会这样呢？原因大概不出两种情况。

一是不深入生活。即便有时来到第一线，也是跑马看花，浮光掠影，不愿进到生活海洋的深处，见到几点浪花，便当作闪光的珍宝。看到别人写过“大锤”“马达”“汗珠”，也就自觉或不自觉地模仿这样的路子写。诗贵创新，如果不扎实地深入生活，寄幻想于某种“捷径”，就像鹦鹉学话，纵然惟肖，也是“齿牙余慧虽偷拾，那识雷同转可羞”，怎么能写出感人的诗篇呢！

一是虽然身在生活中，也有一些感受，但却不善于从生活宝藏中深掘诗的原料，也就是说不善于认识生活和提炼生活。于是，许多有诗情画意的生活素材每每从眼底轻轻滑过，不以为意。

不是吗？《厂里的“小河”》和《新竹》两首诗，表现的是人人共见之景，抒发的也是工人同志共有的革命之情，但是，却不是生活在工厂中的每个同志、甚至不是每个爱好诗歌的同志都能写得出来的。作者，唯独作者，在他自己的生活感受中，对生活素材进行了提炼，把人流、车流、歌声、笑声这些常见的事物集中、提炼和典型化了，从鲜明的形象中，艺术地、具体地、巧妙地体现出揭批“四人帮”、掀起工业建设热潮的主题，才使诗不仅有浮雕似的画面，而且有较高的境界。所以，只有深深扎根于生活的沃土中，才能诗花烂漫春意浓。

（原载《宁夏文艺》1977年第6期）

学习札记:努力提高艺术感染力

周恩来同志《在文艺工作座谈会和故事片创作会议上的讲话》中说:“有人问我:文艺的教育作用和娱乐作用是否是统一的?是辩证的统一。群众看戏、看电影是要从中得到娱乐和休息,你通过典型化的形象表演,教育寓于其中,寓于娱乐之中。”这一段话,深入浅出地阐述了文艺的本质、特点及其和读者、观众的关系,读来亲切感人。

古今中外的文艺作品,浩如烟海,复杂纷纭,光怪陆离,令人眩目。但是,用马克思主义的观点透过现象探本求源,便发现所有的文艺作品有一个共同的本质,都是社会意识形态,是一定经济基础上的上层建筑;它们总是为一定的经济基础服务,宣传一定阶级的世界观和政治理想的。因此,文艺也总是具有教育作用,总是有所为而作的。不过,由于阶级的不同,文艺作品的教育作用也区分为革命的、进步的教育或者是反动的作用罢了。

但是,文艺的教育性却不像是做政治报告或讲哲学课那样直接和明显,它带着自身的特点,即通过艺术的手段,典型化的方法,使读者或观众为作品内容的悲欢离合、情节的波澜起伏而激动,和其中的人物一同歌哭、一起嬉笑怒骂,从而不知不觉地在潜移默化中接受它的教育。当然,文艺作品和读者、观众的关系,虽然也是教育和被教育的关系,但是,教育者不是表情严肃的教员,而是激动人心的故事,栩栩如生的人物,优美动听的歌曲,热情洋溢的诗篇,妙趣横生的相声……受教育者也不是惟恭惟谨的学生,而是艺术的爱好者。影院上映一部优秀影片,尽管人们明知观看它要付出眼泪，还是要争先恐后地买票；一部好的小说刚摆上书店的货架，就立即引来购买者的队伍，购书者完全是自觉自愿地排队。因为群众喜爱艺术欣赏和美感享受，需要娱乐和休息，渴求有丰富的精神生活，而这些要求，正是文艺能够给予满足的。“革命之所以于口号，标语，布告，电报，教科书，等等，之外，要用文艺者，就因为它是文艺。”

由此可见，文艺的教育作用和娱乐作用的辩证的统一，教育寓于娱乐之中，是马克思主义美学的一个基本原理。林彪、“四人帮”拼命抹杀文艺的特点，大肆批判文艺的娱乐作用，诬蔑娱乐性是“传播资产阶级世界观”。“麻痹人民的斗志，腐蚀人民的灵魂”，“搞和平演变”，等等，不一而足。他们这样做，把罪恶的矛头直接指向我们敬爱的周总理。这一点，在周总理这篇讲话公开发表之后，就使人看得更清楚了。他们这一套谬论，也是反马克思主义的。恩格斯在论及现实主义的时候，曾说：“作者的见解愈隐蔽，对艺术作品来说就愈好。”这话的意思是指现实主义作品的思想倾向性应当蕴含于艺术形式之中，显然也就是寓于欣赏和娱乐之中。林彪、“四人帮”完全违背艺术作品的这一规律。他们禁止艺术的欣赏和健康的娱乐，把人民的精神生活领域搞成沙漠。他们炮制的那些所谓作品，艺术形式粗劣不堪，公式化、概念化，但宣扬个人迷信、鼓吹“与走资派作斗争”的反动思想倾向却十分明显，毫不隐蔽。其实，他们根本无意于给人民以文艺的娱乐，只不过是利用文艺来把他们篡党夺权的政治阴谋和狼子野心做一番化装表演罢了。他们反对党的双百方针，搞一花独放，年年组织“样板戏”汇演、汇映，每次都下令群众必须到剧院、影院去“受教育”，翻来覆去，无非是那么几出戏，你不想再看了吗？就扣你一顶“反对样板戏”的帽子，而“反对样板戏就是反革命”。请看，其对人民精神生活的专横压制，对艺术的特点和规律的粗暴践踏，到了何等肆无忌惮的地步！

20世纪30年代，梁实秋之类的资产阶级文艺家有意掩饰文艺的阶级性和教育性，只承认文艺的娱乐性，鼓吹为艺术而艺术，是极右的表现，曾受到鲁迅的痛斥；林彪、“四人帮”蓄意否定文艺的娱乐性，只承认所谓“教育性”，宣称艺术即政治是极左的表现。两种文艺观貌似对立，实质相同，都是为资产阶级政治服务的形而上学观点。只有坚持教育性和娱乐性的辩证统一，才是马克思主义的文艺观，从这种观点出发，才能借助文艺使人民在娱乐和休息之中逐渐培养崇高的思想、革命的情操、战斗的意志和前进的勇气。鲁迅说得好：“生存的小品文，必须是匕首，是投枪，能和读者一同杀出一条生存的血路的东西，但自然，它也能给人愉快和休息……它给人的愉快和休息是休养，是劳作和战斗之前的准备。”这是革命的小品文的作用形象的解说，对于革命文艺的作用也是适用的。

既然，文学的教育性必须寓于娱乐之中才能发挥作用，那么，作品在具有正确思想内容的前提下，其娱乐作用愈能充分发挥，教育作用相应地也应该愈大。正是如此，我们必须不断提高作品的艺术魅力以感染和吸引读者、观众。当然，文艺作品政治内容和艺术形式的位置，决不能颠倒，必须以前者居第一位；但二者的关系又是统一的，寓教育于娱乐之中，正是体现着这个统一。毛泽东同志指出：“我们的要求则是政治和艺术的统一，内容和形式的统一，革命的政治内容和尽可能完美的艺术形式的统一。缺乏艺术性的艺术品，无论政治上怎样进步，也是没有力量的。”

缺乏艺术性，也就是缺乏可供读者、观众欣赏和娱乐的艺术感染力，那样的作品人们都不愿看，自然也就收不到教育人的效果。

由于“四人帮”的干扰和破坏，一段时期文艺作品的艺术性，几乎成了“资产阶级文艺思想”的同义语和代名词。这种极左思想现在还有一定的流毒和影响，有待肃清。因此，当前，在保证作品的革命政治内容占首位的同时，应当提倡磨炼艺术技巧，强调增进作品艺术形式的完美，努力提高艺术感染力。用这样的办法来增强文艺作品的娱乐性亦即它取悦读者、观众的能力，也就加强了它的教育作用。两年多来,已经出现了一批革命的政治内容和比较优美的艺术形式相统一的话剧、短篇小说、报告文学等作品,它们把具有深刻教育意义的内容溶在使人欣赏、娱乐、享受的优美形式之中,叩响着亿万读者、观众的心弦。但是,也应当看到,近年来,我们的电影,令人屡看不厌、从中得到深刻教育和充分娱乐休息的作品还比较少见;我们的新诗,满纸豪言壮语而内容空泛、缺少真情实感和艺术魅力的作品却并不鲜见。事实说明,我们在文艺方面的成绩,还远不能满足广大读者、观众日益增长的需要,还要继续努力。学习周总理的讲话,明确了文艺作品的教育作用和娱乐作用的关系以后,我们就应当进一步解放思想,大胆创作,努力提高作品的艺术力量,以革命的政治内容教育群众,用优美的艺术形式、多样化的题材和风格满足他们多种多样的审美和娱乐的要求。

生活之树常绿

——陈所巨和他的诗

一

我坐在陈所巨颇为简陋的宿舍里。外面有人敲门,一个陌生的青年走进来,也是从外地来的,比主人还年轻。他的第一句话是:"我是从《早晨,亮晶晶……》这组诗开始知道你的……"

是的,结识一个诗人,往往是先从读他的作品开始。大多数读者——也包括我——正是因为1979年10月号的《诗刊》发表了这组诗才认识陈所巨的,虽然其中百分之九十九的人至今肯定还没见过组诗的作者本人。要不是这组诗,我即便同样有个机会从遥远的塞北来到这长江岸边的古城,对陈所巨,也将会和这里的大多数人一样,相逢不识,交臂而过。

那么,在诗歌的海洋中,《早晨,亮晶晶……》这朵浪花,为什么如此引人注目呢?好在原诗不长,就全文引在这里:

晨光镀着启明星,/像宝石,亮晶晶。/晨光溶进小溪水,/像琉璃,亮晶晶。//初阳照着紫茄,/像紫玉,亮晶晶,/初阳照着红椒,/像玛瑙,亮晶晶。//绿叶上的露珠像珍珠,/灼闪闪,亮晶晶,/风舍不得揉,雾舍不得碰,/溪边菜园的早晨,亮晶晶,亮晶晶……//大嫂走进菜园,/像活的雕塑,镀着金。/她伸手摘下紫玉、玛瑙,/然而那么轻,那么轻。//他回来了,昨夜刚进门,/撷些时鲜蔬菜叫他尝尝新。/当然,更要他记住,当干部，/有责任保护这亮晶晶的早晨。

这是一幅多么鲜美的农村早晨的图画。没有粉饰、矫作和雕琢，有的只是纯朴、自然的农村景色。你看，启明星、小溪、紫茄、红椒、露珠，以及大嫂摘菜，在农村里不都是经常看见的吗！而作者把它们诗化了，变成了宝石、琉璃、紫玉、玛瑙、珍珠，以及活的雕塑。比喻得那样准确传神、色彩鲜明，使平常的事物变得美好了，达到了诗的升华。然而诗人并没有到此为止，而是从这些美好的事物中进一步概括和提炼出它们共有的、形象的特性：亮晶晶。于是，一个透明的、浮雕似的农村的早晨就活生生地展现在我们的面前。它是这样的明丽、清新，散发出泥土的清香，充溢着农村生活的气息，从而以它特有的魅力在读者心灵的琴弦上引发了诗的共鸣。甚至在诗的结尾，作者很明显地要表达的思想，也是和形象融合在一起而被诗化了的。在诗句背后那位大嫂心里的潜台词，大约是“当官的要好好帮助咱使农村的日子富裕起来”哩。

我们知道，在十年的灾难中，从根本上说是没有诗的，有的不过是政治口号的堆积和假、大、空的玩意儿。真实地反映生活成了“罪状”。粉碎“四人帮”以后，新诗挣脱“帮”的枷锁，朝着解放的路上迅跑。诗人们思考着：怎样用新诗吹起解放思想、发扬民主、实现四化的号角，用诗来表达积累了十年之久的愤怒，用诗来历数和鞭挞“四人帮”擢发难数的罪行；同时也思考着诗怎样真实地反映生活。但是有些诗人还没有来得及充分地把视线投向农村生活海洋的深处。就在这个时候，陈所巨，带着他的《早晨，亮晶晶……》和其他许多描写农村生活的佳什大步走上诗坛，像是又打开了一扇面朝农村的窗户，顿时吹进来一股新鲜的风。他的诗把我们带进了三月绯云般桃花林，五月火红的石榴村；把我们带到三伏天的老枫树下，早晨的鱼池旁，浮着白云般鸭群的小河边，预算工分值的会计室中……使我们看到一幅幅农村优美的风景画和生动的风俗画，听到农村姑娘和小伙子们快乐的笑声，感受到农村妇女灼热而真挚的爱情……总之，他将我们带进了一个多年来很少见到色彩纷纭、充满生活情趣的农村世界。它具有典型性。从地域上说，它既不是北方农村，也不是南国乡野，就是沿长江一带的乡村；从环境来看，它不是50年代，不是60年代，更不是林彪、“四人帮”横行时期的农村，而就是“四人帮”垮台以后的农村，是党的各项政策正在逐步落实的农村。贫穷融合欢乐，落后闪现希望。“乡村哟，笑往外淌，五月哟，喷香喷香。”陈所巨诗中的农村就是“这一个”。真实而艺术地反映农村生活的现况，带有相当的典型性——我认为，这就是陈所巨的诗能一下子就引起读者瞩目的奥秘所在。这也是现实主义对诗歌的要求。车尔尼雪夫斯基说：“美是生活。”我们是不是可以用陈所巨的诗作为例证来套用一下：诗是生活！年轻的诗人，也并非一定要写扑朔迷离、光怪陆离的作品，才能独辟蹊径。忠实于生活，真实地反映生活，诗才有蓬勃的生命力。请允许我再翻造一句歌德的名言：生活之树常绿，[1]而脱离了生活的“诗”却是灰色的，不是虚幻的梦，就是概念的游戏。

二

既然诗是生活，那么诗人，同时就应该是生活海洋里的弄潮儿，恣意地畅游的人。陈所巨是在长江边上的乡村里长大的。从小，他赤足在泥里打滚，摸鱼捉虾，走遍了家乡的湖港河汊，他穿房串户，摸透了爷爷、伯叔、奶奶、婶子们的脾性；他跟在大人后边劳动，学会了从犁地、插秧到割稻的全套农活，直到上大学的年代，每年寒暑假回来，还要做五六十个劳动日；他也和乡亲们一起经历了十年冰霜的严峻岁月。概言之，他对农村生活是熟透了。他说：

---

①歌德原话是“生命之树常绿”。

"我热爱成熟的田野、生我养我的乡村,热爱乡村中勤劳、正直、善良、憨厚和容易满足的我的父母兄弟姊妹。"是的,他就是他们中间的一员啊!所以,才能信手拈来,仿佛毫不费力地表现他所熟悉的东西——那些在一些读者看来是如此新鲜、如此引人的东西。请看,"傍晚,一阵晶亮亮的黄梅雨,/地畦里流,垄沟里淌。/青蓑绿笠出村庄,插薯秧。/好炙口的黄梅调,翻新腔……"真是情趣盎然,风致隽秀的图景。五月,梅子熟了,"新嫂子上工梅树下过,/想吃梅子不敢讲。/故意步子慢,/瞅瞅没人,急忙忙,/摘了几颗口袋里藏。"多有风趣,生活气息多浓!读到这里,我也好像尝到了梅子的酸味,不觉口生津液了。至于"孩子们溪里摸鲫鱼,/一身泥浆",这不就是作者自己幼时的形象吗!没有深厚的生活基础,不和农民同呼吸、共命运,怎么能写得这样生动,令读者如闻其声、如见其人、如看其景!

然而,亲爱的读者啊,大家都知这样的情况:并不是每个熟悉农村生活的作者都能写出反映农村生活的好诗。生活为诗歌创作提供了肥沃的土壤,但是,能不能长出茂盛的庄稼,还要有其他许多条件。要把热情倾注在这片沃土上,要有对新事物的敏锐的感受力,要有深入细致的观察力和艺术的概括力。陈所巨正是这样。由于生活而建立起来的对农村的热爱之情,使他从农村的一点一滴的变化中,敏锐地感受到"今天,党又把绿色交给我们",从"金银雨"中,看到"农业现代化的雨点哟,/正敲打着乡村古老的窗棂",在五月欢乐的黄昏中,注意地听到"落实政策咧乡村变样"的歌声。他往往把自己的感受,用"卒章显其志"的传统艺术方法,在诗的结尾处画龙点睛,在形象的波涛上托出。这样,就加重了诗的思想的容量和深度,不仅仅是单纯的农村小景(单纯的小景也是可以的)了。再看"池塘里,春风撩起细碎的波纹,/像撒下的一张网,慢慢收拢,/网住了啥呀——几株尖尖的芦笋。"没有深入的观察,能够刻画得这般细致逼真吗?同样,没有艺术的概括力,也不能够从一个普通的农村早晨中提炼出它的“亮晶晶”的精髓来。此外，他的诗的构思、比兴、语言诸特点和具体的艺术表现方法还有些东西可谈，但那就显得冗长，只好暂时割爱了。

三

陈所巨是年轻的，今年才三十三岁，是一个值得羡慕的年龄。但是，比起许多前辈诗人来，他登上诗坛的时间，已经不算很年轻了。为什么呢？是从前缺乏生活的源泉吗？是获得缪斯的青睐为时过晚吗？是他刚刚才异想天开地突然爱好起诗歌来吗？不是，都不是！在漫长的三千六百多个日子里，他经过了从大学生到毕业走上工作岗位的历程。那时候，真话不能说，“吟罢低眉无写处”；假话不愿说，“如果语言不能表达内心，不如做个哑巴”。这就是陈所巨做人的一种态度。所以，只好用打扑克和聊天来打发八小时以外的很多时光。就这样，让时间蚕食了十年青春的生命，在这个意义上，也许可以说是“长不逢辰”吧。然而，这段时间也并非完全是生命的空白。他观察、思考、积累、准备，终于，当春风化雨吹洒广大的原野和文艺花园的时候，一棵诗的幼苗就破土冒尖了。他从发表前面说过的那组有影响的诗至今天，还不到两年的时间，确实是诗苑里的一株新杨。但这是一棵钻天杨，长得很快。在短短的二十个月内，他发表了一百一十几首诗，平均每月刊载五首。这个数字意味着什么呢？从“四人帮”横行时期“做了十多年哑巴”到今天能够“看见了什么，就说了什么”，这个天渊之别的变化，不是说明了今天我们的党、我们的国家、我们的社会给一个年轻的诗歌作者的成长提供了充分的条件吗？在陈所巨这样的年华，恰恰遇到了今天这样的好时期，我看，更应该说他是长逢其辰，很得其时了。这样，我们也就明白了究竟是什么东西在催促陈所巨勤奋地咏唱、经常地磨炼自己的艺术才华了。“让我们饱蘸青春的浓彩／书写人生最光辉的一页。／建设，夺回我们曾失去的一切！／建设，让祖国跃入世界先进的行列！”这就是陈所巨的动力，这就是一个年轻诗人的回答。

陈所巨毕竟还是一株新杨，他的诗固有清新健美的特点，但还不够深沉。在构思、意境和语言等方面也还有其粗糙之处。因此还需要不断琢磨、不断修养，才会取得新的突破。一株新杨也许不畏风吹雨打，但却要提防树干内的害虫。作诗，是需要浪漫主义的；做人，则必须谦虚谨慎。今天的陈所巨是很纯朴、很谦逊的。我们相信他决不做艺园中的昙花，一定十分珍惜自己的艺术生命。

生活之树常绿！

我们期待着：在生活的沃土上，新杨有一天会长成诗苑中的参天大树！

（原载《振风》1981年7月创刊号）

白杨树怎样才能挺拔

——读柳风的诗

银南的朋友给我寄来了柳风的一束短诗。就像是从春天的塞上原野采来一大束各种颜色的野花插在我桌上的花瓶里。它们没有牡丹、玫瑰等名花那样浓紫重朱、香艳夺人。却以俏丽的色彩和淡雅的芬芳,使我的房间洋溢着春天的情趣。自然,这个比喻是不完全恰当的。野花插在瓶里不过维持数日的新鲜而已;柳风的诗花却能常葆色泽和香味。

我原来并不认识柳风。大约是今年7月间的一天吧,《朔方》诗歌编辑贾长厚拿来一张建议邀请参加“塞上诗会”的作者名单,其中就有刘进忠(即柳风)这个陌生的名字。诗会举行时,他来了,出乎我意料的年轻。但由于我忙着张罗会务,竟没有抽出时间和他一谈,更使我感到歉疚的是,直到现在,我的记忆里还很难清晰地再现出他的面影。不过,我却注意起他的诗来了。虽说是短短的几首处女作,但新颖而又充溢希望,稚嫩却不纤弱,像闪亮的露珠、清澈的山泉,在我的心上留下了深深的印痕。

春华秋实,是自然界的规律,是人类生产实践活动的过程,也是古老的诗题。而在年轻的诗作者心目中,它却是色彩缤纷而又诗意盎然的。于是,在柳风的诗里,便构成了这样新鲜的意境:“生活和希望,把花的梦/浓缩成秋天金黄的色彩”。

为什么一个老生常谈的题材一经调度,便使人仍然感到新鲜呢?那是因为作者运用他艺术的感觉从平常的生活中捕捉到蝴蝶般美丽的诗的意象,使它“真实的形体与璀璨的颜色,伏贴在雪白的纸上,”(艾青:《诗论》)。花是没有梦的,作者把自己对春天的希望赋予了花，而把它人格化了，又用“梦”这样富于情致的词和“浓缩”这样准确的语汇将春天的希望表达出来，于是，就凝成了诗的意象。对意象的把握和用语的准确溶在一起，显示了构思的奇妙，从而推陈出新了。

把握意象也好，构成新鲜的意境也好，都是和作者对生活的执着的爱分不开的。没有对“秋天金黄色彩”的强烈渴望，怎么会感受到花竟会有梦呢？再如，在一般的印象里，林中的晨光总是清新的，使人精神爽快的；而柳风却更进一层，从树梢上捕捉到别人没有感受到的意象：“带着大地的期盼／带着荷锄（本文作者按：这里似应加个“者”字）的夙愿／树梢拽住了金色的光线。”（《心愿》）对农民的感情没有相当的体验，怎么能给树梢这样的力量呢！

对生活执着的爱，很重要的表现形式便是对美好事物的追求。这也是柳风的诗给人以新颖感觉的一个侧面。请看：“夜已远去，星也躲开／春神从梦中欠起身来／把无数的窗帘拉开／一画板嫩绿的清香／一画板嫣红的色彩／晨鸟，欢歌一片光明的爱。”（《春晨》）多么明丽的色彩多么欢悦的歌音哪！“夜是一片绿叶／你是洒在叶上的露华／梦是春藤般的小径／你是照亮小径的灯”（《给星》）多么美丽，多么有诗意的星！如果没有对美的事物的强烈追求，很难想象能构成这样光明美好、不落俗套的新鲜意境。

柳风是年轻的，诗也是稚嫩的，他自己也意识到这一点。在另一首《给星》中，他唱道。“在灿烂的银河中／你是多么小的一颗呀”。看得很清楚，诗中是寄托了作者年轻的情怀的，语气也像孩子般的稚嫩。但，却并不纤弱。星，虽然小，却“发着淡淡的光／然而在我心中／宛如绿丛中闪亮的露珠般的眼睛”。星，无论多么小，总是发光的，哪怕只是一个模糊的亮斑；人，爱诗的人，不管多么稚嫩，“对所看见的、所听见的、所触到的”（艾青语）也要用诗歌来发言，向世界，表达着自己的观点和感情；而且，在不断的发言中使自己的诗从一根新芽成长为一棵树。

然而，从新芽长成树却并非易事，首先，需要有丰厚的沃土让它的根须得以向深广伸展，其次，要有充足的阳光雨露和适宜的养料使它枝干日益壮实；同时，还要不失时机地修剪枝条以保证它向上发展。柳风的诗是新鲜、稚嫩、带着朝露晨光的；但是，正因为是新芽，在空间的位置很细小，所以他的诗中的天地也是狭小的。所写的东西大都不过是星、月、云、风、春晨、夜梦、爱情……就这些事物，虽然也可以写出很好的诗，但同时，又限制着诗人更大的发展。星和月在科学原理上都是宏观世界，而在诗歌中，却往往不过寄托个人的某种情怀。作为诗人，应当把他的艺术视野尽量地放大开来，投射在时代宏伟的背景上，才有可能写出拨动群众心弦的好诗。正因为如此，赵恺才能从一个妇女产假期满推着婴儿车去上班的平凡的生活景象中，唱出了《第五十七个黎明》这样震撼人心的歌声。

我不大了解柳风的具体情况，只知道他生长在塞上农村或城镇，现在在一个县的工厂工作（编者注：柳风同志已回农村劳动。）从《冬青的歌》《给——》《沙枣树的礼赞》等诗中，也可以看出他对塞上风物的热爱。但就我读过他的四十多首诗的印象，大部分和现实生活有着某种程度的距离。花瓣和芳草虽美，总是难以反映出生活的深度和广度。而投身于生活的海洋，在其中发展艺术的触觉，就可以感受到生活对诗的脉冲，从而爆发出诗的激情火花。如果新苗以“咬定青山不放松”的精神植根于现实的土壤，就会逐渐地根深干壮，长成一棵挺拔的白杨。

柳风同志，我喜欢读你的一些清新的短诗，并愿你和你的缪斯从星光花丛中走出来，在生活的沃土上安家落户。愿你拨开鲜嫩的绿叶，把艺术的眼光投向我们这个瑰丽纷纭的大千世界。还愿你在艺术上不断学习、磨炼，从稚嫩日臻成熟，写出更多的好诗！我在等待着……

（原载《文苑》1983年第1期）

塞上春风第一枝

——读一组散文

这是一组散文，共四篇，八千多字。作者的名字都是陌生的，也许大多数是处女作吧。当它们发表出来的时候，恰是四月，正是塞上刚刚开花的季节。因此，无论就季节，就作品或者就作者来说，都算得上是春风第一枝了。

婉清的《月下絮语》把我们引入一片幽静的天地，风吹的絮语，听来宛如山间一泓细小的清溪蜿曲地汩汩地流着。我是在山里长大的，听惯了小溪的柔语。不过那些山溪都是清澈明亮的。而婉清为我们构筑的却是一个朦胧的、梦寐般的意境和氛围。在恬静的月夜，“我”迷糊欲睡，忽然飘来了风的絮语。是梦？是真？原来是两个姑娘在墙外倾诉衷曲的话声，这正是年轻的女性互说“私房话”的特定情境。不巧话语被多事的风儿悄然地捎进房间来了，使“私房话”多了一个听者，可巧，这听者也是一位年轻的姑娘，这就更增加了作品美的情韵。这种构思看起来很轻巧、很自然的，实际上，却颇费琢磨。从散文的结束处才点明了是“风吹柔语声”，虽是一篇短文，却也给人悬念，是很巧的。行文的笔触也显示了女性的细腻和柔美。

“絮语”的内容虽然是女孩子家特有的，却也是颇为时俗的，未谐于作品的情境之美，却失之于一般和肤浅。

麦天和的《发菜情思》则是另外一种情调，流溢的不是女儿的柔情，而是温馨的乡情，对童年的怀念。

发菜，是宁夏“五宝”之一的“黑宝”，我曾经想把“五宝”写成五篇散文，现在有了这篇，就无须我再来“关门闭户掩柴扉”了。这篇散文的特点是，并没有对发菜做风物志式的介绍，而是拟人喻物，写出它不畏风寒的坚韧，它待在冬天的山坡上，孤零零的，不就是山民对严酷自然环境的不屈的形象吗？同时，它又“如母亲长长发丝”，牵动着儿子远游的归心。这种抒写，不仅倾注给发菜以深情，而且在构思上又很自然地引出对儿时抓发菜的情景的回忆，着斧无痕。回忆儿时骑着三十齿小耙子的“马”，半夜跟上父亲上山抓发菜的那一段描写是很出色的。有甜美的童稚之情，有苦涩的生活之情，有艰难的夜里上山之景，有抓发莱、制发菜之场景，这一切，都融汇在“我”的回忆里。这就是我们通常说的术语——情景交融吗？上山跌倒了赶快爬起来，怕被父亲撇下（当然不会的），跑累了也不敢坐下的想法，不是将小娃娃的心情活脱脱地捧到读者面前了吗？尊贵的客人啊，当你在宴会上品尝发菜的美味的时候，可曾想到它竟是遥远的山民和他们的孩子经过如此辛苦才得来的呢？

也许因为要在短小的篇幅装进如许的东西吧，散文的线条似有点儿粗，结末两段，也似流之于泛。

《角落之歌》不知道是不是赵晓兰自己生活的写照。不论是谁，散文中的那个女孩子都会是读者倾注同情的人物。有些事情也真怪，世上空间那么广大，但属于有些人的却是那么狭小、那么逼仄。就像作品中的主人公那样，只拥有一个九平方米的角落。就是这九个“平方”，也不是完全属于她。家里人随便扔她的书，外甥是时常打开她的画夹乱涂的“小画家”，全家人还要在这里一日三餐，晚上看电视。只有在这夜深人静之后的一段极为短暂的时间，这个角落才完全归我们的主人公所有，也只有此时此地，她才能够自由地做着自己愿做的事情。此情此景，我并不生疏。记得三十九年前，我也曾写过一篇关于静夜的散文，写到自己深夜独坐斗室的心情。不同的是，我那时的爱孤独是愤世嫉俗，要将自己和外部丑恶的世界隔开，而《角落之歌》的主人也爱深夜独坐却是为了暂时摆脱纷扰的生活而探索人生。这却是两个时代在年轻人心上涂抹的不同标记。也有相同之点：我们都于这个时间里在诗岭云梯上攀登，在艺海中拾贝。这样，身囿角落而神游物外，狭小与广大相拥抱。在追求知识上，两代青年的心灵得到了沟通。所以，我对眼前的这个尺方的角落竟是十分熟悉，这也是这篇散文的概括力，纵贯几代青年，横连同代青年，都能从角落得到心弦的共鸣。这便是作品成功之处。然而繁复重叠，枝蔓过密却是它的弱点。

《表哥》和前三篇有显著不同，是以叙事为主的散文。作者斧锐较之前三位作者，也许年龄稍大、阅历稍多，因之，能以洗练的笔调、朴实无华而又行云流水般的文句，淡淡地几处着墨，不仅勾勒出"表哥"的可以看见的面影，也从一个侧面照出了那个动乱年代里的某些世态人情。就是这种世态人情，使得一个乐天、机敏、正派、善良的"海外散仙"，瞬息间变成了"关东流客"。随着时间流逝和社会背景的变换，又从"关东流客"变为绿化家山的"桃源主人"。"表哥"在关东时的岁月，却在文中跳过，被大幅度地剪去，既可让读者用想象去描摹空白，又免去作品生出芜蔓，可以看出作者提炼素材的技巧。从作品的风格来看，《表哥》恰和《月下絮语》形成对照。后者细腻婉曲，前者流朴自然，后者柔美，前者粗犷。

前面说《表哥》是淡淡的着墨，的确如此，所以情味不浓，放在我们的面前，像一碗没有放盐的鲜汤，像一杯被稀释了的醇酒。

春风第一枝是美的，它给人间以色彩、芬芳和情韵；春风第一枝是希望，接踵而来的将是第二枝、第三枝、第四枝……然而春风第一枝也是单薄稚小的，还有待于来日的壮实。

（原载《朔方》1985年第4期）

从来多古意，可以赋新诗

——《上海市文史馆书画展览》观后

时逢初夏，感谢上海文史馆的同志，千里迢迢，从东海之滨来到塞上江南的名城，把五十五位知名艺术家的九十九件书画展示在宁夏的艺术家、书画爱好者和广大观众的眼前，使塞上的观众得到了一次十分难得的美的欣赏机会。

展览的内容汇集已故和健在的沪上宗师、海内方家的部分作品于一室，件件堪称艺术精品。走进展厅，首先映入眼帘的是已故张元济先生的作品。元济先生参加过戊戌变法，是上海市文史馆第一任馆长。他写这幅工笔楷书立轴，虽然年事已高，但书法布局工整匀称，笔力饱满圆润，足见此老功力。在靠近展厅进口处，悬挂着已故的丰子恺先生和现已九十高龄的刘海粟大师的画。早在我少年时代，丰子恺诗、画、文的艺术成就便深深地印在我童稚的心灵中了。而今在这里又见到了他的丹青真迹，分外欣喜。我觉得子恺先生的国画，在技法上汲取漫画的优长，粗看似寥寥几笔的简约勾勒，实则却布局、构图匠心独运，所以画面清新活泼，内容诗意盎然而又富于生活气息。海粟大师这次展出的一幅《黄山松》，标明了八上黄山的字样。他以八旬之年躬逢盛世，不惮年高路远，几年来仆仆风尘于祖国的名山大川，奋起老力而写生，焕发艺术之青春。

这次展品的作者都是书画名家，艺术风格各有千秋，直令观众们击节赞赏。海内外闻名的大画家林风眠的国画，融汇中西，画风独具；关良先生的戏剧人物画，似拙实精，妙笔传神；黄幻吾先生身居上海，原籍却是广东，因之他的画色彩明媚雅丽，再现岭南画风；

钱君匋先生多才多艺，兼擅书、画和金石，他的篆刻令人流连轴前，反复把玩，不忍遽去；百岁老人苏局仙行书《王维〈相思〉诗》，令人有纳罕之感，字也甚有笔力，真正像是耄耋之年的老者所书。还有沈尹默先生和他的女弟子周慧珺的书法作品，前者是尽人皆知的一代书家，作古于1971年。其字笔锋雄健遒劲，使人有力透纸背之感。回看后者，字里行间流溢出沈字的精神，亦有自己的风格，一直为人们所喜爱。

总之，这些书画展品有古老的传统，从内容到形式又多有新意，正如沈子丞先生的六尺行书对联所书："从来多古意，可以赋新诗"。

我对书画艺术完全是外行，但美学的通感却使我迷恋于展出的作品，久久地伫立在每幅书画的前面，几番出去又回来，直至闭馆时间到了，才怅然而去。归途中竟又酝酿出一首七绝来，以志此次观展之感："山川龙凤四墙排，沪上鲜花塞上开，几度逡巡回不得，下楼重又进楼来。"

（原载1985年6月26日《宁夏日报》）

充溢青春气息的诗

——读罗飞的《两代人》与《回声》

我的面前放着两本刊物:《当代》和《长安》;上面载着同一作者的两首诗:《两代人》和《回声》。诗,意蕴含蓄、构思新颖、形象奇特,充溢青春气息。乍读,定以为是青年人的作品,而它们的作者罗飞同志,却是一位坎坷半生、停笔多年、重返诗坛,已经年届花甲的老诗人,也是宁夏《女作家》杂志的繁忙的男主编。上面说的两首诗,是他于淮海旅行的近作。

《两代人》副标题为《淮安随想》,是怀念周恩来同志的。缅怀这位伟大无产阶级革命家的诗篇,可以说得上是车载斗量,不可胜数了。而《两代人》却从一个特定的观察点上写道:"你念过的书/我念过,但没有你多/你经历的风雨/我经历过,但没有你的猛烈/你有的眼睛/我有,虽然不及你锐利/你有的耳朵/我有,虽然不及你聪敏"。两节八行,看似平平常常,再一想,就发现作者是从一个全新的角度,形象而准确地概括出了伟大革命家和普通革命者的联系与区别、共同点与各自的特点,这也是两代革命者之间的联系与区别、共同点与各自的特点。短短的诗句,都蕴含丰富深广的内容。从"两代"着眼,既显示了构思上的匠心,也赋予作品以年轻的生命。

第三、第四节看来也很平易,"……你所具有的/我都该具有"。但下面却接得这样突兀、这样令人不测:"然而我有瞽目不见的世界/可以借你的眼光去观察吗/我有充耳不闻的音域/可以借你的耳朵去谛听吗"。诗从平易中走来,愈来愈见精彩。这两个疑问句以奇特的形象,深化了前面说的两代人的联系与区别,又不作答，给读者以想象驰骋的天地。答案可以是“不能”，因为“我”永远不会有“你”那样的非凡经历和革命睿智，也可以是“能”，因为我也完全可以像“你”那样用马克思主义的“眼光”和“耳朵”去“观察”和“谛听”世界。

诗的结尾是这样写的：“时间，我用你的心跳去测算／空间，我用你的翼羽去丈量”。

把周恩来同志永生不死的精神和革命勋业充溢天地的状况完全地具象化了；“化”得这样奇妙、这样新颖。它使我想起了郭沫若同志悼念周总理的名句，“天不能死地难埋”。二者实同工而异曲。郭诗为旧体，尚受字数韵脚等限制，而《两代人》的结尾则为浮雕式的鲜明瑰丽的感性形象。

《回声》和《两代人》技法迥异。诗的开头两小节一连用了四个“为什么”，充分渲染了气氛，使回声这一本来是很平常的事物在诗中变成了“奇峰突起”。接着，诗人用热烈而又冷峻的笔调写道：“犹如镜子反映出我的形象／群山回响着，反映出／我澎湃的心潮／我沙哑，它沙哑／我尖峭，它尖峭”。

诚然，“群山回响”“犹如”“镜子反映”，但二者毕竟不同。后者反映的是形象，前者回响着的声音，却“反映出我澎湃的心潮”，它像“流来一股苍劲的江水／滔滔，滔滔……／后面的声波把前面的声波追赶／前面的声波牵扯住／后面的声波，嬉戏喧闹”。把回声比作心潮，这是通感。诗人抓住这一点，把回声写得多么生动活泼而又有气势，借回声传达自己滔滔滚滚不可抑制的心潮。从这些炽烈的诗句里，我们可以感受到青春的气息，感受到诗人跳动的脉搏和热烈的感情。

《回声》中，还有许多奇特的形象，如“翠绿”的声波，“记忆”像“亮鳍的鱼儿”，等等，特别是诗的最后一节，诗人顿生奇想，“浮在群山的回声里／忽然间，我感到／我也成了山／不知是山在呼唤我／还是我在呼唤山”。在隆隆不绝的回声里，人声与回声翕然而合，人与山浑然一体，使诗人产生了庄周蝴蝶梦式的冥想。这也确实是一种奇想。然而，仔细一琢磨，又是人人共有之感。只是诗人把这种共有之感提炼出来，锻锤和升华成凝练而优美的诗句，在读者面前竖起了美的丰碑。至于“我唏嘘，它唏嘘／我大笑，它大笑……”和前面引过的“我沙哑，它沙哑／我尖峭，它尖峭”一样，似乎是对回声的最平直的描绘，但实际上给人的感觉，又是多么冷峻而清新啊！

（原载《朔方》1986年第6期）

诗,是属于青年人的

——在青年诗作者作品讨论会上的发言

最近,因受作协宁夏分会的委托,我集中地读了我区一部分三十岁以下青年诗人和诗歌作者的作品,一共是十九位同志的九十八篇,其中诗八十三首,散文诗十五章。这些作者和作品数目是:薛刚六首、杨云才十五首、金星五首、段怀颖三首、导夫二首、丁学明四首、殷实四首、刘中四首、张强三首、邱新荣三首、权锦虎四首、党学宏五首、杨森君四首、孟虎四首、马钰三首、魏萍七首、贾羽七首、田为民七章、王跃英八章。我说是一部分同志,因为这个数字远不是我区青年诗作者和作品的全部。比如说,今天早上我又收到两位同志的作品,还没来得及看,就没有包括进去,就是计算进去也远远不全,还有三十一岁至三十五岁的青年同志,因为按这次讨论会的规定,年龄稍为超过了一些,这次都没有选送作品。

老实说,我还从来没有集中地一次读过这么多青年人的诗。读了这些作品以后,我有一个突出的感觉:这是一个崛起的诗群。过去,我们较多地注意到我区三十岁到四十岁之间的一些同志的诗,其中,也确实有几个冒尖的,对三十岁以下的作者注意不够,估计不足。实际上,这些更年轻的同志创作的起点一般都比较高,艺术上给人一种新鲜之感。看了他们的作品以后,我的另一个突出的感觉是:诗,是属于青年人的。

近十年来,在我国的青年诗坛上,先有舒婷、北岛等一辈人的崛起,后有大学生诗潮的澎湃,给新诗带来了新鲜空气,注入了新的血液。我区的青年诗人和诗歌作者,就是在这样的背景下开始他们诗的历程的。因此,在表现手法上,很自然地带有现代性。当然，在内容上、精神上，以及某些表现手法上，首先是受五四以来革命诗歌的影响。比如大家的作品有一个共同点，就是为新的东西歌唱，表现了对旧的东西的蔑视，这不正是五四以来新诗的革命精神吗！这些诗歌受外国诗歌的影响比较明显，主要是受外国现代诗歌的影响。五十年代我们上大学时，讲起外国诗，是言必称普希金、拜伦的，现在的青年同志，却有点儿言必称艾略特了。我们的年轻同志的诗，还受“西部诗歌”的影响。我认为，并不一定非急急忙忙地提出一个什么流派的口号不可，但是，我们却不能不看到大量带有中国西部特色的诗的出现，也是一个事实。

我读的这些诗歌，总的来说，有以下四个特点：

一、注重写普通人，写普通人的思想情绪和精神世界

在中外的诗歌史上，有一种现象：人们常常用诗来歌唱英雄人物。中国的藏族有《格萨尔王传》，白族有《开天辟地》，《诗经》的《大雅》中有许多英雄史诗，希腊有《奥德赛》《伊利亚特》两大英雄史诗，印度也有两大英雄史诗，基辅罗斯有《伊戈尔王子远征记》、德国有《尼伯龙根之歌》，都是英雄史诗。解放以后，我们的诗也注重写英雄人物，像《刘胡兰》《雷锋之歌》以及许多写其他英雄人物的诗；就是写普通人，也把他们当作英雄人物来写。这些都是很必要的，今天我们还应该继续强调，比如用诗来塑造社会主义改革家等新人形象，等等。我读到的这些诗歌保持了这个传统，这是很好的。但是年轻的作者们又不仅限于写英雄人物，而是同时把诗的笔触投向普通人，我所看到的诗中像《寂寞少女》《毛贩子》《孤独黄昏》《养路工》《姑娘和湖》《护林员的妻子》等都是。《金瓶梅》所以在我国文学史上占重要位置，其原因之一，就是它标志着中国古典长篇小说从英雄史传到普通人演义的转变。题材扩大了，反映社会生活也深入了。我们年轻同志用诗写普通人，揭示他们的心灵世界，不仅开拓了诗的领域，同时，也表现了作者们深沉的思考。

即使是写领袖人物、英雄人物，我们的作者们也把他们当普通

人来写。如有一首《致邓小平》(张强),作者写道:“我想到你年青时还是一位优秀的足球中锋呢/我想到你七十八岁游泳时露出水面的头颅……/于是我真想写一首诗祝福你……”还有一首诗是写马克思的,同样也赋予他普通人的性格。写出领袖人物、英雄人物在生活中作为普通人的侧面,使读者感到既真实,又亲切。

二、有一部分诗多少带有一定的朦胧性

记得张贤亮好像说过:诗,是需要朦胧一些的。我很欣赏这句话。过去,我对所谓“朦胧诗”的出现这一文学现象也是不理解的,但是,平心而论,尽管不理解它产生的原因,却是爱读它的,因为它能给我一种美感,一种想象,一种催我去探索的引力。是的,诗写得太实就不成其为诗了,朦胧,可以留给人们更多想象的余地。从作者到读者,是以作品为媒介,来完成创作和欣赏过程的。从接受美学或未完成美学的角度来说,朦胧,也给读者留下了再创造的广大空间。李贺、李商隐的一部分诗就是朦朦胧胧的,但人们感到它们写得很美。在我读的青年同志的作品中,像导夫的《永恒》就是朦胧的,写得恍惚迷离。但是,把诗故意写得很晦涩,使人完全读不懂,我也不赞成。

三、比较注意发挥审美创造主体的感情或意识

所谓“审美创造主体的感情或意识”,即诗人自己的感情或意识,是带有鲜明个性特征的。过去的诗,也注意到审美创造主体的感情或意识,有的发挥得明显,有的发挥得不明显。以贺敬之的诗而论,《回延安》属于前者,《桂林山水歌》属于后者。王国维在《人间词话》中把诗词的境界分为有我之境和无我之境两种,并以“泪眼问花花不语,乱红飞过秋千去”为前者实例,以“采菊东篱下,悠然见南山”为后者佐证,也是同样的道理,同样的美学范畴。但过去的一部分诗也有一种倾向,就是比较侧重于表现共性的东西。而现在的一些青年诗人的诗中,更多的却是表现带个人的个性特征。在我看到的我区青年人的诗歌(散文诗)中,如:“今夜,我流泪

了，／大颗大颗的思念挂在脸颊上，／远方的风品尝了泪的咸味……”（田为民：《今夜，我流泪了》）“真想呼唤梦中的小鹿狠狠地咬住你飘拂的衣角。”（贾羽：《思念》）

这些诗句都是比较多地突现了主体的感情，并具有作者的个性特征。说也奇怪，主体的感情或意识在诗中发挥的越充分，作为审美对象的客体（即被描写的事物）的色彩也就越鲜明。上面提到的贺敬之的诗、王国维的举例和我区诗歌创作的例子都可以证明这一点。

为什么我们的青年诗人，善于借助于语言的抒情功能和表象功能，创造出一个意象化的世界，表现出诗歌创作的强烈的主体性呢？我们知道，一般的人感知外部世界，是用眼看、用耳听、用手触摸，而诗人，却是用心灵去看、去听、去触摸的，所以，他能感知到一般人看不见、听不着、摸不到的东西。如《丢手绢》（薛刚）一诗这样写道：“愿这片飞翔的诗页／是童年的那块／温柔的小手绢／让我丢在你背后／如果你感觉到了／就请回过头来／按照规则／追我／如果你毫无察觉／就请原地坐好／乖乖地让我捉你。”丢手绢本来是小孩子玩的，一般人不过把它看作一种很平常的游戏而已。而作者用心灵去感受，发现了它与爱情的吻合点，用联想接通了二者的关系。赋丢手绢以爱情的哲理，把丢手绢化为表现爱情思绪的意象，写得美而富于诗意。

四、中国西部雄奇的自然环境、生态环境和人的感情、意绪的合一

前面已经说过，我们应当注意当前大量具有西部特色的诗，中国西部的自然和生活特征，在我区青年的诗歌中也有明显的表现。像《我的黄土地》《你不会给孩子讲故事》（邱新荣）、《边塞月》《黄河浴》（殷实）、《男人》（洪立）、《岩洞里的灰烬》《啊，大山，我们这一群儿子们》（权锦虎）、《六月河·孩子河》《黄河·诗人·女儿》（马钰）、《西部，鬼的故事》（丁学明）……当然，还有许多，恕我不一一

说了，请被包括在删节号里的同志原谅。这些诗，或表现出对祖国、对祖国西部土地深挚而执着的爱，或在雄奇的自然景观中写出人的粗犷豪迈的性格，或锐意反映西部的开拓与改革，或着眼于在封闭状态下女人的坎坷命运，或描绘波诡云谲的奇特形象。而壮阔、坚劲、瑰丽、奇幻则是它们的共同点。

表现手法是现代的，而在内涵和意蕴上缺乏当代性，也就是通常说的缺少时代感，我觉得是我读的这些诗中一个比较普遍存在的问题。一首诗，表现手法再新颖，形象再奇特，如果内容缺乏时代感，也很难说得上是好诗。这个道理任何时代都一样。杜甫之所以伟大，正是因为他深刻地反映了他所处的那个时代，他的作品因而被称为“诗史”。我们希望青年朋友们写出更多内容上具有当代性的诗。

诗的语言应该是最精粹的语言。艾青说：诗，“不是一些合乎文法的句子”，这话很对，如果对诗仅仅那样要求就太低了。但是，诗的语言却要严格地合乎文法（即语法），这是毫无疑问的。我们有些同志写诗，不大注意语言的运用，导致内容上的不准确，形式上的语病，是应该改掉的。

我希望青年诗友们不断地、尽可能地开拓自己的知识面，加深功力。要博览群书，自然科学、社会科学、中外文学作品，都要涉猎。用一句时髦的话来说，就是要尽量地从外界获得大量信息。我举两个诗人的例子：一位是邵燕祥，学历大概是高中还没毕业。以前，我也以为他不过会写点儿新诗，有一次我在广东的《当代诗词》上看到他的旧体诗，写得很工，当时我真大吃一惊。1982年，我们请他来银川参加诗会，他给大家讲了整整一天，那才真叫博学呢。另一位是流沙河，我接触过，也是博古通今的；他甚至还是四川飞碟协会的会员，真可以说是天文地理，无所不知了。博而后精，就能写出好诗。如果把自己封闭在知识狭窄的小天地里，局限在只是写几句诗的范围内，是很难成为一个有作为的诗人的。

（原载《塞上文谈》1986年第4期）

黄土之恋与拥抱时代的同向轨迹

——论秦克温的诗

在茫茫瀚海、黄土高原、塞上绿野相交织的宏大背景之上，一位歌手直面苍穹，手擎一支号角在不停地吹着。高原的劲风吹送他的号声，时而高亢激越，时而沉雄粗犷，时而舒缓潺湲……这位号角不歇、弦歌不辍的歌手不是别人，就是诗人秦克温。上面描绘的图画，是读了他的几百首诗以后所形成的一个总的感觉，也可以说是读者心目中的诗人的形象。克温就这样从他的诗篇中走出来，伫立在读者面前。他唱“飘香的黄土”“边塞晨曦”，唱“奔腾的黄河”“美丽的灵武”……他的心律合着“西北高原的节奏”跳动，他的脚步随着“治沙队员”向前；他捧出鲜红的塞上枸杞、蓝色的贺兰石；他的手指上飘出沙枣的浓香、果子的甜味……直至现在也并非完全不荒凉、不严峻的大西北，在诗人笔下呈现出的竟是雄奇俊美之貌、温柔亲切之情、斑斓瑰丽之彩，而这一切又不是着意的美化，而是现实的写照。作为诗人，秦克温说得上是个“西北迷”了。

穿老羊皮袄的诗人

秦克温之所以成为诗人中的“西北迷”，是有他深厚的乡土根源和深刻的文化背景的。他祖籍宁夏，生自平罗，从小就在黄土里洗澡、滚大的。黄土不仅沾在他的肌肤和衣襟上，也浸染着他的灵魂。他和黄土高原的血缘关系是这样的密不可分：“你以泥土启示我永葆简朴本色，／我是你身上的泥土一撮。”“尽管春天风沙过大，／秋天大雁南去，／但我的心一刻不曾与你分离。”这些诗句使我们灼热地感觉到，大西北，特别是宁夏的每一寸黄土都倾注了诗人爱的情汁，都埋藏着他爱的基因。秦克温是黄土高原的儿子，黄土高原孕育了诗人，也孕育了他的诗。

然而，秦克温毕竟是诗人，是宁夏生长的第一代新诗人，除了对黄土的乡恋之外，他还有自己的教育氛围、文化背景和审美经验。即便是这一切，也都是地道的西北式的。请看："我的心在朔方。／在产生过／灿烂的河套文化，／也产生过／金字塔般西夏王陵的土地。／在秦、汉、唐渠织出的秀丽银川，／在广袤而闪烁诱人金光的腾格里，／在信天游和杂花铺成的盐池草原，／在古老的萧关道，六盘山区。／那儿深埋着王昌龄、岑参的诗，／那儿回旋着《清平乐》壮丽乐曲……"不须多加一字的诠释，诗人自己的诗就勾勒出他的典型的文化背景。乡土之恋和西北古老文化的潜移默化，革命传统的熏陶感染，燃烧着秦克温的诗情，迫使他几十年来，无法自已地唱着一支又一支关于西北、关于宁夏、关于银川的歌。只有这样，才能宣泄他的炽热情感。"初夏的银川闪光辉，／绿的是秧苗白的是水。//平整的秧田长流的水，／诗一般绚烂画一般美。"

诗的句式固然并非秦克温的创造，而有信天游的影响，但画面却是鲜明的塞上江南风光，从画中流泻出来的感情也是新颖、强烈而真实的，是诗人审美感受的结晶。

如果说上面这首发表在1962年的诗还停留于风景照式的描摹的话，那么，21年以后，即1983年，诗人的另一首也是写初夏季节的《银川平原的五月》无论在感情、境界或美学追求上都进入了更深的层次："夜来湿漉漉的南风吹过／空气香如南国的菠萝／城乡一起敞开肺腑／贪婪地把浓香吸进心窝"。

好一个"把浓香吸进心窝"，这是沙枣的"浓香"，也是生活的浓香，后者是诗的象外之象。在这几句诗里，诗人综合地运用了比喻、拟人、象征等修辞手段和艺术技法，把银川初夏的特色和它外在内在之美都渲染和烘托出来了。诗人接着唱道:“沙枣花的香韵融尽久积的辛酸/醉而不烂是银川固有的本色。”把“香”和“韵”两个词放在一起组成偏正式的短语是很巧妙的,“香”诉诸嗅觉,“韵”诉诸视觉(风韵)和听觉(音韵)。作者用通感将沙枣花的、又不仅仅是沙枣花的香味诗化了,化得深沉,化得飘逸。紧接着的半句是“融尽久积的辛酸”,看似平常,但是,对坎坷生活和苦涩岁月没有深刻体味的人是写不出来的,也不会想到拿来和“沙枣花的香韵”加以对比,并用“融尽”连接组成一个诗句。下一句中“醉而不烂”也很准确、很形象:银川醉了,为沙枣的浓香所熏醉,为今日生活之芳馨所陶醉;银川又是清醒的,它在思索,它在奋进。这两个方面合起来正是银川的本色。实际上,银川是用以借代银川人今日风貌的。倘使要在这首诗中找“诗眼”的话,这两句就是无可争议的诗眼。同样是写银川的初夏,这首比五分之一世纪以前的那首是深沉得很多了。

在内涵上由浅表进入深层,在艺术方法上从比较单一的、直抒式的写法到直抒和隐喻、暗示、象征、通感、借代等交错运用,即从通常所谓“荷马方式”到“圣经方式”以及“荷马方式”与“圣经方式”相结合,是秦克温20多年来的艺术轨迹。

在上述两首诗间隔的20多年中,克温沿着这条艺术轨迹写了许多诗作,也许,迄今为止他的大部分诗篇都是这段时间内的作品。这些作品林林总总,就其主体来说,都是抒写中国西部世界的。近年来,我们的诗坛出现了形形色色的诗歌流派,“西部诗”即是其中之一。这应该是一种诗歌兴旺的好现象。然而文学上的流派,往往不是一个有意识的集团,而是别人或后人根据某一部分作家的艺术见解、艺术方法和艺术风格把他们归为一种某某流派。当今有的西部诗人却似乎是为了标榜“西部诗”的旗帜而写;其实,他们对中国西部人中所蕴藏的我们民族的优良传统、新的坚韧不拔的精神和摧坚耐久的力度未见得有深刻的理解,却往往把非本质的落后和褊狭当作雄奇和独特，诗也愈写愈怪诞。我疑心这样的诗人标榜西部诗不过是为自己树一杆大旗以显示自己的存在罢了。秦克温并没有热衷去喊西部诗的口号，然而，早在“西部诗”旗帜亮出以前很久，在几十年中，他就已经执着地、孜孜不倦地、不求闻达地、发自衷肠地歌唱中国西部、歌唱塞上江南。唱得那样热烈、那样真诚，因此，他的作品是名实相符的西部诗，他是一位地道的西部诗人。这称号，不是他自封的，而是我们读了他的作品以后赠给他的。

在克温众多的西部诗歌中，有一首发表在《飞天》“西部之声”栏内的作品，题名《穿老羊皮袄的诗人》，是怀念诗人李季的。这个称谓用在克温自己身上无疑更为恰当，可以说是他的形象概括。比“西部诗人”的名号更有其特征，更有个性。诗人还有一首近作《致黄土诗人》，开头一节写道：“没有耀眼的旗号，动听的宣言……／你们只管／唱自己心灵的歌，你们的歌／植根于浑厚的黄土高原／高原是最宽广的地平线。”克温自己不就是诗中的“你们”之一吗！诗是写给黄土诗人的，“无心插柳柳成荫”，却成了作者自己的写照。

穿老羊皮袄的诗人，黄土诗人，西部诗人——这就是秦克温；三个称号基本同义，只是西部诗人的概念稍宽泛些。

西部风情和现代意识的交融

在当代的西部诗人中，有的同志有一种为标榜流派而猎奇的倾向，这在上文已经说过。最近见到报端揭载一位籍籍有名的诗人兼编辑家的一段评论，颇具同感，不妨转引在这里：

“说老实话，我对西部所谓的“新边塞派”几位诗人的诗，开初，还有一定的阅读兴趣，以后，便不想问津了。原因是一些吹鼓手们吹得太直太露，使人的听觉难免有点麻木起来。再者，他们后来的一些诗作，距离平民百姓，的确显得遥远了些：一味追求神奇,追求门面花哨,有点像人们常说的那个闯荡江湖而光说不练的假把式……”

翻读今天报刊上的诗歌,追求神奇,门面花哨,光说不练,离平民百姓十万八千里的诗,比比皆是,何止“新边塞派”,或者它的扩大——西部诗而已。上面引的这段话,可以为我在前面说的西部诗的情况做一个印证,它剀切地指出当前诗坛上的一种流风。

但秦克温的诗却与此道完全不同。请看,他是这样写贺兰山的:“贺兰山,/我心中的山,紧紧依靠的山。/在祖国的名山班里,你并不在编,/但却磅礴、雄奇、挺拔、威严,/冷峻的躯体里有滚烫的热情……/也许你的历史曾经海水浸泡,/石头才像海水一样碧蓝、碧蓝;/或者青石长埋烈士的忠骨,/苍翠的松柏长势参天。/……也许只有你身旁的列车,/才能量出你无限风光的峰巅。”既没有追求神奇,也未猎取荒凉;质朴而不花哨,凝重而不轻浮,一样写出了西部山势的雄奇高峻。“冷峻的躯体里有滚烫的热情”,“石头才像海水一样碧蓝、碧蓝”,不仅将拟人和比喻用活了,而且思想也丰富而贴切,一样充溢着浓郁的诗意。

克温的诗,是属于黄土高原上平民百姓的。西北的山野,塞上的农村,在他的笔下都化为一道道诗的彩虹。他歌唱毛驴唱得这样亲切:“我又见到了你啊,儿时的伴侣,/在春风吹绿了的塞上山区。”毛驴不仅是诗人“儿时的伴侣”,也是塞上山区许许多多孩子的伴侣,甚至也是大人的伴侣。他将枸杞园丰收的情景写得这样形象:“满园的红果刚刚摘尽,/枝条轻松地挺直腰身。”后一句不就是丰收后茨农形象的象征吗!他写旧时代乡村的桥:“枯水渠上一根独木。/心中一个惊叹号横陈。”这个“惊叹号”用得好!既是桥身的形象的隐喻,又暗示旧时代农民惊险悲惨的生活命运。诗人接着写道。“从这儿饿着肚皮去要饭的,/颤抖着腿和大脑的神经;/从这儿去卖鸡卖蛋谋生的,/提心吊胆如过鬼门。”写得这样真实,这样活灵活现,绝非旁观的同情者所能做到,而是自身的亲历才会有的感受。诗人就在这样的乡村度过童年，在这样的桥上走过。然而，“走得过的是村民的侥幸，／走不过的是乡村的命运。／连历史也在此却步，／留下一片荒芜、愁云、苦梦。”对旧时代农民的命运没有切肤的体验，能写得这样深刻而又富于哲理吗？

在克温的诗中，像上面我们征引和分析的作品不胜枚举。赋普通的生活以盎然的诗意，在平常的事物中展示西部风情，这是克温诗的一个显著的特点。他的诗永远不会排入自命高深、故弄玄虚、猎奇求异者的行列。而令人不解的是，这样掷地有声的作品却受到当今诗坛的冷落，不能不使人为诗坛的形式主义之风炽而叹惋。有人称像秦克温这一类艺术风格的诗人为“老庄户诗人”，言下不无嘲讽之意。但，恰恰和称之者的意愿相反，这是一个美称。也就是说，克温的诗，属于宁夏300多万回汉各族农牧民，属于大西北几千万农牧民。这样的诗难道不应当褒扬吗！“童子解吟长恨曲，胡儿争唱琵琶歌。”这是唐宣宗挽白居易的诗，连1100多年前的一个封建皇帝都知道诗以看懂的人多为好，而我们今天的诗歌界有的同志却认为诗愈读不懂愈高，岂不怪哉！

秦克温不仅仅是个穿老羊皮袄的诗人或者黄土诗人，同时又是一个受过高等教育的诗人；新中国的大学教育使他具备了现代意识（或者叫当代意识）。这种现代意识在诗中，并不是以无标点的诗句，横竖交叉的古怪诗行，不知所云的句子，以及莫名其妙的内容为其特征，而是以从内容上表现出来的现代性为标志的。克温的诗正是这样。近年来，诗人笔下的塞上农村，固然不是荒凉、停滞的农村，但也不是世外桃源的农村；而是80年代生气勃勃的农村。例如，他把农村经济体制的改革看作是“崛起在田野上的美”，并以此为总标题写了一组诗。在其中的一首里，诗人问道：“难道农村的美，／是永远不变的小桥、流水，／或是微风细雨，燕子斜飞，／牛耕马载的田园风味？”接着笔锋一转：“这一切诚然秀丽明媚，/像香醇的美酒令人陶醉。/可看没看见今日的农村，/正崛起在田野上的另一种美——//看一片新绿紧围，/烟囱向蓝天伸出巨臂，/齿轮和虎钳紧咬着时间，/马达与钢铁交响着时代风雷……”

时代变了，诗人的审美观念也变了，再不是旧时代才子的吟风弄月，也不是新时代某些顾影自怜者的无病呻吟。诗人的这种审美观念，合着时代的节拍，去催动别的人们也去改变陈旧的审美观念。

克温在他的诗中，把农村的专业户比作“故乡的地平线上，/拔地挺起株株常青树，/那哗哗响的色彩，浓郁的芳香，/吸引着人们的眼睛和脚步”。“色彩”是看的，诗人凭艺术的感觉，却把它变成了作用于听觉的“哗哗响”的东西，这种通感的方法，前已说过，为诗人所屡用。在这里，他用色彩、声音、香味、形象（常青树）将出现了专业户的农村构筑成一个迷人的世界。在这个世界里，我们听得见渔湖的笑声和歌声：“笑呵，像逝波一样不返的，/是昨天吃‘大锅饭’的凄苦；/唱呵，像甘草一样香甜的，/是参加了姐妹渔湖承包组。”看得见姐妹逛庙会的情景：“姐姐地里流汗多，/今日数她买得贵——/买台彩电学科学，/买包花线绣山水，/外加一把月牙琴，/不知心曲弹给谁？”诗人用了遭到某些人贬斥的民歌句式，很贴切地表达出了今日农村的生活和情绪：轻松、欢快、幽默，仿佛是一支小夜曲，淌着党的十一届三中全会以来的农村生活的欢乐流。如果不用民歌句式，未必能把农村的生活和情绪表达得这样充分。这种形式和内容相适应的问题，是需要深入研究的。

《奔腾的黄河》是一首献给改革者的气势磅礴的百行长诗，诗人干脆用《致改革者》为诗的副标题。在诗中，作者将一泻千里的黄河比作改革者敢闯敢干、敢于突破藩篱的一往无前精神。在诗的结尾处，诗人这样唱着：“我歌唱你呵，黄河，就是歌唱/我们民族的改革和改革者，／我投身你的激流与你一起奔向大海，／我的生命是你的浪花一朵！”

把发源于西北、象征中华民族的黄河和新时代的改革与改革者融为一体，把自己(抒情主人公)融进黄河激流，融进改革者队伍，写出了我们民族的古老而又年轻，写出了改革者群体与个体的关系——这些正是这首诗的题旨。从这首诗和这一节里所引其他诸诗的片断，可以看出，西部风情与现代意识的交融，是克温诗的又一个特点，这也是他对诗歌的一种审美见解。

直接传达和间接表现相结合

秦克温关于诗歌的见解，集中地表现在他的诗论《要化而不失本词》(《朔方》1987年11期)一文中。克温认为：诗歌的直接传达和间接表现两种抒情方式总是你中有我，我中有你，结合在一起，在任何一首诗或任何一个诗人的作品中，都不存在单一的抒情方式；但是，要化而不失本调，本调应当是以直率豪迈为特征的社会主义主旋律。克温自己的诗正是他的诗歌理论的实验品。还是以前面谈到的《奔腾的黄河》为例吧。诗人在诗中直抒胸臆，以黄钟大吕的高昂曲调，唱出了黄河冲决一切阻拦奔腾前进的气势：“呵！黄河，你从远古走来，／从二十四史、从《永乐大典》走过，//……哦！黄河，你哗哗啦啦，一泻千里，／一路激浪，一路战歌，一路漩涡。//……哦！奔腾吧，长龙！奔腾吧，黄河！／腾飞吧，我们伟大光明的祖国！”

诗是直接抒情的，和黄河的气势相适应。读着它，使人想起莎士比亚悲剧《李尔王》某些片断和郭沫若历史剧《屈原》中的《雷电颂》。而诗人的黄河，又是象征改革者及其革新精神的，因此，本诗同时也是一种间接表现的抒情方式。诗中还有“哦！黄河，你是不回头的箭矢，／你是永不停歇的战车”这样的句子，赋脱口而出的抒情以形象化的暗喻，也可以说是直接和间接相结合的微观而具体的表现吧。

在克温的作品里，写黄河的诗着实不少：《五月，我在黄河岸上走着》《在黄河分界处植树》《我和太阳黄河行》……这些诗是诗人歌唱黄土高原、歌唱大西北作品的一个很重要的组成部分，但也不都是“大江东去”式的放歌。《我和太阳黄河行》是一组诗，写诗人沿着黄河的一天的行程。从橘子般清新的早晨到日落长河的黄昏，把这一天具象化为和太阳结伴而行，构思可谓新奇。诗人写“黄河的早晨”是这样富于诗意：“橘子般清新”，“太阳从玫瑰色梦中醒来，／披一身彩霞忙对波涛整容。”色彩明丽，气息芬芳，人格化了的朝阳柔和得仿佛一个少女。写黄河的正午则是“炊烟袅袅招手，／邀舟船小歇”，以拟人的方法写出黄河上的风情，充溢亲切的人情味。那么，写黄河的黄昏呢?“傍晚，我和太阳／同步进入一首古诗的意境。”气氛幽远而深沉，使读者恍如随诗人和夕阳身临诗中之境，渐行暮色渐深。而“太阳一入大河”，便像“国画家笔下溅落的一滴朱红”，难得诗人想出如此新颖而奇特的意象。如果说王维的“大漠孤烟直，长河落日圆”是古人诗中写尽了塞上黄昏悲壮深沉景观的佳句，那么，我敢说克温的这句诗恐怕算得上新诗中写长河落日景象少有的神来之笔了。接着，诗人写这滴“朱红”“给白天画个句号，／给黄昏一个圆满的注释和造型”。把黄河的落日与黄昏写得含蓄而深沉，像一幅印象派的画，呈现在读者的面前。无疑这组诗的主要的表达方式不是直抒胸臆，而是象征、暗示、烘托、隐喻，是很典型的“圣经方式”。谁说克温不善于间接表现呢!

这并不是说克温又完全走向间接表现的一端了。他的大部分诗作，直率豪迈依然是主旋律，但即使在诗人众多的豪放诗篇里，也融合着间接表现的抒情方式。而在上面论及的《我和太阳黄河行》这组诗里，也有“黄河波涛依旧一片亮色，／冲尽我心中的暮气和阴影……／我只想追逐不舍昼夜的河水，／开拓生活的新航程”

这样直接抒情的诗句。诗人确实身体力行地用他的新诗作品为自己的诗歌见解提供了形象的证明。

多元的艺术形式及其他

除了新诗作品和表达诗歌见解的诗论文章，秦克温的创作和论著，还旁及旧体诗词、散文、文艺评论、戏剧和短篇小说。作为一个诗人，他尝试和运用的艺术形式可谓多矣。在克温的各种体裁的作品和文章中，旧体诗词占了相当的比重。我们不能要求每个新诗人都能写旧体诗词，但是，却有权利希望他们兼擅新旧诗体。老实说，一个新诗人如果不能同时掌握中国有几千年艺术传统的、产生过李杜苏辛等伟大诗人（词人）的诗词形式，未免是一种缺憾。有的新诗人对别的诗人写新诗同时写旧体诗词很看不起，甚至斥之为“没有出息”，至少这不能不说是一种偏见。

和他的新诗一样，克温的旧体诗词也是植根于大西北、植根于黄土高原的厚厚的土层之中的。组诗《丝绸之路行吟》可以说是这方面的代表作。诗人将人们心目中荒凉的固原城写得这样气势宏伟、开阔繁盛：“三边古镇踞雄关，九孔城门开向南……车通八百前程阔，绿染千家景色妍。”（《固原城》）他写沙坡头治沙的奇观如此美好动人：“黄沙万顷开新景，绿树千株锁暮烟。燕唱欢歌真婉转，瓜流蜜汁自香甜。”（《沙坡头》）凡是到过腾格里沙漠沙坡头科学研究站观光游览的人，都会感到这四句诗概括了那里的自然风光和具有世界意义的人工治沙奇迹。“漫道黄沙排不开，南飞雁去唤难回。今朝喜有钢龙过，万里春风送客来。”（《干塘车站》）看，瀚海戈壁间的包兰铁路小站在诗人的笔下变得这般生机葱茏、意趣盎然。上述诸诗，绝非矫饰，而是诗人从广阔的视野之内、纷纭的场景之中，撷取出新鲜的、具有本质意义的事物加以集中地表现。因此，诗中的形象和意象是真实的，可感的，而不是虚幻的，不可捉摸的。

克温的旧体诗词还有一个特点，就是韵律和谐、音节铿锵。上面征引的诸诗已足以证明。这在新诗人中也是难得的。旧体诗词格律，虽属雕虫，但要熟谙也非易事。有一位著名的新诗人写过一首五律，思想深邃，情浓意远，诗味醇厚，确是一首好诗。可惜的是，平仄失粘、音律未谐，读起来难免拗口。克温对平仄规律的驾驭虽不能说是已经炉火纯青，但却不会出现一联之中失对、联与联之间失粘的现象，也许因为辨音不准在个别字的平仄上偶出差讹而已。

然而，克温的诗也有不尽如人意之处，我以为主要有两点：

其一，有的诗未遑考虑和前进中的生活是否合拍。如前所说，秦克温是一位有现代意识的黄土诗人，他的作品在抒写西部风情中拥抱时代，流溢出现代意识。但是，也许诗人对西北黄土高原的爱太浓烈了吧，以致对那里的一切风物都注之以情，都不能不为之歌唱，有时难免失之于选择，例如对“土屋”“土炕”之类，他都有专诗赞颂。土屋和土炕是我们祖先的伟大创造，千百年来，它给人们以庇护和温暖，至今仍星罗棋布于塞上的农村。但是，它们毕竟不是现代物质文明进步的象征，这样为土屋辩解：“谁说你鄙陋、低矮、闭塞，/没有绚烂的色彩，雄伟的气魄？”不仅未免失实，而且也不符现代观念的要求；说土屋“质朴浑厚，像我慈祥的祖国”，其实，四化建设中的祖国的形象是北京、深圳及其他城乡耸立起来的千百万幢高楼大厦，绝非塞上农村的土屋。而克温把土炕说成“是精心塑造的/高原的另一种形象”，恐怕也只能是高原已经或行将逝去的形象。

当然，这样的诗在克温的作品中是很少的。即使在《土屋》中，诗人“面对凌空崛起的世纪”也“朦胧地觉得你（淮按——指土屋）缺少些什么”。在《土炕》中“那热烘烘的土腥味”，也激发着抒情主人公“深沉思考”，激发他“质朴而又浪漫的遐想/和向理想飞翔的力量”。对塞上农村某些事物的偏爱，到底没有蒙住诗人清醒的现代意识。

其二,毋庸讳言,克温有些诗,或者说有些诗中的某些片断或诗句显得直白浅露了些。但随着时间的推移,他这样的作品已越来越少。特别是近年来,诗人在意象化方面已有了长足的进步。

(原载《宁夏作家论》,宁夏人民出版社1988年12月出版)

宁夏近十年文学评略

宁夏近十年的文学，是中国社会主义新时期文学的一个部分。它和这十年的整个中国文学一样，是在党的十一届三中全会的阳光照射下发展起来的，并且处于有史以来最好的发展时期。

简略的历史回顾

为了更清楚地认识宁夏文学的这个最好的发展时期，我们先来对宁夏过去的文学状况做一个简略的回顾。

古代希腊在其未发展的社会阶段上，由于各种条件自发而奇妙的配合，产生了至今“还继续供给我们以艺术的享受，而且在某些方面还作为一种标准和不可企及的规范”(马克思语)神话。

两千多年后的中国宁夏却没有这样幸运。它的经济较之全国多数省区是不发达的；这是近代和现代的不发达，已经不具备古代希腊产生与经济不相平衡的伟大艺术的那种条件和土壤。它的文学状况和它的经济发展是相适应的，那就是一样的贫瘠，在很长的时间内都是如此。

一个时代或一个地区的文学，总是以它们所产生的作家和作品的情况为标志的。用这个标准来衡量，1949年以前的宁夏，可以说几乎没有文学。从新中国建立到成立宁夏回族自治区的九年内，宁夏经历了从建省到省的建制撤销的历程。

它偏处于西北一隅，国内社会的各个方面很少把注意的目光投向这里。和它当时的政治、经济、文化诸条件相应，宁夏的文学也处在十分幼弱的萌芽阶段。1958年，回族自治区成立，宁夏升格为一个省级的民族自治地方，自然有了此前所不能比拟的条件，文学本可以较快速地获得发展。但是，自治区成立之后，国内“左”倾错误思潮开始袭来。一批外来的有才能的作家、翻译家如阿章、罗飞、黄嘉音、高深、程造之、李兴华等或在外地就在政治运动中戴上了“帽子”，或存在某些问题，一般是不能创作了；张贤亮也可算在这个范围。姚以壮、朱红兵、李震杰、哈宽贵、路展等还能创作的作家，思想也受到“左”的桎梏，文学的翅膀不能自由地翱翔；1964年后，随着“阶级斗争”的日益紧张，这些同志基本上也都停止了创作。一些青年作家刚刚破土而出，就遇到了“左”的严霜。因此，从1958年到1978年的二十年间，宁夏基本上没有产生出有全国声誉的作家和有全国影响的作品。

到了1979年，宁夏的文学面貌才完全改观。

现实主义深化是小说的主要特征

1979年，对宁夏文坛来说，是值得大书特书的极其重要的一年。上一年岁末，中国共产党举行了十一届三中全会，会议的春风吹暖了宁夏文坛。

1979年年初，曾因《大风歌》诗获咎，辍笔二十一年之久的青年诗人张贤亮，在43岁之年，以小说家的姿态重返文坛。在这年的《宁夏文艺》第1、2、3、4期上，连续以头条地位发表了《四封信》《四十三次快车》《霜重色愈浓》《吉普赛人》四个短篇小说，长时间的禁锢，一旦得到解放，作家的心潮便不可遏制地从笔底宣泄出来，震动了宁夏文坛。

无独有偶，也是1979年，在“左”的束缚下多年没有发挥创作才能的青年作家戈悟觉（这年42岁，已步入中年）也在《人民文学》《十月》《宁夏文艺》等杂志上发表了《故乡月明》《客人》《记者和她的故事》《邻居》四个短篇小说。同一年，另一位“文革”前初露头角的，41岁的作家张武，在《人民文学》上一连发表了《选举新队委的时候》《处长的难处》《看“点”日记》三个短篇小说；这一年他一共推出六个短篇，其他三篇分别揭载于《宁夏文艺》和《儿童文学》上。戈悟觉、张武1979年的创作实践，终于使宁夏的文学突破了自治区的范围而走向全国。

这一年，来宁夏前就已发表和出版过六部长篇小说的65岁高龄的老作家程造之，也重新拿起久搁的艺术之笔，发表了很有分量的短篇小说《潘问鱼》。在同一年中，宁夏其他作家，也在报刊上发表了一批小说。

1979年起，宁夏的小说创作，以前所未有的冲劲和势头划出了一个崭新的时期——宁夏新时期的文学十年。

这十年，宁夏的小说创作，形成了可以说是空前的繁荣局面。这十年，张贤亮发表和出版了一百多万字的长、中、短篇小说，他三次获全国优秀中、短篇小说奖，作品在许多国家被翻译出版。

这十年，戈悟觉出版了四个中篇、短篇小说集，作品也在国外翻译出版，为国际文坛注目。这十年，张武出版了三个中短篇小说集，作家王洲贵出版了四个长、中、短篇小说集，作家高树榆出版了长篇小说《马鸿逵演义》。

这十年，程造之不顾老病之躯，奋力创作，出版了新作短篇小说集《草滩上的黄昏月》。老作家，积劳成疾，不幸于1986年逝世。

这十年，在宁夏文坛上，高奋、那守箴、伊布拉英、南台、郑柯、张冀雪、李唯、蒋振邦、郑正、吴江、都沛、金瑞直、陈勇、丁跃等一批老、中、青小说家以他们的作品引起自治区内外的注意。那守箴的《大雪歌》获第二届全国少数民族文学创作评奖短篇小说一等奖。

这十年，固原地区小说创作出现了很好的势头，蔡锦启、徐兴亚时有新作，王漫曦、成蹊、罗致平等的作品开始为人注意。他们的小说富于山区特色，评论家李镜如称之为“黄土高原派”。

这十年，涌现了一批回族作家及其小说作品，将在后面专题叙述。

这十年，通俗文学也在宁夏兴起，因此，《通俗文艺家》杂志应运而生。

纵观近十年宁夏的小说创作，不难看出，现实主义的深化是其主要艺术特征。

现实主义创作方法要求作家客观地观察生活，按照生活的本来样式精确细腻地描写现实，真实地表现典型环境中的典型人物。且不说“文革”十年，就是“文革”前的若干年间，由于“左”倾思潮的影响，宁夏作家笔下的社会生活，也很难说是生活的本来样式，往往倒是经过修饰了的。作家们在这样做时还真心实意地认为自己在遵循着典型化的现实主义原则。这样的作品自然难以反映现实的深层和本质，这是时代使然，我们不应以今天的标准去苛求当时的作家。到了1979年以后，宁夏作家的小说，才真实而深刻地描绘了生活的本来样式，塑造了在各种特定的典型环境中的典型人物；而且在感应时代脉搏的敏锐、观察和思考生活的深刻、反映现实不断提出的重大课题和从宏观上对历史作深沉反思等方面显示出了现实主义的深化。

1979年1月29日，正式肯定了天安门事件是革命行动的党的第十一届三中全会公报发表不过一个月，张贤亮就异常迅速地完成了反映这一事件的14000多字的小说《四十三次快车》，再现了在这个事件的典型环境中各种人物截然不同的性格、心态和行为，表示了对天安门事件的深刻反思。

当作家和读者双方大都沉浸在“伤痕文学”之中，频频回顾“文革”给人们心灵造成各种深深创伤的时候，张武的文学触角已经伸向对官僚主义作风的鞭挞。1979年，他发表了两篇这样的作品，即前面提到过的《处长的难处》和《看“点”日记》。后者用日记体裁写一个省委副书记名为“蹲点”，实则让秘书看“点”的故事。作家严格遵循现实主义原则，客观地、如实地将生活的本来面貌再现出来，获得了揭露官僚主义作风的真实而深刻的效果。难能可贵的是，作家在1979年就用两篇作品提出反对官僚主义作风这样的重大课题,在全国文学领域来说,也是相当早的了;时至今日,我们更具体地感到作品的现实意义。

1980年,戈悟觉在小说《银幕静悄悄》中创造了一个错划“右派”得到改正的中年女知识分子、电影厂编辑石泉的形象。此类题材的作品,一般或是写错划的冤屈荒唐、错划后的坎坷苦难,或是写改正后的振作、喜悦、感慨。戈悟觉笔下的石泉和这些都不同,作家着重写她在长期逆境中形成的扭曲性格和变态心理在获得改正、重返岗位后的工作中的种种表现。把笔触伸入反“右”派扩大化不幸后果和被错划过的知识分子心灵的更深层次,反映现实较之同类题材作品为深。文学评论家肖云儒称石泉“是迄今为止还很少见到的一个具有独特性的形象”,这是很准确的评价。

张贤亮、戈悟觉、张武的小说对现实主义创作方法的具体运用是千差万别、各有千秋的,但也有一个共同点,就是写“文革”灾难、写伤痕的时候并没有忘记即使在那样严酷的环境里,人民中间也还存在善良、同情的美好情操和希望、乐观的积极因素。戈悟觉的《故乡月明》《缔造友谊吧,人们!》,张武的《转转,你在哪里》等篇章都是如此。张贤亮笔下的许灵均,在艰难的逆境中得到了郭蝙子等放牧员们的友情、庇护和李秀芝的女性的柔情;章永璘刑满农场就业,是性格泼辣和温柔交织的马缨花的爱,是谢队长、海喜喜等人的善良、纯朴、憨直,使他的心从绝望之中挣脱出来。这一切都是实实在在存在于现实之中的,只是有些“伤痕文学”没有发现它们或忘记表现它们罢了。

早在1981年,农村生产责任制刚刚兴起不久,张贤亮就感觉到改革大潮的“山雨欲来”,从而在中篇小说《龙种》中,通过一个农场的变革,展示了历史已经提出必将进一步提出的改革的重大课题,后来的长篇小说《男人的风格》则是写这一重大课题在城市的继续,在《绿化树》中,作家通过劳改被释放的大学哲学讲师的口对章永璘说:“你还能从那里面(指《资本论》)知道,我们今天怎么会成了这个样子。记住，我们的命运是和国家的命运紧紧地连在一起的。”这是对“左”倾错误思想及其造成的危害的历史所作的非常深刻的反思。至于《绿化树》中关于饥饿的描写，更是现实主义的细节真实的精心之笔，凡是从那个年代走过来的人都能深深地体会到这一点。

以上所说，就是宁夏近十年小说现实主义深化的例证。

随着一批青年作家的出现，宁夏的小说开始带有现代主义的色彩。

其实，在张贤亮的《男人的一半是女人》中，我们已看到了魔幻现实主义的表现，它更增加了作品悲凉色调和现实主义的深沉感，在张贤亮的其他作品和戈悟觉的一些作品中，意识流、象征等方法也不鲜见，作为他们小说现实主义的一个补充，两者是相得益彰的。

然而，只有到了郑柯、张冀雪等青年作家的部分小说中，现代主义才成为了独立的创作方法。在郑柯的《大大谷》《大叉子河》《季节河》，张冀雪的《回家的路》《生的路程》《活水》《夜雾，还未散尽》等作品中，淡化情节、象征方法、意识流、甚至魔幻手法等或综合地或分别地都有所运用，从而使他们的这些小说就一定意义上说，可以称之为中国现代主义作品。

但是，深化了的现实主义，始终是宁夏近十年小说创作方法的主流。

五光十色的新诗

近十年的宁夏新诗，比起小说也许显得逊色些，但也达到了相当的繁荣。特点是现实主义和现代主义并存、传统诗和现代诗并存、西部诗和非西部诗并存……呈现出五光十色的局面。老诗人朱红兵、罗飞，中年诗人吴淮生等出版了他们的诗集。中年诗人张涧、秦克温、万里鹏、王湛、贾长厚、白闻钟、王景韩等在区内外发表了大量作品。

不少老诗人和中年诗人坚持现实主义创作方法，以写传统形式的新诗为主。有人说他们的诗作显得陈旧，其实，诗的形式、风格和表现方法并无所谓陈旧与新颖之别。诗人艾青说过："假如是诗，无论用什么形式写出来都是诗；假如不是诗，无论用什么形式写出来都不是诗。"这确是关于诗的形式的真知灼见。如果有浓郁的诗情，独特的审美发现，以及由新鲜的构思和精粹的语言组成的意境，即使是用新诗的所谓"传统形式"写出来，也会是使人欣赏不已的优美诗篇。李震杰的《女儿来信》，秦克温的《我和太阳黄河行》等都是这方面的佳品，都是现实主义的篇什。十年来，秦克温在区内外发表了几百篇作品。他写《奔腾的黄河》、写《乡村的桥》、写《银川平原的五月》、写《崛起在田野上的美》……在他的诗中，我们看到奔腾的黄河和改革者一往无前的精神融为一体，看到执着的黄土地之恋和热烈拥抱时代的同向轨迹。

罗飞的诗，集现实主义与现代主义于一身。他四十年代开始发表作品，后来长期沉默。重返文坛后，以《人的标本》《不朽的遗产》《眼睛》等诗获得新的声誉。《人的标本》写一位共产党员、医学教授临死前遗言，将遗体献给人体解剖教研室制作标本，是一首共产党人坚贞和永生的赞歌。它在宁夏发表后为《诗刊》转载，赢得海内外的赞赏。上述罗飞的一组现实主义诗作，并没有采用格律体、半格律体等传统形式，而是连韵都不押的完全的自由诗。罗飞诗集《银杏树》中的其他篇章，则更注意发挥审美创造主体的感情和意识，在创作方法上也有较明显的现代主义倾向。也许可以说，诗人将现实主义和现代主义两种创作方法化合，用以表现现实的内容。罗飞的《银杏树》影响远及港澳。

贾长厚的爱情诗，是宁夏诗苑中的独特花朵。一个中年诗人，在他近年来发表的诗作中，有近二百首为爱情诗，这在宁夏诗坛上还是少见的现象。诗人写其他生活的诗更多，题材很广泛，往往在单纯的形象和短小的诗句中隐藏着深沉的意蕴,《我渴望燃烧》等便是这样的篇章。贾长厚在诗的形式视觉形象化方面也做了相当的探求。“既不做‘传统’的抱残守缺者,也不要跟在‘现代派’的尾巴尖上乱摇。”这是贾长厚关于诗的主张,也是他的创作实践。

青年诗人肖川、刘国尧、王庆、屈文焜以崭新的姿态登上宁夏诗坛,并且带着他们的诗走向全国。肖、刘、屈三人出版了他们的诗集。

肖川的诗也有着现实主义和现代主义两种倾向。《中年的船没有港湾》《塞上的土地》《塞上风流歌》等篇章属于前者。《中年的船没有港湾》以其深沉、隽永驰名区内外,受到好评。诗人近年来的有些诗作开始步入现代主义,以意象的奇特和意境的朦胧给读者以诗的美感享受。抒写中国西部景观和塞上风情,将抒情主体和壮美的自然溶而为一,是肖川作品的重要的艺术特点。

刘国尧坚持现实主义的创作方法。他以《网兜里的面包》《我也是魔方迷》《自行车上的加座》《银川,诗的纪实》等诗享誉海内。他的作品的特点是感情激越浓烈,意象和构思新颖奇妙,时代感强,富于新的生活的色彩。诗人在《网兜里的面包》中抓住讲师随身携带的网兜里的一叠讲稿和两个面包两样具有特征的形象,充满激情地写出了八十年代中年知识分子的面貌。写得很深沉,很有韵味,诗的结尾表现了作者复杂的意绪和浓厚的情感,获得了广泛的影响。

如果说王庆发表在《星星》诗刊的组诗《塞上,我富庶之乡》是表现了诗人对第二故乡宁夏挚爱之情的现实主义力作,那么,他揭载于《青春》的《宇宙之恋》便是写出了宇宙的混沌、瑰丽、奇特、朦胧的现代主义作品。

屈文焜也在区内外发表了许多作品。他以《我是六盘山的农民》为总题,写下了不少诗章,将宁夏南部山区鲜为人知的雄奇、险峻、荒古的自然景观和艰难、古朴掺和着欢乐、奋进的乡村生活呈现在他的读者面前。

经过十年诗的生活历程，我们的四位年轻的诗人用他们色彩纷呈，乐调各异的歌，为宁夏文坛做出奉献之后，已经步入中年，他们的诗艺也臻于成熟。

诗是属于青年人的，继上述四位青年诗人之后，又一个人数更多的、更年轻的诗群，崛起于塞上诗坛。他们中间有赵福辰、韩长征、柳风、葛林、田为民、薛刚、洪立……他们思想活跃，没有框框，在他们的心目中，波特莱尔、艾略特和普希金、拜伦并重，他们喜欢舒婷、北岛、顾城们的诗，也许超过喜欢老诗人的作品。他们笔下的中国西部、塞上江南是一个色彩缤纷的世界。例如赵福辰笔下的宁夏纺织工人生活，葛林关于太阳谷的歌，都在读者心中留下了印痕。

宁夏老、中、青诗人的多种形式、风格和创作方法的作品构成了五光十色、乱花迷眼的境界。十年来，他们的作品跨进了国内数以百计的报刊、几十种诗选，他们用诗笔敲开了中国诗坛的大门，在缪斯的神圣的殿堂里响起了塞上的歌声。

回族文学的兴起和发展

宁夏的回族文学只是中国回族文学的一个部分，因为回族居住的特点是“大分散，小集中”，分布遍及全国。

宁夏应当是中国回族文学的主要产地，因为它是唯一的省级回族自治区域。

“回族文学”作为一个概念正式被提出来，迄今不过十年左右。

十年来——

宁夏创办了《回族文学》，它是刊登回族文学研究、回族作家介绍和作品选载的综合性文学杂志，也是全国第一个回族文学刊物，内部印行。《新月》文学季刊一段时间内也以发表回族文学作品为主。《朔方》《六盘山》两个文学刊物也都先后出过多次回族作家作品专号。

宁夏的报刊开展了关于“回族文学范围”的讨论。

由银川市文联做东道主，召开了西北五省区省会首府“回族文学讨论会”。

宁夏出版了《回族作品选》《当代回族作家丛书》，李树江、王正伟、潘自强等同志编著了《回族民间故事选》（上海文艺出版社出版）、《回族文学概观》（内部印行）、《回族文学评论集》（内部印行），《回族文学史》也将出版。

宁夏大学成立了回族文学研究所。

宁夏文联成立了少数民族文学讲习所，举办了少数民族文学征文。

十年来，宁夏一批回族作家活跃于宁夏和全国文坛，创作了大量作品；不言而喻，回族作者创作的作品自然是回族文学。

回族作家王世兴的长诗《莲花滩》、丁一波的散文《哈大妈的盖碗子》获首届全国少数民族文学创作奖。

50年代成长起来的回族诗人高深，由于众所周知的原因长期基本上停笔。他原籍辽宁，1960年调到宁夏工作，1987年调离宁夏。高深于1979年重返文坛以来，先后出版了《路漫漫》《小哥俩》《大西北放歌》三个诗集。在全国各地的报刊上还发表大量新诗和许多中短篇小说。他的诗《致诗人》和小说《军人魂》分别获第一、二届全国少数民族文学创作新诗奖和中篇小说一等奖。强烈时代感、中华民族自豪感和回族自尊感的统一，是高深诗作的一个重要特征，如《我默立在海瑞墓前》等。他的诗苍劲有力，诗集《大西北放歌》展示了中国西部沙漠的辽阔，黄河的湍急，开拓者的情怀，牧羊人的爱情……他的诗构思精巧，语言精粹，《鹿回头》是这方面的代表作。短短八句，别出心裁，不落前人窠臼，受到诗人邵燕祥、评论家高嵩的击节赞赏。高深的中篇小说《军人魂》写的是我军自卫反击战的故事，写了我军在复杂的战斗环境中对自己同志的误伤，误伤同志者悔恨欲死，终于在战斗中壮烈牺牲，为祖国立了功勋。这是一篇现实主义的作品，在军事题材的文学中有作家自己的创造。

近十年来，宁夏经常在区内外发表作品的回族中青年作家和诗人还有马知遥、马治中、查舜、杨继国、丁文、马乐群、何克俭、杨少青、马中骥、于秀兰、哈若蕙、马钰、沙新、蓝茂林、金万忠、杨云才、王建国等。

马知遥从画家转入文学创作，马治中从写诗走向写小说，都是这十年中在小说创作上崭露头角并取得相当成绩的作家。他们的主要作品都是反映宁夏回族生活的，在对回族生活习惯、风俗民情、宗教信仰的自觉审美观照和再现之中塑造各式各样的回民形象。表现回族人民精神风貌、思想感情，也表现回民在改革开放中的新面目。马知遥《老烈》、马治中的《"方"迷新传》等都是这方面的作品。马知遥的作品被评论家汪宗元称之为"宁夏的文化小说"；马治中的小说被评论家朱东兀评价为"回族文学创作自主意识"的表现。

查舜是宁夏本地生长的回族青年作家。他的中篇小说《月照梨花湾》在梨花湾的如画风光、浓郁的回族之乡的风情的背景上写出了一个回族青年知识分子的高尚情操，获第二届全国少数民族文学创作奖。他的《穆斯林的儿女们》出版于1988年1月，是宁夏回族作家第一部反映回族生活的长篇小说。它抒写了穆斯林儿女们动人心弦的爱情故事，再现了伊斯兰教的习俗和历史，描绘了穆斯林在塞上高原的艰苦奋斗和在特定环境中的遭遇。

杨少青以善于写宁夏"花儿"著称。他先后出版了《阿依舍》《马和福》两部长篇叙事诗。前者是写反封建的爱情故事；后者是写回族无产阶级革命战士、豫海县回民自治政府主席马和福事迹的英雄史诗。

马钰年方而立，发表诗作二百余首，他曾从青海的江河源头沿着黄河徒步考察直到山东的黄河入海口，同时艰难而深沉地唱着黄河之歌。沙新和杨云才是先后从大学毕业出来的青年诗人。沙新的诗《祖国，请为他们记功》获第二届全国少数民族文学创作奖；杨云才1987年被《星星》诗刊列为复刊八年来推出的新人之一。回族青年女诗作者王慧、陈晓燕也初露头角。

以上所述，只是十年来宁夏回族文学的荦荦大端，如果要深入详细地论述，那将是一本专著的任务。

其他文学形式及其他

十年来，宁夏的儿童文学、报告文学、散文和文学研究也都有长足的进步。

儿童文学作家路展出版了《雁翅下的星光》《小鹿银点点》两个童话集。他的童话《小苹果树请医生》获全国第二次少年儿童文艺创作奖；中篇童话《雁翅下的星光》获全国优秀儿童文学创作奖。儿童文学作家刘和芳出版了《幼学童话百篇》。

随着自治区四化建设的发展和改革开放的深入，宁夏也和全国一样，报告文学成了文坛的"热门"。作家蜂起，作品迭出。作家戈悟觉、刘国尧，女作家周玲和作家秦钧分别出版了他们的报告文学集；还出版了一批报告文学合集。此外，何新南、张晓敏、李再玲、余光慧、冯琦、陈葆泉等发表了许多未结集的报告文学。上述作品从各个角度、各个方面反映了十一届三中全会以来宁夏的大好形势和涌现出来的先进人物。

散文的成果看起来不如报告文学那么引人注目，但也有不少人立志于从事此项创作。也许散文适于表达细腻的感情吧，它的作家以女性为多，前面已说到的写报告文学的周玲和虞期湘、姚承秀、李凝祥、冯剑华、吴善珍、于秀兰、马青等都是。男作家中，张涧、高耀山、张劲、杨森翔、张锦等都写了大量散文。张涧是诗文并举，他的散文娓娓道来，亲切平易，引人不知不觉地进入他构筑的境界,《楼》是他的散文力作,深为读者所赞许。肖川的散文《寻》收入《中国新文学大系·散文卷》。

这十年来,正是老作家王十仪教授从花甲到古稀之年。他老当益壮,教学之余,潜心著述,出版了《白居易生活系年》等三部古典文学研究著作,共七八十万字。中年评论家高嵩也出版了《张贤亮小说论》等三部文学评论和研究著作,影响及于海内外。中青年作家和学者李增林、刘世俊、唐骥、王枝忠、布鲁南、杨继国、魏若华、张迎胜、何克俭、丁生俊等也分别或合作出版了他们的文学研究著作。此外,老、中、青评论家李镜如、刘贻清、陈文坚、潘自强、慕岳、何克俭、刘绍智、荆竹、秦庚(贾长厚)、马东震、哈若蕙等也都写出了一批有质量的文学评论。

宁夏的文学十年是一个大题目,万字篇幅只能勾画一个粗略的轮廓。深入论述,势所不能;挂一漏万,却在所难免。在此谨向文中应提而漏提的作家深致歉忱。仅就这个轮廓也可以看出,宁夏十年来的文学,较之它自身以前任何一个时期,是跨度很大的飞跃。默默无闻的宁夏,以其文学之花装点了祖国的文苑;这当然是党的十一届三中全会春风吹开的繁花,也是和宁夏近十年的经济发展以及全国的经济与文学的发展相适应,相一致的。

然而,我们切不可自满自足。和自身做纵向比,犹可自慰;一和先进省区进行横向比较,就不免暗自心惊,感到差距不小。本文也循惯例,在结束时指出宁夏近十年文学的不尽如人意之处。

第一,只有很少数作家及其小说作品驰誉海内外。从年龄来看,文学的梯队已经形成,从文学成就来说,"尖子"作家和多数作家这两个层次之间有一相当的"落差",并且,在可以预见到的未来,还难以改变这个"落差"。少数诗人虽在全国享有一定知名度,尚并非诗名籍籍;多数诗人及其作品基本上还未走出自治区范围。

第二,回族文学的发展和回族作家的成长也不理想。前述的《回族文学》杂志,只办了四期,《新月》也宣告停刊;而新疆昌吉回族自治州文联却办起了《新疆回族文学》。中国作家协会共有回族会员27人，其中属于宁夏的只有3人，后又调走1人，现只有2人，仅占回族会员总数7.4%。知名度较高的回族作家大都在自治区外。

第三，文学理论工作薄弱，文学评论跟不上创作的发展，理论研究也较肤浅。

三个弱点各均寥寥数语提及，但可看出不是小问题，不可等闲视之。宁夏的文学在下一个十年内要获得更大发展，必须决心克服这些弱点。这还须宁夏的全体作家、评论家、编辑家、文学组织工作者、业余作者和文学青年共同做大的努力才行。

我们期待着这个“更大发展”的到来。

（原载《塞上文谈》1988年第4期）

文学对话录

吴淮生(以下简称吴)

李学军(宁夏人民广播电台《文学爱好者》专栏编辑,以下简称李)

李:《文学爱好者》这个专栏节目开办近一年了。许多作者来稿时都希望得到创作上的指导。吴老师,现在请您就一部分有代表性的来稿谈谈它们的得失和存在的主要问题。

吴:好的。我读了你们送来的15位作者的30多篇作品,其中诗22首,散文诗14章;另外还有5封信。15位作者都是年轻人,有大学生、中专学生、武警战士、青年工人和青年干部等等。我从这些作品中感受到了一颗颗年轻而火热的心在跳动,我的心也和他们的心、他们的作品发生共振。我感到由衷的喜悦和欣慰。

首先,我感到欣慰的是,在我们宁夏,竟有这样一大批爱好文学的青年,这是一个很好的现象。你们经筛选后拿给我看的是30几篇作品,你们收到的文学稿件一定要比这个数目多出好些倍;据我所知,还有许多青年人,把诗写在自己的日记本上,从来没有投过稿。这样估算,我们宁夏爱好文学的青年就要以千百计了。他们可以说是文学战线上的不招自来的志愿兵,在文学方面,是高度自觉的战士。这么多的文学青年当然不会都坚持写下去,但是,其中必然有相当一部分同志对文学会执着地追求下去,以至把文学作为自己终生的事业,也许是业余的终身事业。这种状况使我深为庆幸:宁夏的社会主义文学事业后继有人。

爱好文学是一种高尚的精神追求。在当前社会上还存在某些不良风气的情况下,有这么多青年迷恋上了文学,说明我们的许多青年人的心灵并没有被社会上那些肮脏的东西所玷污。我区作家张贤亮曾经说过:“文学是教人善良的事业。”我很欣赏他的这句话。青年阅读大量的文学作品,可以从中受到教育,心灵得到陶冶。我说的当然是指那些革命的、进步的、社会主义的文学作品,格调高尚的、思想健康的文学作品。解放以前,许多青年就是从爱好文学、阅读进步文学作品开始,走上了革命道路的。

年轻人利用工余或课余时间,孜孜不倦地学习文学创作,他的精神就会感到充实,心灵得到净化,思想境界也会提高。很难设想,一个青年,一方面在他的文学习作中表现美好的情操,另一方面却去干些行为不端的事情。这种二重人格的矛盾现象不能说绝对没有,但毕竟是极少的。

我还感到欣慰的是,宁夏人民广播电台《文学爱好者》这个专栏节目的同志们做了许多很好很有益的工作。你们介绍文学名著和优秀作品,举办文学欣赏,给广大听众,特别是青年文学爱好者以丰富而美好的精神食粮。你们还举办青年文学作品的朗诵和点评,团结、培植、指导了广大文学青年。我认为是起着党教育文学青年的社会化的学校的作用,这样说不知道准确不准确。这么多青年文学爱好者给你们投稿,并在信中谈到对这个专栏的浓厚兴趣,表达了要求你们指导的渴望,这些就是你们工作成绩的生动的证明。我对你们的工作致以深深的敬意和诚挚的感谢。

李:我们请您看的作品中,有一部分是中学生写的,请您谈谈他们的习作,并做些点评。

吴:我读的这些稿件中,有7首诗,两章散文诗是中学生的作品,占你们送来稿件的1/4,这是尤为可喜的现象。这些作者都是十六、十七、十八、十九岁的少男少女,这是充满幻想和激情的年龄,是希望拥抱世界的年龄,也是对文学有特殊敏感的年龄。40多年前我在中学读书时也是这样:在散文、散文诗和诗里编织着自己的幻想和遐想,寄托对光明的追求,最近我出版的散文集《梦里青山》中，收了几篇我17岁到19岁时写的散文和散文诗，就是我少年时期心灵历程的某种记录。现在我在这些中学生的作品中依稀见到了当年自己的影子，它们引起我心弦的共鸣。我怎能不喜悦呢！当然，时代不同了。我那时的涂鸦之作，在幻想和追求光明之中，总是笼罩着旧时代的浓重阴影，流泄着我对黑暗旧社会不满的忧郁、愤懑之情。现在这些中学生的作品，情调是明朗的，因为摆在他们面前的，是光明美好的未来；在艺术上，也比我那时写的东西要高明。现在举两个例子来谈谈：

一个是中卫中学高二(1)班梁雪红同学的一组诗中的一首《生日》，这首诗只有9行，现在逐句逐段做些分析：

诗的开头两行是："写完一首小诗／坐在句号里歇息。"这两行按顺序似乎应该是诗的结尾，但作者却将后军调为前军，做了开头，给人以异军突起之感。诗的标题是《生日》，这开头的两行既表达了写完一首诗后松一口气的真实心情，又象征、暗示着一个年龄的结束。尤其是第二行，意象新颖而又贴切，富于韵味。第三、四行："十七根蜡烛／点燃了十七岁的生命之火"这两行比较一般，但点明了年龄，用生日蜡烛燃起生命之火，意思是积极的，和下面一段联系起来看，就在一般中显出不一般了。下面一段共5行，前两行是："稚嫩的嗓音／唱出了热忱的歌。""稚嫩"和"热忱"虽然是抽象的概念，但却勾画出了一个年轻而热情的影子。最后3行是："就这样／迎来了／出航的日子。"好一个"出航的日子"；前面作者说，庆祝生日的蜡烛燃起"生命之火"，结尾则把生日当作"出航的日子"，这两组意象富于象征意义，象征着17岁的生日是一个开端，青春的开端。生命之火点燃起了，燃烧着，照耀着青春，照耀着未来，于是，扬起风帆远航。诗的结尾给读者想象的飞翔开拓了空间。全诗简洁、明快、铿锵、有味，梁雪红同学另外两首诗《秋夜篝火》《心事》写得也不错。

青铜峡中学高三(6)班哑弦的散文诗《雪恋》，共七节，约1400

多字，作为散文诗，就算是比较长了。这篇散文诗的特点是写了一个故事：由冬天飘雪而回忆起曾在一个冬天的风雪黄昏中认识了一个朋友，后来这个朋友又离开作品中的“我”而远去了。在另一个风雪黄昏，“我”在思念朋友时遇见了一个身着蓝色衣衫的女孩在雪地上边写诗，边叹息。暗示着那个女孩也在思念朋友。用散文诗写故事是很少的，但作者写得富于诗意，是散文诗化了的故事。例如，开头的第二句：“默默无言的白色雪花，轻轻飘落在冬夜梦的窗口。”落雪是没有声音的，用“默默无言”就将落雪拟人化了。全句的意境朦胧而柔美。再如：“在融雪的黄昏，我与你在小山之巅放飞了一只蓝色的风筝”。“蓝色的风筝”是什么呢，也可能暗示朋友远去了，也可能不是，意象具有不确定性，让读者去联想。

李：刚才您分析了两位中学生的习作，我想对他们是很有帮助的。您是否还可以再谈一下这些稿件中其他方面作者的作品。

吴：下面再谈谈两组其他作者的散文诗。一组是武警战士杨锦霖（笔名芭林）写的，共三章，抒写战士的故乡情。第一章《思念，在远方》写在一个深秋的早晨，战士按母亲的嘱咐，脱下母亲亲手缝制的衣衫，着上一身橄榄绿走了。送他的是很红很红的太阳和母亲晶莹的泪水。送别，写得很动人。妈妈送给战士一包黄土，里面有妈妈的泪迹。战士常常打开这个小包看，小包伴战士走过风风雨雨的路。这一章写母亲对祖国和儿子的情，战士对故乡和母亲的情。两个方面的情写得很浓，结合得也好，能感染读者。第二章《回故乡》写战士回到家乡探亲。故乡变了：“绿幽幽的山林设计了一个风景区”；故乡对战士絮絮诉说着“绿色的情话”；连母亲见到久别的儿子时流下的清澈的泪水中也仿佛“透着一丝绿色的微笑”。三个“绿”字，通过实写、拟人、幻觉三种表现方法写出了故乡面貌在战士离开后的变化。轻盈流利，不落俗套。第三章《芨芨草》，以芨芨草来象征、比喻驻守在戈壁滩上的战士。比喻是贴切的，但这种以物喻人的方法，在散文和散文诗中比较常见，就不多分析了。

另一组散文诗是《石嘴山报》的青年同志雷东鸿的《故乡的云》,共四章。第一章《望着你》,写作品中的“我”,在外面常常想念故乡,终于回到故乡,看见故乡景物变化,以及由此而产生的感触。构思比较一般,但感情是真挚的。第二章、第三章分别写的是故乡的两个湖,却美丽而有韵味。第二章《月牙儿湖》开头一段是这样的:“你是夜色中月亮遗失的一半呢,还是嫦娥姑娘乌黑秀美云鬓中的那支月牙梳?大漠深处哟,有一洼美丽的月牙儿湖。”写了天上的月亮,写了有关月亮的美丽神话——嫦娥头上的梳子,用这选择性的暗喻来状写沙漠中的月牙儿湖,把天上、神话、人间联系起来了,落脚还是在人间的月牙儿湖。写得形象、优美而有诗意。今年8月,我游览了甘肃敦煌城外鸣沙山麓的月牙泉。雷东鸿写的虽然是另一处沙漠中的月牙儿湖,但我读了以后,竟唤起了对敦煌月牙泉的回忆,感受到了作者状写的美。然而,这样美的月牙儿湖,竟逐渐被流沙吞没。篇末,作者沉重而遗憾地写道:月牙儿湖竟成为“遗弃给世间的一个空洞的童话”。真实存在的童话变成了已不存在的“空洞的童话”,准确地表达了美丽的月牙儿湖的消失以及作者的怅惘心情。

第三章《妙庙湖》(第一个“妙”是美妙的妙,第二个“庙”是菩萨庙的庙),写法和前一章完全不同。写妙庙湖是“漠海中的明镜”,是“黑色沙漠中的白云”。沙漠当然不是黑色的,把黄色的沙漠写成黑色是一种变形(具体地说是改变色彩)的写法,更能给人以沙漠荒凉的形象,也和白云般美好的湖泊相对,增强读者感觉上的反差。湖边的那株桃花呢,作者写它是传说中在这里饮过马的成吉思汗马鞍上失落的绣花。用的是疑问句的形式,在不确定中透出想象的美。所以叫“妙庙湖”,果然有一座很小很小的庙。这沙漠深处的小庙,居然也“偶有几炷香火升起”。于是,作者感慨地说:“人们啊,既然有大自然恩赐的美景,又何必在自己心上插上那炷香火呢!”并没有从正面明确表示自己的意思,而是用了一个问句,含蓄蕴藉,意味深长。

第四章《又梦驼铃》，由于节目的时间的关系，只好从略了。

李：上面您对这些习作的比较成功之处，也就是优点吧，做了点评。您是不是还能谈谈青年人的习作的不足之处，也就是缺点，以及怎样克服和提高呢？

吴：前面已经说过，青年人是富于幻想和激情的。但相对来说，生活阅历却比较缺乏。所以写诗、散文诗和散文的作者比较多，而写小说的较少。这似乎是很自然的现象。但是，写诗、散文诗和散文同样也需要有尽可能丰富的生活阅历。我读了这三十几篇作品后有一个比较突出的感觉，就是作者们写的题材，或者说写的生活面比较狭窄。概括起来，大体上就是故乡、友情、离别、春秋四季之类。因此文学青年要使自己的创作有所长进，不仅要努力学习，学习政治，学习文学名著、优秀作品，还要增加生活阅历，扩大生活视野，对社会生活和身边的环境、事物多观察，多体验，这是更重要的。另外，还要在文字上多下功夫。文学是语言的艺术。苏联诗人马雅可夫斯基曾经说过，为了写好一句诗，要开采千百吨语言的矿石，才能从中提炼出精彩的诗句来。他的原话我记不确切了，大意是这样。我们在创作时，对语言要千锤百炼，使语言做到非常凝练，掷地有声。

文学虽然是文学青年的一种爱好，但写作品却应该有明确的目的，那就是为人民服务，为社会主义服务。不能单纯为了宣泄个人狭隘的感情。写作品时，要考虑到对社会负责，也就是我们通常说的要有社会责任感。

我要说的就是这些，谢谢你对我的采访。

李：吴老师，您对文学青年的习作详细地做了指导，并对一些作品进行了点评，占用了您许多宝贵的时间。我代表《文学爱好者》专栏全体同志向您表示感谢。

（原载《宁夏创作通讯》1989年第2期）

宁夏当代文学评论概况

宁夏当代文学评论，肇始于本世纪50年代初期，50年代后期至60年代初期有了相当的发展。60年代中期至70年代中期陷于停滞状态。70年代后期，特别是80年代以后，随着宁夏文学事业的整体发展，文学评论相应也有了长足的进展，达到了前所未有的繁荣。

宁夏的当代文学评论，是通过建立评论机构开展活动、在报刊上发表评论文章、出版文学评论书籍、学校中的文学教学和举行作品讨论会等途径和形式来进行的。在开展文学评论的过程中，逐渐形成了一支专业和业余相结合的文学评论队伍。

文学评论是思想性很强的学术性工作。40年来，宁夏的当代文学评论，就其总体来说，是以马克思主义文艺观、毛泽东文艺思想为指导的。

文学评论机构

1962年，宁夏文联建立了业余的文学评论小组，成员约七八人。1984年4月，宁夏文联成立文艺理论研究室，编制5人，任务为办文艺理论刊物、组织文艺理论研究和文艺评论活动。1984年11月，宁夏文联文艺理论研究室成立了业余的文艺评论小组，成员12人。1986年11月，宁夏文学学会成立，首批会员95人，学会的任务之一，便是开展文学评论活动。此外，宁夏大学、西北第二民族学院、宁夏教育学院、宁夏广播电视大学、银川师范专科学校、固原师范专科学校的中文系文学理论教研室和文学教研室，也担负着部分文学评论的任务。

发表文学评论的园地

发表文学评论文章的园地：自治区级（省级）报刊有《宁夏日报》（1949年至1954年，1958年以后）、《朔方》（原名《群众文艺》《宁夏文艺》）、《通俗文艺家》（原名《宁夏群众文艺》）、《女作家》（1985年至1987年）、《塞上文谈》（原名《文艺通讯》）、《宁夏创作通讯》《宁夏社会科学》和宁夏各高等学校学报（社会科学版），以及宁夏各专业报纸的文艺副刊；地市级的报刊有《银川报》（1954年—1958年）、《石嘴山报》《固原报》《银川晚报》《银南报》《新月》（1981—1987年）、《六盘山》《贺兰山》（曾名《石嘴山文艺》《煤炭文学》）、《银南文苑》；县级报刊有《贺兰文艺》《平罗文艺》《永宁文艺》（上述三报刊均已停刊）、《中卫文苑》。

据粗略估算，中华人民共和国成立以后，宁夏各级报刊（包括内部印行的报刊）发表的文学评论2000余篇。

《宁夏日报》到1990年年底为止的36年中，共发表文学评论800余篇，并先后开设"争鸣"专栏、评论专页等。

《朔方》自1959年后，共发表文学评论800余篇，并开辟了许多评论专栏。其中，"浇灌新苗"（又名"浇灌新花"）共办了8期，发表了12篇文章；"新书架"简评了本区的5部作品；"争鸣"栏从1980年到1985年共刊登了26篇文章，有11篇是对作品的评论和争鸣；1983年至1984年，以"笔谈会"为栏目，发表了12篇评论作品的文章；1982年至1989年，先后以"本区作品评介""本区作家作品""本区作家与作品评介小辑""宁夏作家论"为栏目名称，发表了33篇评论；1984年办的"青年诗人作品与评介"推出评介文章8篇；1984年至1990年"新作短评"栏共刊登文章30篇，评论了41篇作品和一部报告文学集；1985年，办了9期扶持新作者的"春风第一枝"专栏，共点评了35篇作品。此外，还刊载了许多未入栏目的单篇评论；这些文章，或评论一篇作品，或评论数篇作品，或评论一个作家，或按体裁分别综评一个时期的（或获奖的）小说、诗歌、散文、文学理论文章、儿童文学、报告文学等。

内部印行的《塞上文谈》（持有内部刊物准印证）以发表文艺理论研究和文艺评论为主，从1981年创刊到1990年，共发表文学评论约350篇。其中，1985年第1、2期合刊的"戈悟觉作品讨论会发言、论文选辑"专栏刊登评论11篇，1986年第1期"张武、郑柯作品讨论会发言、论文选辑"专栏揭载评论5篇；1987年的"宁夏文学新作研究"栏发表评论3篇；1988年第3期"诗人论"栏内共刊4篇；1989年第2期和1990年第2期"宁夏作家作品评论"（又名"宁夏作品评论"）栏内共刊登评论11篇。此外，也揭载了许多单篇评论；其中，评论本区当代作家作品的计58篇。

内部印行的《宁夏创作通讯》从1983年到1990年，共计发表文学评论59篇：以"本区作品漫评"为栏题，共刊登27篇文章，评论了19篇小说散文，两组诗，10部作品集；"创作余墨"栏发表作者自评6篇；"编辑手记"栏内刊登评论5篇；"作家书简"专栏发表本区作家评论作品的通信6封；其他未入专栏的单篇文学评论15篇。

《新月》从1981年创刊到1987年停刊共刊登文学评论100余篇。其中"新月论坛"揭载近90篇；"张贤亮小说研究"6篇；"争鸣园地"6篇；"作家评介"5篇；"创作辅导"5篇。

此外，《通俗文艺家》《六盘山》共刊登文学评论100余篇。

文学评论书籍

80年代以来，本区和区外出版的关于本区当代文学评论的专著5部、半专著1部，本区出版的区外作家的当代文学评论专著2部。

1981年7月，宁夏人民出版社出版了《爱国主义的赞歌——丁玲等评〈灵与肉〉》一书。该书收入了丁玲等著名作家和评论家5篇评张贤亮短篇小说《灵与肉》（载《朔方》1980年第9期）的文章和张贤亮谈《灵与肉》创作体会的3篇文章，并收进了《灵与肉》原作。丁玲在《一首爱国主义的赞歌——读张贤亮的短篇小说〈灵与肉〉》中写道："《灵与肉》这篇小说，我是爱读的。我写了以上几点简短的笔记，但还不足以说明它给我的感受和喜悦。我只是把我读后的心得向我的同行，向读者做一番推荐，希望他们分享我的愉快。"

1986年5月，四川文艺出版社出版了高嵩著的《张贤亮小说论》，全书18万字，分绪论、创作论、风格论、跋四个部分，论及张贤亮1979年至1984年6月所发表的小说。该书是作者1984年6月10日到1985年3月3日所举行的18次讲座的整理稿，也是宁夏第一部由本区的一位评论家系统地研究本区一位作家作品的专著。

1987年8月，宁夏人民出版社出版了陈琢如编辑的《评〈男人的一半是女人〉》，收录了韦君宜、曾镇南、黄子平、张辛欣等作家和评论家撰写的评张贤亮的长篇小说《男人的一半是女人》的文章44篇；其中，收有本区女评论工作者冯童的一篇《读〈男人的一半是女人〉》。这些文章对该作品或赞誉，或批评，或二者兼而有之，众说纷纭，可以看作是一本《男人的一半是女人》的争鸣集。书后附了小说全文。全书共43万多字。

1988年12月和1989年3月，宁夏人民出版社分别出版了吴淮生、王枝忠主编的《宁夏当代作家论》和《宁夏文学十年》两书。前者收录了本区25位评论家撰写的本区31位作家及其作品的研究与评论文章，每位作家1篇，共31篇，34万字，是对本区当代作家作品的逐一研究，也是本区第一部作家论的总集。后者是从1988年9月召开的"宁夏文学十年"讨论会的论文中选录11篇编辑而成的，计12万字，对中国共产党十一届三中全会以后本区文学创作作了鸟瞰式的考察，又分小说、散文、诗歌、文学批评、戏剧文学、回族文学、女性文学和地区文学等类别进行了论述和梳理，它是对1979年到1988年宁夏文学状况的总论和分类论述。

1989年7月，宁夏人民出版社出版了《宁版书评选》，也即前面所说的关于本区当代文学评论的“半专著”；因为，在该书的103篇书评中，对该社出版的当代文学书籍的评论为60篇，占58.3%。

1983年和1988年，宁夏人民出版社还分别出版了《李健吾文学评论选》和曾镇南的文学评论集《蝉蜕期中》。

文学作品讨论会

举行文学作品讨论会，是本区文学评论活动的形式之一。80年代以来，开过多次作品讨论会。

1982年5月25日至27日，自治区文学艺术作品评奖委员会和中国作家协会宁夏分会（后改名为宁夏作家协会）联合召开“全区1980—1981年获奖小说讨论会”，对获奖的中篇小说《龙种》（作者张贤亮）、中篇童话《雁翅下的星光》（作者路展）、短篇小说《瓜王轶事》（作者张武）、《遥远》（作者戈悟觉）及其他获奖作品进行了比较具体的多方面的分析。

1982年8月，宁夏文联邀集北京、陕西、甘肃、青海、四川、江苏、辽宁和本区8省、市、区部分诗人、诗评家和诗歌编辑参加的“塞上诗会”；“诗会”的内容之一，是对本区17位诗人的作品进行了讨论和评论。

1984年4月16日至17日宁夏作家协会召开张贤亮的中篇小说《绿化树》讨论会，与会者比较集中地分析讨论了作品的知识分子主人公章水璘的形象及其生活道路、思想经历的典型意义。

1985年6月7日至9日，宁夏文联文艺理论研究室和宁夏作家协会联合召开戈悟觉作品讨论会，讨论了戈悟觉的短篇小说集《记者和她的故事》《夏天的经历》，中篇小说集《她和她的女友》，报告文学集《金色的小鹿》，两个电视剧本和未收入集子的小说。与会者认为，着力表现人的心灵美、道德情操的美和生活的美是戈悟觉作品的显著特色。

1985年10月21日至23日，上述两单位联合召开张武作品讨论会。讨论会认为，张武创作上有两套“拳路”：既熟悉机关生活，又了解农村情况。属于前者的有《看“点”日记》等小说；属于后者的有《瓜王轶事》等作品。

1985年12月9日，上述两单位联合召开郑柯作品讨论会，评论了郑柯作品具有中国西部的风情美、人物性格与语言的粗犷美和短篇小说的结构美等美学特征。

1986年2月27日，宁夏作家协会召开文学评论座谈会，就加强本区的文学评论工作广泛交换了意见。

1986年6月11日至12日，宁夏作家协会召开青年诗作者作品讨论会，评论了本区22位青年诗人和青年诗作者的作品。

1986年12月22日至23日，《塞上文谈》编辑部举行作家与评论家对话座谈会。会上提出创作和评论是文学的两翼，缺一不可；评论家与作家的关系应是知音的关系。评论家应当对作家及其作品进行跟踪研究。

1987年8月13日，宁夏作家协会举行本区女作家张冀雪作品讨论会。会议分析了张冀雪创作的三个阶段，集中评论了她近期发表的《回家的路》《生的路程》《活水》《夜雾，还未散尽》等4篇小说的女性自觉意识、西部风情色彩和现代的艺术创作方法。

1988年9月6日至8日，宁夏作家协会、宁夏文联文艺理论研究室和宁夏文学学会联合举行“宁夏文学十年”讨论会，对1979年至1988年宁夏文学创作的空前繁荣及其存在的问题进行了充分的讨论、分析和评估。

1989年4月，《通俗文艺家》《朔方》《六盘山》、宁夏文联文艺理论研究室、宁夏人民出版社文艺编辑室、宁夏文学学会联合举办通俗文学讨论会。会议评价了本区近年来通俗文学创作发展的基本健康的倾向。指出通俗文学广大的读者市场不容忽视；主张通俗文学应当正确反映历史和现实生活，讲究格调，提高质量，走雅俗共赏之路,做到思想性与娱乐性相统一。

1990年6月12日,宁夏作家协会举办马知遥作品讨论会。与会者指出他的作品在塑造有个性的回族人物、描写宁夏的地域特点、探索回族的文化心态等方面表现了着意的追求。

1990年10月25日,自治区党委宣传部文艺处与宁夏文联文艺理论研究室共同举行长篇纪实文学《沙坡头·世界奇迹》讨论会。本书为中卫县业余作者杨兆兴所著。与会者指出,本书以翔实的材料,丰富的史实,科学性和艺术性相结合的方法报告了我国治沙人员创造的中卫沙坡头这个世界治沙史上成功的范例。

文学评论工作的若干侧面和文章存例

一、40年来,宁夏的当代文学评论,研究和评论了本区主要作家及其作品、业余作者和青年作者的主要作品以及引起文学界和一般读者关注的作品

据对自治区一级报刊、书籍统计,被评论的作家和作者近300人,本区的中国作家协会会员的作品都被评论过;中国作家协会宁夏分会会员的作品,也基本上被评论过。

二、报刊开展对文学作品的讨论、争鸣和批评

50年代初期,《宁夏日报》发表数篇文章,对小说《当孩子会叫妈妈的时候》(作者白槐)进行了讨论和批评。

1959年第1、2两期《群众文艺》,发表了王拾遗等人的文章,对该刊第1期上发表的小说《难写的汇报》(作者王长富)进行了讨论,并做了肯定的评价。

1963年春,《宁夏日报》发表关君放的文章,批评1962年第8期《宁夏文艺》发表的小说《黄蓬树上结苦果》。

1980年8月31日至11月16日,《宁夏日报》发表了黎平、林波、张定源等人的6篇文章,同年12期《朔方》发表了黎平、陈学兰的各一篇文章,对张贤亮的短篇小说《邢老汉和狗的故事》(载

1980年第2期《朔方》)展开争鸣。黎平、张万太、朱加侠、陈学兰等人的文章认为，邢老汉的悲剧真实地反映了“四人帮”极“左”路线下的农村的现实，正确地反映了当时生活的矛盾和本质；能激起人们对“四人帮”的无比愤恨，唤起人们对四化建设的热切向往。林波、子扬、张定源等人认为，这篇小说在新形势下是有消极因素的；它歪曲和夸大了对灾民的描写；缺乏“悲剧才是战斗的艺术”的悲剧精神；小说的环境不够典型。

1981年第1期到第9期的《朔方》，共发表了8篇文章和1篇读者来信综述，对张贤亮的短篇小说《灵与肉》(载1980年第9期《朔方》，获1980年全国优秀短篇小说奖)展开争鸣。汤本、孙叙伦、陈同方等人的文章认为，小说主人公许灵均是“一个浑浑噩噩的人”，是“一个畸形的灵魂”，他的“灵魂是变态的，思想感情是落后褊狭的，是非观是倒退荒谬的”。阎纲、胡德培、李镜如、田美琳、何光汉、曾镇南等人的文章和多数读者来信则肯定了《灵与肉》的思想艺术和许灵均的形象，认为“张贤亮作品的基调是充满着对祖国的爱”，他笔下的许灵均的“恋土之情，爱国之诚，在作品中的表现是生动、真实的，饱含深情的，是写得充分的，有说服力的”。许灵均有“最美的最高尚的灵魂，这是今天一代新人的性格，特别是中年一代知识分子的典型”。许灵均“是清醒、自觉的爱国者，不是‘浑浑噩噩的人’”。

1983年第2期《朔方》，以“故事片《龙种》笔谈会”为栏题发表了5篇文章，都涉及张贤亮原作中篇小说《龙种》。刘德一说：“小说好，电影也好。”刘贻清认为，电影比小说原作有重大突破，小说中的龙种是一个并不理想的闯将；而龙种的银幕形象，克服了小说原作中缺乏群众观点的致命弱点，成为新时期真实的开拓者，理想的领导群众进行改革走向胜利的闯将。张贤亮在《以简代稿谈〈龙种〉》一文中说，他写小说《龙种》就是企图用文学手段来“图解”马克思主义政治经济学。他认为，过去有些作品之所以失败，是因为

"图解政策、甚至图解""左"的思想下的政策,而不是"图解"马克思主义。他以托尔斯泰笔下的彼亥尔、列文、聂赫留朵夫3个人物和法国让·保罗·萨特的作品为例,说明文学大师们其实都在文学作品中"图解"自己政治的、哲学的、伦理的观念。1984年第1期《新月》的"争鸣园地"栏内转载了《作品与争鸣》1983年第11期由元的《对〈点评〉的点评》和高嵩的《评〈我和朝霞一齐走进车间〉》两篇文章,并附了回族诗人马乐群在《宁夏日报》上发表的新诗《我和朝霞一齐走进车间》(以下简称《我和朝霞》)。由元的文章批评了高嵩对《我和朝霞》评价过高,认为该诗"不是诗,倘打破分行排列,也不是一篇合格的散文";诗"开头就发出了感情虚假生捏硬造的信号"。高嵩的文章原是他的长文《宁夏新诗点评》中的一节,他认为《我和朝霞》"不俗、不虚、不僵、不夹生、不弱","很好地表现了三中全会以后我国工人阶级的生活和情绪","正确地把握了现实主义的路子"。

1984年4月28日《宁夏日报》发表了潘自强评张贤亮中篇小说《绿化树》的文章。尔后,同年第7期《朔方》以"《绿化树》笔谈会"为栏目发表了6篇讨论张贤亮这个中篇小说的文章;第8期发表了3篇评《绿化树》的文章。同年,《宁夏创作通讯》在《本区作家作品漫评》栏内发表了3篇评《绿化树》的文章,本区其他报刊也发表了评论《绿化树》的文章,对张贤亮的这部获全国优秀中篇小说奖的小说进行了热烈讨论,讨论的焦点比较集中于小说的主人公章永璘身上。高嵩在《章永璘灵魂的裂变》一文中认为:"章永璘这个人物逐步马克思主义化的过程,是在生活实践和理性思考中实现的,是在痛苦的二律背反中通过精神世界的裂变一步步完成的。"陈学兰、阎承尧的文章都认为:在描写知识分子曲折复杂生活道路和坎坷命运的大量同类作品中,《绿化树》有新的突破,这种突破主要表现为:主人公在苦难中逐步接受了马克思主义,从而在马克思主义理论光芒照射下完成了思想历程的理性飞跃,在被迫所处的环境中接近了劳动人民，并实现了思想感情向劳动人民的转变。这是同时期的同类作品所没有达到的思想高度和深度。何川江给他整理的《绿化树》讨论纪要加上了《知识分子命运的交响曲》的标题，表明了整理者的观点。

1985年第7、8两期《朔方》的“争鸣”栏内连续发表了4篇文章，就王洲贵的短篇小说《水与火的交融》（刊于《朔方》1985年第3期）展开了争鸣。小说写的是个体专业户陈自强在他的奶牛场里，把曾经是水火不相容的老贫农王登强和他的曾是地主分子的父亲陈有德“交融在一起”——王登强受雇于陈自强。汪宗元在《悲剧的终结和喜剧的开端》一文中说，小说中描述的“这崭新的交融无疑是喜剧性的，预示了我们的国家从此结束了一个人为阶级对立的悲剧时代。十亿人民，在为实现祖国四个现代化的伟大目标下真正融合在一起了。贾捷在《关于〈水与火的交融〉》中批评了作者笔下的原地主儿子，个体专业户陈自强“是一个脱离了历史并必然脱离现实社会的人”，“作为个体私有者，和其父在本质上相一致”。汪宗元、张远成、韩志君的文章都不同意贾捷的看法。汪宗元说：“小说中的陈自强基本上还是真实的，作者并没有使之特别高大完美。”张远成在《农村需要更多的陈自强式人物》中认为，贾捷的不恰当的观点“就是把今天我国农村在发展商品经济形势下出现的个体经济，等同于生产资料私有制的社会主义改造以前的个体经济，甚至等同于解放前的资本主义农业经济”。韩志君在《新的生活，新的人物》中认为，贾捷提出的小说“把已经混乱的思想搞得更加混乱”，对于小说中“诸角色，我们只能从批判的意义上予以适当的肯定（评价）”等说法“似乎过于笼统，同时也过于耸人听闻了。”

三、宁夏回族自治区成立以来发表的文学评论文章存例

1960年第7期《宁夏文艺》发表了宗学素的《从宁夏人民生活中产生出来的诗》和樊飞的《读〈沙原牧歌〉》，对朱红兵的长诗《沙

原牧歌》(刊于《群众文艺》1960年2期至5期)进行了评论。《沙原牧歌》写的是一对农村青年男女的爱情遭到地主压迫破坏,历经苦难曲折,投奔革命,终于结成美满姻缘的故事。宗学素写道:作品“在一定程度上真实地反映了解放战争这一个特定的历史时期中农民和地主之间的尖锐的阶级矛盾”,描写农民在党的领导下推倒了地主阶级,“找到了解放自己的道路的成长过程”。樊飞的文章说《沙原牧歌》“以朴实的语言,富有民歌风味的格调”“显示了农民从自发反抗到自觉斗争的革命道路,歌颂了劳动人民的真挚爱情”。

1962年第2期《宁夏文艺》发表了李镜如的《漫谈1961年〈宁夏文艺〉上的小说》对文章标题所指范围内的小说进行了综合评论。

1962年第8期《宁夏文艺》发表了张溥的《喜看碱地长夏桂》和李镜如的《略谈〈夏桂〉的地方特色》,对《宁夏文艺》同年第7期上刊登的哈宽贵的短篇小说《夏桂》进行了评论。张溥的文章认为,作者“以独特的生活感受和美学兴趣”“所歌颂的夏桂,既是盐碱地上长出来的一排闪着银灰色光彩的幼林;更是在改造盐碱地的斗争中放射出思想光辉的一位新人”。李镜如写道:“《夏桂》,用饱含激情的笔触,描写了像夏桂那样倔强,在任何困难条件下,‘肯生韧’的回民妇女形象。”

1963年第1期《宁夏文艺》发表了文中和张溥的评论1962年第8期《宁夏文艺》上的申述的短篇小说《麦收之前》的两篇文章。文中在《根深叶茂花色浓》里说:“小说以马兰渠大队的估产会议为描写中心,展示了队干之间新旧思想作风的尖锐斗争,并涉及资本主义自发势力与社会主义集体经济之间的矛盾冲突,及时地深刻地反映出当前我区农村生活中的火热斗争。”张溥的《脚踏实地的新英雄人物》集中论述了小说主人公五队队长占德老汉的形象。

1972年2月13日《宁夏日报》发表了焦雨闻的《风云滚滚显英

雄——读小说〈山村风云〉》。该小说发表于1971年11月3日《宁夏日报》,作者林楠。文章认为,小说着力刻画了贫协组长杨世忠,一个无产阶级立场坚定、心红眼亮、洞察阶级敌人鬼蜮伎俩的老贫农的形象跃然纸上。

1973年1月1日《宁夏日报》发表了焦雨闻的对宁版图书的书评《工农兵的赞歌——读小说散文选〈目标〉》。书评写道:"塑造工农兵英雄人物,是社会主义文艺的根本任务。《目标》的作者们在这方面做了很大的努力,获得可喜的成果。"

1979年第1期《宁复文艺》发表了赵黎清的《塞上新歌——读短篇小说集〈黄河东流去〉》对宁夏人民出版社为庆祝自治区成立20周年出版的这本小说集做了简要的介绍和肯定的评论。

1979年第4期和第6期《朔方》,分别发表了潘自强的《像他们那样生活——读短篇小说〈霜重色愈浓〉》和李凤的《初读〈吉普赛人〉》,对张贤亮发表于同一刊物1979年第3、第5的两期这两篇作品做了肯定的评价。潘的文章说:"《霜重色愈浓》以四个现代化的生活为题材,歌颂了新的人物,新的思想,打动了我们的心灵,是一篇比较成功的作品。"李的文章说:"《霜重色愈浓》和《吉普赛人》就比较深入地触及到人物的心灵,塑造出有血有肉有性格的形象来了。"1980年第7期发表了李震杰的《塞上文苑一枝春》,也对《霜重色愈浓》做了肯定评论。

1980年第7、8两期《朔方》分别发表了杨建国的《发人深思的典型形象——读〈看"点"日记〉》(发表于1979年12期《人民文学》)和章仲锷的《略谈〈客人〉的人物形象》(发表于《十月》总第5期)。对张武和戈悟觉的这两篇小说进行了肯定的评价。

1981年第6期《朔方》刊登了达奇的《塞上无处不飞花——回顾我区近两年来的文学创作》,从作家队伍的壮大、出现一批有质量的作品、文学题材比较丰富三个方面简明扼要地总结了1979年以来宁夏文学的成绩。

1982年第4期《文艺通讯》刊载了石磊的《我区小说创作一瞥》和吴江的《浅谈1980—1981年我区部分农村题材获奖小说的艺术特色》。前者着重评论了张贤亮的中篇《龙种》、张武的短篇《瓜王轶事》、戈悟觉的短篇《遥远》、路展的中篇童话《雁翅下的星光》以及回族作家哈宽贵、高深、金万忠、马知遥，维吾尔族作家伊布拉英的作品。后者从开掘主题思想、探索构思角度、下功夫精炼情节等三个方面评论了九篇获宁夏第二届文学创作奖的农村题材的小说。

1982年《文艺通讯增刊》刊登了高嵩的《宁夏新诗点评》(本文又于1983年2期至5期《朔方》连载)，点评了本区17位诗人的作品。

1983年第3期《新月》刊登了李镜如的《宁夏诗坛人物新作散评》，评论了该刊1982年第4期发表的宁夏14位诗人的作品。

1983年第4期《宁夏创作通讯》发表了陈学兰的《我们需要更多的"艺术的报告"》，分析评论了《朔方》同年发表的5篇报告文学。

1984年第1、2期合刊的《文艺通讯》刊登了4篇评论宁夏第三届文学评奖获奖作品的文章：唐骥的《百花坛巡礼——谈1982年我区获奖小说》、尹旭的《探索·前进·收获——诗歌评奖散记》、刘和芳的《早春的信息》(评获奖儿童文学作品)、何川江的《读我区部分获奖评论文章有感》。1984年第1期《朔方》发表了杨淀勋的《可喜的收获——写在散文评奖之后》。以上5文对本次67篇获奖作品和文章做了比较全面的分析评论。

1984年第2、3两期《新月》，分别发表了陈文坚的《从许灵均到章永璘》(许为《灵与肉》主人公，章为《绿化树》主人公，均为张贤亮作)和李镜如的《张贤亮小说的美学追求》。

1984年第2、4、6、10、12五期《朔方》一连发表了秦庚的5篇诗评，评论了本区5位青年诗人的作品。

1985年第1期《文艺通讯》刊登了高嵩的《张贤亮小说风格三题》。作者称张贤亮小说的现实主义特色为“蹑风雅之遗踪”；小说作风为“吐纳英华，莫非性情”；小说的风格为“因内符外，深雄俊放”。同年第1期《朔方》发表了高嵩的《脱毛之隼在长天搏击——论张贤亮的小说》，对张的小说做了提纲挈领式的评论。

1985年第1期《新月》发表了田美琳的《张贤亮主要生活创作年表》，收集整理了张贤亮的简要经历，张从1957年到1984年10月发表的近60篇(部)小说、散文、新诗、评论、讲话的篇目、出处和出版的作品集的资料。

1985年第2期《朔方》，发表了薛迪之(西北大学副教授)的《论张武》，从生活、感情、艺术三个方面论述了张武自1962年至1984年发表和出版的主要作品。作者说“张武的小说创作是以自然、真实取胜的”，他以自己一系列作品“加入了我国西部文学开拓者的行列”。

1985年第3期《宁夏创作通讯》发表了一组文学评论：《春来塞上花如绣》(潘自强)、《散文掠影》(杨淀勋)、《开拓心灵的剖白开拓感情的宣泄》(布鲁南)，对宁夏第四届文学评奖中的43篇(部)小说、报告文学、散文、新诗进行了总括式的和择要的分析评论。这组文章后又载于1986年第1期《朔方》。

1985年第6期《朔方》揭载了陈学兰的《反映改革的时代音响——1984年〈朔方〉小说漫评》。

1986年第4期《塞上文谈》刊载了吴淮生的《诗，是属于青年人的——在作协宁夏分会举办的青年诗作者作品讨论会上的发言》，作者从讨论会上19位青年诗作者的98篇作品中选择了20篇比较有代表性的进行了分问题的评论。

1987年第4期《塞上文谈》发表了高嵩的《感应时代的强烈搏动——〈中国当代西部新诗选〉中宁夏作品点评》和李镜如的《黄土高原的热忱歌者——在固原青年作家作品讨论会上的发言》。前者点评了宁夏9位诗人入选该诗选的22首新诗。后者评论了宁夏固原地区8位青年作家的11篇小说;作者认为近几年固原地区造就了一个不大不小的中青年作家群体,可称之为“黄土高原派”。

1987年11期《朔方》,发表了秦克温的《要“化而不失本调”——兼评近年来对诗歌抒情方式的抑扬》,作者将诗歌的抒情方式分为直率明白的直接传达和含蓄蕴藉的间接传达两种,认为都是我们所需要的。但要“化而不失本调”,“这个本调就是以直率豪迈为特征的社会主义主旋律”。作者以作品为实例,批评了今日“新诗潮”中有些作品,在内容和感情上是“内心独白”式的浅唱低吟,在表达方式上则过于“间接”,晦涩难懂。

1988年第2期《塞上文谈》,刊登了陈学兰的《戈悟觉论》。作者认为“戈悟觉是一位艺术视野极为开阔的作家”,他的作品具有鲜明的时代特色,人物形象丰富多样,色彩斑斓。“着重于把自己对生活、对客观世界的感受传达给读者,而不注重提供改造世界的模式”,是戈悟觉的艺术追求。

1988年第1期《塞上文谈》揭载了乐水的《小说艺术道路上的艰难跋涉——张贤亮论》。作者认为,从张贤亮的创作历程看,“他的小说艺术跨进了两个高度”。并从“理性的艰难历程”“积沉下来的心态”等角度分析了张贤亮的成功和不足。

1988年第4期《塞上文谈》刊登了吴淮生的《宁夏近十年文学评略》。作者从“现实主义深化是小说的主要特征”“五光十色的新诗”“其他文学形式”等方面和角度,以作家作品为实例,论述了自觉的十一届三中全会至1988年宁夏文学的发展与成就,指出:“宁夏十年来的文学,较之它自身以前任何一个时期,是跨度很大的飞跃。”文中论及和提到宁夏近100位作家。

1983年第1期《塞上文谈》发表了刘中的《塞上,隆起的地平线——十年来我区大学生诗歌一瞥》,文中提到了7个大学生诗社和21位大学生诗歌作者,评论了他们20多首作品。

1990年第1期《塞上文谈》发表了马东震的《别人所扮演的角色——〈银川文学丛书·小说集〉漫评》和陈琢如的《沉甸甸的收获——读〈银川文学丛书·诗歌集〉》。前者分析评论了收入小说集的31篇作品中的20篇;后者点评了诗歌集中10位诗人的近30首诗。

（原载《宁夏创作通讯》1991年第1期）

注:本文是《宁夏社会科学志》文学评论部分的初稿。回族文学评论(包括其他民族评论家写的回族文学评论)由该志"回族文学"专章中叙述,这里不再收录。

织出女性的温馨

——《织趣》赏析

马青的散文篇幅都不长，倚沙发小憩就可读完一篇。行云流水般的文字清新活泼自然。读它，宛似作者在你旁边娓娓地说她的故事，听着听着，便不知不觉走进她构筑的世界：随她在雨中的金华卵石街上漫步，领略那一分寂寥凄清，然后去喝一碗"珍珠翡翠白玉汤"（咸豆浆）；或者与她同那两位"花儿"爱好者的外国女士一起去赶甘肃康乐莲花山的"花儿"会。当你终于从江南的豆浆店或西北的"花儿"海洋中逸脱出来时，你才发觉马青的散文有如此浓郁的生活情趣。

眼前的这篇《织趣》（载《朔方》1991年11月号）更是充溢女性的温馨，透露人世况味的体验，显现作者那"霓虹"般的诗心，不仅是较单纯的生活情趣而已。

织毛衣本是一件十分女性化的事情，就我的生活经验所及，似乎没有女人不会织的。我也亲见过那么几个男人织毛衣。总觉得很不谐调。所以，《织趣》一开头，便将我们引进了一个女性的世界："女人都爱织毛衣。／女人都爱穿毛衣。／女人最爱穿自己亲手织成的毛衣。女人说：'自己织毛衣要比买毛衣穿多一层幸福。'／这个女人便是我……"以上引文并非诗行，乃是一句自成一段的别致的散文句式，将"女人"一词强调而使其更突出了，一下子就抓住了读者。这五个自然段的最后虽然落脚到作者自己——"我"，但实际上是概括了女人的共性。特别是第四自然段"多一层幸福"云云，更是一种非身为女人无法体验到的心态。

《织趣》以故事或"非故事"的形式写来——

第一个小节可以说是“非故事”，因为没有情节。然而，却将女性“一见毛线就眼馋”的心理表现得非常传神，“赤橙黄绿青蓝紫”，在她们的眼里，构成了一个色彩缤纷的瑰丽的境界。中间一小段是这一节的精髓：“我见线则心爱，如见彩虹祥云，顿生千种遐思，万般柔情；先生见线心烦，似见荆棘葛藤，蝎蜇蛇咬，故常寻衅找碴儿，跟它们过意不去。”用“爱”“烦”等反义词和对立的形象形成鲜明的反差，生动地刻画出女性和男性不同的心理情态。对于“我”那样酷爱毛线，笔者无法走进那个女性世界去体验；而对“先生”之“烦”毛线，读之却如逢旧知，顿生共鸣和异常亲切之感。因为笔者自己每见夫人、女儿、儿媳将家中的箱箱笼笼尽装着“这些五颜六色的劳什子”时，其“烦”的程度绝不亚于那位“先生”。而接下来还有一段妙文，就更加情趣盎然了：“先生虽恨毛线，然却不恨毛衣，左一件，右一件地穿在身上显摆”。这段文章写的是具体事物，无一字触及心理活动，却从女人的角度尽窥男人的内心世界，生活情趣，其间又渗透了对“先生”的情意。

第二、三小节却各是一个独立而完整的故事。

头一个是写“第一次给男人织毛裤”的故事。其时，作者还是“芳龄二八，正当青春年华”的少女，不懂得怎样给男人织毛裤。害得那位“科技大”拿着织成了但穿不成的毛裤，“跐跐拧拧的，欲言又止”，“急得抓耳挠腮，两手胡乱比划着”，语无伦次地说：“这咋说呢。”“我”恍然大悟之后，竟委屈得哭起来。于是改织，于是“从此，我懂得了应该怎样给男人织毛裤”。这个故事写得模糊而又清晰，含蓄而又风趣。把少女、孤男正常交流中的心理障碍的情态活灵活现地展示在读者面前。尤其是作者在“曾经沧海”后的“人近中年”来回首昔时令人失笑的情景，是多么富于情味啊！顺便说一句，用“科技大”借代“人”的修辞法增添了故事的幽默感。

另一个故事却是完完全全的女人的故事。一个男性科的女医生——一个整天生活在须眉世界的“女强人”，和一个女友去找

“我”学织，后来女医生穿着一件也许是女友代织的和“我”的毛衣一个模子里脱出来的外套，对几个男人说，是她自己织的。为什么呢？因为“她是多么希望自己以一副完全女性的形象出现在男性们面前啊。她也真心愿意自己身上多一些女性的成分，多一分女性的风采。所以，她才把会织毛衣看成女人的一种标志和象征”。唯其作者是女人，才能如此深切理解另一个女人；也只有女人，笔下才能这样准确地传达出女性的内心世界。

下面一小节可以说是故事，也可以说是“非故事”，笔法是一种散文的叙述家常。说的是“我”为两个妹妹及其家人20年的编织历程。从大人、小孩的手套、帽子到毛衣、线裤，无一不织。虽然辛苦，却也乐趣无穷。因为织的是温暖，织的是姐妹的亲情。无怪乎两个妹妹将大姐织的线裤“穿了十几年，补丁摞补丁也舍不得扔”。而“我”给自己织呢，却“织得索然无味，织出一片凄凉”，因为“我”也渴望有而不可得的姐姐的亲情。这就是身为长姐品出的人世况味。

在让故事与“非故事”任情驰骋之后，马青却这样来收缰了：“‘少年不识愁滋味’——小时候织的是兴趣”。“‘无情不似多情苦’——青年时代织的是情，织给亲人，织给友人”。“现在人近中年，我织的是心”，“我以我心织霓虹”。

你看，归结得多好哪！既是对前面故事与“非故事”的精粹的总括，又是它们的升华，读了它，我不由得想起南宋词人蒋捷的《虞美人》：“少年听雨歌楼上，红烛昏罗帐。壮年听雨客舟中，江阔云低，断雁叫西风。而今听雨僧庐下，鬓已星星也，悲欢离合总无情，一任阶前点滴到天明。”手法相似而文体各别，思想感情更是属于两个时代。后者表现的是封建士大夫对人生无常的感叹；而前者，却流泻着现代女性的生活情趣。

在最后一个小节中，作者说，“如今的毛衣编织机”湮没了手工编织的意趣，“正如带暖气的房间虽然干净漂亮，却比冬天的炉火少了一片身边的暖融融，少了一分烤红薯的乐趣。”将全文结束在一个“趣”字上，既扣散文的中心，又切文章的标题。在结构上也是颇费匠心的。这结尾的比喻，使我联想到看外国电影时，只见讲究的人家，虽然暖气、空调之属已不在话下，偏偏要燃壁炉；在枝形电灯高悬的大厅里开烛光晚会等场面。他们要的，也就是那一分情趣吧。

《织趣》织出女性的温馨。

《织趣》织出一片彩虹般的女性的世界。

（原载《朔方》1992年第9期）

毛泽东诗词是他的文艺思想的艺术实践

通读毛泽东的50首诗词和《在延安文艺座谈会上的讲话》，并进行对照研究，就发现：毛泽东的诗词，是以《讲话》为主体的他的文艺思想的艺术实践。

什么是文学艺术？《讲话》写道："作为观念形态的文学艺术作品，都是一定的社会生活在人类头脑中的反映的产物。革命的文艺，则是人民生活在革命作家头脑中的反映的产物。"这是对文学本体所作的辩证唯物主义的哲学界定。

综观毛泽东的50首诗词，最早的是写于1918年的《七古·送宇纵一郎东行》，最晚的是1965年秋写的《念奴娇·鸟儿问答》，除了抗日战争时期有无诗词至今未见发表不能判断外，所反映的社会生活包括了中国现代和当代历史现实的各阶段。如果按创作时间的顺序读毛泽东的诗词，中国人民在中国共产党领导下从经历艰苦卓绝斗争，获得辉煌胜利，到进行宏伟的社会主义建设，以及岿然屹立于世界的壮丽历史画册，便一幅幅在我们面前次第展开。例如第二次国内革命战争时期写下的21首诗词，就是当时中国人民革命的武装斗争生活在作为伟大的无产阶级革命家和诗人的作者头脑中的反映的产物，也是记录这一历史阶段的绝妙的形象编年史。其中《七律·长征》，就是用高度抽象化与典型具象化相结合的方法进行艺术概括，将"五岭"与"细浪""乌蒙"与"泥丸"等物象之间的鲜明反差形成强烈对照，以"云崖暖""铁索寒"等象征手法来充盈意蕴，在短短的56个字里，宏大雄浑地再现了红军长征动人心魄的斗争生活全过程，成为长征的史诗。再如，《七律·人民解放军占领南京》，则是能动地反映了我军以风卷残云之势，所向披靡，直捣敌巢，将革命进行到底的壮阔史画；这首诗主体和客体、表现和再现结合得恰到好处。这些诗词，从哲学角度来考察，都是对作者在他的《讲话》里关于文学本体论阐述的贴切印证。

《讲话》不仅提出了文艺为工农兵服务的方向（即今天的文艺为人民服务，为社会主义服务的方向），而且指明了实现这个方向的具体途径。这样“我们的文艺是为人民大众的，首先是为工农兵的，为工农兵而创作，为工农兵所利用的”这一句话，就不只是响亮的口号，更是通过努力完全能达到的具体目标。

首先，要“把自己的思想感情来一个变化，来一番改造”。革命的知识分子往往有这样的现象：理性倾向未来，感情却联系过去。正确的理论使他们有了革命的理想，而思想感情的变化却仍然有一个过程。所以，《讲话》指出，即使是“在抗战以前就做了多时的革命工作”的文艺家，也还有一个在实际上，在行动上解决为工农兵服务的问题。在《讲话》的《引言》中，毛泽东讲了自己思想感情变化的切身体验。在他的诗词中，也可看出这个变化的轨迹。他最初的几首诗词都是革命的华章：咏唱革命青年的凌云壮志，回忆“同学少年”“指点江山，激扬文字”的“峥嵘岁月”……但抒写的毕竟还是知识分子的革命活动。到了1927年下半年写的《西江月·秋收起义》，就起了明显的变化：“军叫工农革命，旗号镰刀斧头。匡庐一带不停留，要向潇湘直进。　地主重重压迫，农民个个同仇。秋收时节暮云愁，霹雳一声暴动。”

这首词是中国文学史上开天辟地第一首直接和正面描绘工农革命武装斗争的作品。它大气磅礴，狂飙突进。起始就开宗明义地从名称和旗帜标志上宣布了这支军队的阶级本质和革命目标，塑造了在无产阶级革命大纛下的工农革命军的集体英雄形象；“农民个个同仇”，“霹雳一声暴动”等句则是这种集体英雄形象的具体化，写出了农民对“地主重重压迫”的深仇大恨和起义的强大声势。词中工农兵思想感情十分鲜明强烈。这是因为诗人领导了秋收起义，生活和战斗在工农革命军里，和他们患难与共，打成一片，思想感情和革命军战士水乳交融，血肉相连。作者在《讲话》中是这样谈自己的："革命了，同工人农民和革命军的战士在一起了，我逐渐熟悉他们，他们也逐渐熟悉了我。这时，只是在这时，我才根本地改变了资产阶级学校教给我的那种资产阶级的和小资产阶级的感情。"把这一段话和作者的诗词参照阅读，就会感到前者是后者的很好的说明。请注意这段话中的两个"逐渐熟悉"，它表明思想感情变化是一个过程。早在建党时期，毛泽东已经确立了无产阶级世界观，此后就在革命实践中和工农兵结合在一起了；到了秋收起义时，这种结合变得更紧密。所以，在这首词里，思想感情从渐变到突变，发生了飞跃。此后，在作者的诗词中，深厚的工农兵思想感情是自始至终一以贯之的。

然而，《西江月·秋收起义》内容和思想的深度又大大高出于一般的，朴素的工农兵思想感情。因为作者是起义的主要领导者，他高瞻远瞩，胸中有明确的目标——走武装斗争，建立农村革命根据地。这在本词中也表现出来了，"匡庐一带不停留，要向潇湘直进。""直进"的结果，便是中国现代革命史上第一个农村革命根据地——井冈山根据地的诞生。在作者以后创作的40多首诗词中，无产阶级革命领袖的远大眼光，恢弘气度，博大精深的思想指挥若定的韬略表现得愈益充沛。

毛泽东的诗词，思想深邃，意境优美，诗味浓郁，格律谨严，是诗词中的精品。但他的诗词语言又通俗流畅，绝无故作深奥之辞，读了能懂；谱曲可唱；念了易背；便于普及。这就是在作者有很高的诗词艺术修养指导下的普及；读者学了他的诗词，由于易懂，也便于提高自己对旧体诗词的艺术鉴赏力。毛泽东创作诗词，还注意做到表现形式因阅读对象不同而异。和柳亚子的几首诗词，是赠给著名诗人的，用语就比较典雅，而《杂言诗·八连颂》阅读对象非常广泛，因此写得更为通俗，但它仍是一首正规的以三言为主的杂言古体诗。

毛泽东总是用批评家的眼光来审视他自己的诗词作品的。1957年1月12日,他在致臧克家等的信中,谈到《诗刊》即将发表他的18首诗词时说,“这些东西,我历来不愿意正式发表。因为是旧体,怕谬种流传,贻误青年;再则诗味不多,没有什么特色。”同年5月11日,在致李淑一的信中写道:“开慧所述那一首不好,不要写了吧。”回答李淑一请作者寄给她那首诗(词)的要求。1959年9月7日,在致胡乔木的信里,作者说:“诗两首,请你送给郭沫若同志一阅,看有什么毛病没有?加以笔削,是为至要。主题虽好,诗意无多,只有几句较好一些的,例如‘云横九派浮黄鹤’之类。”1965年7月21日,在致陈毅的信上,作者谈自己的诗时说:“我偶尔写过几首七律,没有一首是我自己满意的。”这些信中所说,是蕴含了他的批评家的美学准则的。

在《讲话》中,毛泽东提出了著名的文艺批评的两个标准——政治标准和艺术标准,并将前者放在第一位,后者放在第二位。顺便说一下,我们今天不再提“文艺为政治服务”,是完全正确的,《讲话》中也并没有说过这句话。但我以为却不必因此而回避“政治标准”的提法。今天,我们要求文艺首先必须坚持四项基本原则,这是十分合理的;而四项基本原则就是政治标准。再回过来看前面征引的几封信,除了表现毛泽东虚怀若谷外,也可以清楚地看出他是从上述两个标准或其中之一着眼的,这就是他的美学准则。

作为无产阶级革命家和诗人。毛泽东在对生活进行审美观照和进行创作时,首先考虑的当然是人民的利益,这是必然的和毫无疑义的。因此,有的作品,他“历来不愿意正式发表”;有的诗词,他反复修改;有时,为了不因词害意,他宁可突破格律。

1923年创作的《贺新郎》的最后四句原为:“我自欲为江海客,更不为昵昵儿女语。山欲坠,云横翥。”后改为“要似昆仑崩绝壁,又恰像台风扫寰宇,重比翼,和云翥”。这一改,词中的形象更雄伟，境界更阔大，气势也更宏壮，思想性和艺术性都比前一稿要高出一筹了。据现在所知，毛泽东生前发表的39首诗词中，他亲手作过修改的地方，就有50余处之多。当然，这些修改不完全是思想性的需要，也是为了在艺术上更臻完美。

毛泽东熟谙诗词格律，他的作品从总体上来说，格律是谨严的。但有时为了思想境界升华的需要，他不惜突破格律，《西江月·秋收起义》便是一例。按词律，《西江月》上下阕各第二、三、四句押韵，全首同韵，平仄通叶，第二、三句叶平声，第四句叶同韵仄声。毛词中上下阕第四句末尾分别为“直进”、“暴动”。前者状起义部队之势不可挡；后者写起义行动的翻天覆地。“进”和“动”虽均为仄声，但它们本身并不同韵，和各自前面的第二、三句的平声字也不同韵。但诗人也并非是随意择取的，它符合湖南方言的韵。显然是为了保持词的内容和境界而突破一般词律，改用方言押韵的。诗人于第二年秋天又填了一首《西江月·井冈山》就符合词律，足见前一首为有意突破，表明了他异常严肃的创作态度。

《讲话》将文艺批评的两个标准排列次序后，进而要求“政治和艺术的统一，内容和形式的统一，革命的政治内容和尽可能完美的艺术形式的统一。”并指出：“缺乏艺术性的艺术品，无论政治上怎样进步，也是没有力量的。”由此可见，《讲话》对文艺批评的艺术标准，对文艺作品的艺术性，是十分重视的，并没有将它们放在一个无足轻重的位置上。毛泽东在谈诗的信里，一再提到“诗味”、“诗意”，我理解为指的是意境、神韵（韵味）。他还说到作诗“要用形象思维”，“所以比、兴两法是不能不用的。”这里说到的“形象思维”是艺术创作的基本规律，其他都是中国诗学的重要美学范畴。

毛泽东自己创作诗词，非常注意用优美的艺术形式来表达革命的政治内容。翻开他的诗词，浓郁的诗味立即扑面而来，一首首读下去，真是美不胜收，让人欣赏而不忍释手的例子举不胜举。前面叙及的《七律·长征》，内容深广，形象鲜明，气势雄壮，对仗工稳，格律谨严,用革命的政治内容和尽可能完美的艺术形式相统一的标准来检验,可以说是千古绝唱。《念奴娇·昆仑》,想象是那么丰富,“安得倚天抽宝剑,把汝裁为三截”,在想象中塑造的诗歌艺术形象顶天立地、壮伟奇丽。《蝶恋花·答李淑一》是一首神话词、幻想词,又是现实词。诗歌意象是那样美丽,艺术构思是那样新颖奇特,表达的革命之情、战友之情、爱侣之情结合得那样和谐,达到了革命的政治内容和完美的艺术形式的高度统一。诗人犹觉有所缺憾,他自注道:“上下两韵,不可改,只得仍之。”此外,写雨后彩虹:“赤橙黄绿青蓝紫,谁持彩练当空舞?”真是美极了!写山势雄巍,绵延不绝:“山,倒海翻江卷巨澜,奔腾急,万马战犹酣。”形神兼备,以虚显实。写高原大雪:“山舞银蛇,原驰蜡象,欲与天公试比高。”是幻?是真?幻之象,真之蕴。这些抒写,“静”中生“动”,意象瑰美奇雄,浪漫主义特色很浓,但写的又是现实的真实面貌及其本质。前述《念奴娇·昆仑》《蝶恋花·答李淑一》浪漫主义成分居多,但两词的结尾都回到了现实的土壤之上。毛泽东主张革命现实主义和革命浪漫主义相结合的创作方法,他自己的诗词作品,他的艺术实践,为这种创作方法提供了成功的范例。

毛泽东是伟大的无产阶级革命家,政治家。同时,他又是杰出的马克思主义文艺理论家,延安《讲话》,丰碑具在,迄今已五十春秋,真理长存,光华不减。在创作上,他又是一位伟大诗人,他的诗词既是他的文艺思想的艺术实践,又是中国革命和建设的形象记录、艺术再现。

“推翻历史三千载,自铸雄奇瑰丽词。”这是诗人柳亚子对毛泽东的赞扬,也是切实的评论。

(原载《宁夏社会科学》1992年第6期)

十步之内　必有芳草

——读许乐江的散文

相传武则天看了骆宾王写的《为徐敬业讨武曌檄》以后，说：“宰相安得失此人。”我读了许乐江同志的几十篇散文后，就联想到上面引的这则故事。小人物如我，自然绝无做宰相的妄想，但任何比喻都是跛足的。我作为在文学创作和文学理论研究方面担负一定的组织工作的作家，竟然不知道在咫尺之近的石嘴山市，有一位在《散文》《散文选刊》《宁夏日报》《朔方》等区内外报刊上发表了相当数量作品的散文家，可以说是一种失职的行为。古人说：“十步之内，必有芳草。”其言不谬。这“芳草”，便是许乐江及其散文作品了。

因此，写这篇评论，也算是一种偿愆吧。

许乐江的散文，大体上可以分为三类：游记，抒情散文，随笔、杂感小品。顺便说明一句：将抒情散文专列一类，是它侧重于情，并非说他的游记和杂文、随笔就没有抒情性。

一

游记，在我国，是一个古老的散文品种，起源于何时，我乏研究。但就从北魏郦道元的《水经注》算起，也已有一千四五百年了。从那时以来，名家迭出，佳作联翩，游记数量够得上是汗牛充栋了。

综观古往今来的游记名篇，它们有共同点，也各有特点。共同点一是用文学符号代替色彩，描山摹水，再现所游之地的景物；一是导游性，作者娓娓道来，携着你跟随他的笔触卧游该处。特点呢，那就千姿百态，各有千秋了。

我认为，许乐江的游记是具备上述这两个共同点的。在《孔庙孔林印象》（1992年1月12日《宁夏日报》）里，作者写："孔林在曲阜北门外约五华里处。通往孔林的大路是平坦的土路，两旁的松柏有合抱之粗。""孔林的周围是紫色的围墙，入林要经城门楼。若登上城楼，可望见东南方的峄山。入孔林后，当然要先至孔子墓前凭吊。孔子墓在泗水之旁，并不十分高大，墓前仍焚有香火。孔子子孙结冢而葬，墓地的规模当是世界上最大的家族茔地了。"你看，简练而朴实的语言，毫无矫揉造作之态，却将孔林、孔墓的途径、方位、外观、轮廓勾勒出来了。即使是未到过曲阜的人，读了这段文字，闭上眼睛，也可以想象出孔林的大致形象。

其实，上面所引的文字，除了图画式地再现所游之地以外，同时也有着导游的作用，两者本来就是密不可分的。同一篇散文的另外一些段落，导游性就更明显了："走进孔庙的仪门，便见到了当年孔子亲手所植的桧树。树上挂着一块牌子，上书'至圣先师手植桧'，惜彼时树已枯死。""由此再往前走，便是雄伟壮丽的'大成殿'。大殿的前廊石柱上刻有生动的蟠龙，栩栩如生。""大成殿之前为'杏坛'，据说是孔子讲学之地。""杏坛方圆不过三丈许，以过去的讲堂旧基，甃石为坛。孔子就在这里持卷讲学，为弟子解难释惑。"景物的描写由近及远，井然有序，中间夹以"走进""见到""再往前走"等词语，更增加了导游的真实性。读了这样的文字，你难道不恍如和作者结伴游了一趟孔庙吗？

许乐江的其他游记，如《绿洲凯歌》（《共产党人》1991年第11期）等，大率也做到了以上两点。由于评论篇幅的囿限，不能一一分析，只好请读者在读他的游记时随作者去游览了。

许乐江的游记还有自己的特点，是他的"这一个"。

其一，有一部分篇什记的是比较冷僻的地方。这类文章的好处是，说明作者不崇时尚，不追求热闹，"只向游人多处行"，也为读者在熟知的热旅游点之外别开一新生面，从而感受新鲜的滋味。如《楼观台怀古》(《散文》1990年第12期)、《贺兰故垒》(《散文》1991年第6期)、《散文选刊》同年第10期选载)等均是。前者是写游陕西终南山北麓的老子讲学之地，道教最早的宫观“楼观台”的所见所闻所想。海内名山胜迹多矣，楼观台却未挤入其林，终南山在唐代十分有名，士大夫隐居其间为仕途阶梯，故有“终南捷径”的成语。晚近却逐渐湮没，不为人注意。老实说，借助乐江的这篇游记，我才知道了世上还有个“楼观台”及其与老子和道教的关系。这当然是笔者的孤陋寡闻，但该地之鲜为人知，恐怕也是实情吧。游记一发表，海内外的众多和我一样的读者，便知道有这个幽美的胜地了。《贺兰故垒》我倒是熟悉的，但宁夏以外的中国人，对它恐怕比对楼观台知道得就更少了。通过《散文》和《散文选刊》的传播，许乐江把迥异于人们印象中山海关、八达岭的，绵亘于西北沙碛之中的断断续续的明代土长城展现在千千万万读者眼前，让他们领略典型的边塞风光。这就是他的这类游记的认识功能和审美功能。

其二，除了画水图水，绘景状物之外，在作品中旁征博引，典籍诗文，信手拈来，使文章充溢书卷气，是许乐江的游记的一大特点。以《楼观台怀古》为例，一篇不过三千来字的散文，作者就征引了《诗经·小雅》中的《斯干》，王维的诗，《史记》《新唐书》，刘向的《列仙传》，李白、苏轼的传说，以及当代陈毅元帅的作品。这些引文充实了游记的内容，增加了文章的气势，有的引文，如引王维《终南山》诗中的“分野中峰变，阴晴众壑殊”，则不仅地点切合，在文中又起着承前启后的结构上的作用。这类游记，熔山水览胜、知识传播和诗情画意于一炉，使读者在审美欣赏之中，不自觉地而又集中地接受了有关方面的知识。它如《贺兰故垒》《华清池给我的遐想》(《朔方》1992年第3期)等游记，这一点也很突出。

其三，主体和客体的统一，是能动的反映论作用于文学创作过程的一个特征，游记也不例外。许乐江的游记，对他描写的对象（客体），就注入了自己浓烈的感情。这种感情是热爱祖国山河、热爱大自然之情，也是热爱中华民族悠久文化传统之情。在他的游记里，这几种感情往往融合在一起。其表达方式却多种多样，一是对景直抒胸臆。如他在《贺兰故垒》中写道："'欲归还小立，为爱夕阳红'。伫立在高高的烽火台上，大漠、长河、夕阳、蓝天、白云，这锦绣江山尽收眼底，美得让人心醉。"寥寥数语，将大漠落日，长城眺远的壮阔景象概括而又具体地传达出来，末句"心醉"表明客体已渗透游历者的感情。作者紧接着进一步把自己摆了进去："感情共鸣，使我们不约而同地大喊：'长城——我爱你。'这呼喊声久久回荡在贺兰山上空。"这就是王国维所说的"有我之境"。有了前面的形象铺垫，这后面的直抒胸臆，就不仅不显得直白浅露，而且是前一段抒写的自然结论了。一是寓情于景。他写楼观台山中的花；"幽壑中，有一片红红艳艳的花，远远望去，烂漫至极"。他写孔林的月夜："'少焉月出于东山之上'，林间漏下点点月光，犹如残雪洒地。"一热烈一冷清，一艳丽一幽静，各和作者所写的环境相谐调；看似单纯状景，实则悄悄融进作者的感情。这就是王国维的所谓"无我之境"。一是对景怀古，借引典籍诗文而抒情。通过引文，既巧妙而贴切地表达了引文所指之景的情怀，省去许多笔墨和气力；也显示了作者对民族文化传统的自豪感。

二

许乐江笔下流泄出来的情感之波，更多地翻腾在他的另一类散文，即前面所说的抒情散文中。《一双线袜》（1991年11月1日《宁夏政协报》）、《女儿嫁时别样情》（1990年9月2日《宁夏日报》）、《家乡的醉枣》（《贺兰山》1991年1、2期合刊）、《我们的歌》（1990年11月18日《宁夏日报》）等，可以说是他这一类散文的代表。前三篇写的是爱情、儿女情、乡情，绵绵如清清的泉水，浓烈似芬芳的醇酒。读了《一双线袜》,我不禁想起了魏巍的著名散文《依依惜别的深情》中,中国人民志愿军战士用粗大的手一针一线缝的那双绣花袜底,那是战士对朝鲜人民的国际主义深情。而许乐江的布底线袜却是新婚妻子对自己的一片挚爱之情。那是她在临别的前夜飞针走线为“我”赶制的,“我”深深感受妻子的“这份纯洁的爱恋,情深似海”,以至28年来一直珍藏着它。在离别的日子里,线袜“时常幻化出妻子的身影”,这里用的是电影上叠印的方法。作者深情地说:“这线袜是人世间的一种最美好的语言,我似乎听到了她的叮咛、牵挂和绵绵细语。”眼看的“线袜”变成耳听的“语言”,用的是通感的方法,使所要表达的爱情更浓郁、更具象化了。为什么新婚就要远别呢?原来“我”是军人,有任务要返回部队,军人夫妻注定要经常分离的。丈夫以军务为重,妻子支持丈夫。散文写出这些情况,就将爱情的流溢和革命之情的抒发水乳交融地结合起来了。“我”在和妻子临分手时,千言万语,只凝作引用古人的一句话:“黯然而魂销者惟别而已矣!”这句借用的话蕴含了“我”对妻子多深的情哪!此时无声胜有声,在散文中,别的话就不须多说一句了。

从《家乡的醉枣》里,我们看到那“一树玛瑙似的红枣”,闻到它,“香气袭人”;这色、这香,自然地引起游子乡思。读者也仿佛感受到醉枣的香甜,撩起自己的乡情。在这篇散文里,作者通过对家乡父老乡亲赠送红枣给解放军的充满乡情的亲切回忆,给乡情增添了深厚的军民之情。而作者在写女儿出嫁时自己和妻子的复杂心情时,充满了儿女情、人情味和对人间悲欢与世情甘苦的深刻体验:“女儿出嫁虽然是喜事,可是又觉得有一种淡淡的凉意于心间泛起,我自己也说不清是什么情绪。”写妻子呢,“她说,因为明天女儿出嫁,心里高兴,可也有一种说不出的滋味,说不定孩子走时会哭。”对为人父母的心情表达得多么准确啊!《我们的歌》文章虽短,却充分表达了作者对自己的单位一种“爱厂如家”的感情。从文中看出，这种感情是真实的，而非矫饰的，是深厚的，而非浅薄的，这里不再详析。

三

许乐江的第三类散文属于随笔、杂感、小品的范围，还有关于模范人物的事迹的记叙性散文，数量不多，不再另分一类。

作者这类散文的特点是短小精粹，触物（事）生情，有感而发。从这些篇什里，可以看出作者的敏锐，对别人视为平平常常的事物，他却往往有强烈的感受，这也就是所谓艺术感觉吧。更可以看出他的勤勉，有了感受立即写下来，绝不让感触的火花稍纵即逝。例如，他看到一对60多岁的老夫妇天天早上合骑一辆三轮车锻炼身体，马上就写了一篇《白头吟》（《朔方》1991年第8期）。状写他们晚年的幸福，赞扬他们相爱的情操，美誉他们坚持锻炼的精神。文中饱含作者的感情写道：“老夫妻相依为命，这便是精神上的慰藉。白头到老，恰似一曲黄昏之歌。”

（原载《塞上文谈》1992年第3、4期合刊）

多种艺术方法建构的海之恋歌

——读贾长厚诗集《海恋》

诗人贾长厚的诗集《海恋》共撷录有70多首新诗，分为三辑：第一辑，“大海的馈赠”；第二辑，“‘牛棚’情诗及其他”；第三辑，“我渴望燃烧”。

第一辑是诗人恋海情结的外化和诗化，其义由辑名自明。辑中从开篇起，一连16首诗都是写海的。作者用仿佛刚刚从海里捞起来的湿漉漉的诗句，构筑了一个色彩斑斓的艺术世界，它是诗人对生活的审美观照的结晶，也是他的爱之投影。

贾长厚在海的怀抱里长大，他爱海爱得那样浓烈。“我爱大海／用我／像汇入大海的小溪一样／激动的心跳／用我／像渴望大海的铁锚一般／执着的赤诚……//我爱大海／不只是那浪花、海鸥和帆影／我更爱她的／坦诚、直率和奋进……”表现方法上的比喻和直抒胸臆，句式上的排比和对称，将诗人爱海的激情宣泄得淋漓尽致。接着：“就是跌入冥府／也要化作／不息的涛声……”“让我的儿子／把我的骨灰／撒入渤海的浪潮／还要留一半／装进／刻有浪花的木盒子／埋在喧嚣的海滩／日夜倾听大海的歌唱”。将感情的抒发，附丽于一连串诗歌意象之中，表现作者爱海之情不仅浓烈，而且执着，不但激情，更是痴情了，唯其如此，有时才能采取另一种形式，把浓烈的激情逼化为深情的低吟，“轻盈，像抖动的薄纱／柔润，似流水淙淙”（《海风》）；催化为轻松的欢跃，“你对我莞尔一笑／随即沉默无言／起伏的浪头来了／把我们一起打翻”。将看不见的海风转化为视觉形象和听觉形象，把自然与人融为一体，构成一幅幅明媚空朗的海上风情画。

第一辑中吟海以外的诗章，尽管写的是长江、西湖、钱塘潮、八达岭……但在字里行间，读者仍然感觉到有海的影子。这是为什么呢？是诗人恋海情结的延伸和外漾，作者将对海的爱扩大为对祖国河山的爱了。

第二辑，"'牛棚'情诗及其他"是一组独特的诗群。长厚把"牛棚"和爱情看似二律背反的事物联系到了一起："你笑对厄运，／堂堂正正地宣布和我结婚，／就在这太阳底下，'牛棚'门外！／你用爱情把信念牢牢抱定，／你用笑颜把灾难置之度外！／你的举动使我于心不忍／却把'牛倌'们惊得目瞪口呆！"(《信念》)。短短7行诗，一系列的对比，使爱情的真善美，和林彪、"四人帮"极左思潮的假恶丑，形成极其鲜明、极其强烈的反差，于是，美者更臻其美，丑者愈形其丑。足见爱之深，憎之切。

《海恋》中不少篇章有精彩的"凤尾"。例如，在《帆的风格》中，作者远看征帆，想象它"会像镜面一样平整"，近看，"原来它千纳万补，满是孔洞"，因此，诗人的联想飞翔起来了——从眼前的帆，到意念中的英雄。于是，在诗的最后一句，诗人唱道："征帆，你是骁勇将士的形象！"

由联想而生暗喻，用比喻进行象征，形成铿锵有力的结束。再如《浪花》。在具体描绘了浪花的形象之后，尾声却是："哦，浪花／你是进取的表率！"还是暗喻，它和象征的融合，由具体而抽象，化出了象外之象。

第三辑"我渴望燃烧"。收录了几首较长的诗，辑名即为其中一首的标题。顾名思义，这是一片激情燃烧的海洋。其中，有引吭高歌："啊！巨龙啊巨龙，／跨起吧！腾飞吧！／海有多深，任你畅游／天有多高，任你翱翔／啊！所有的雾障尽将排除／新世界的钟声已经敲响！"(《龙魂的呼唤》)，也有慢声低吟："我是一支／普通的蜡烛／普通得像小草一样／无足轻重"(《我渴望燃烧》)，5句诗，暗喻和明喻并用，增添了情绪与气氛的回环。有别具风韵的草原春色:“五月,姹紫嫣红的五月/展览草原的富有/山桃、野杏、马兰、百合……/像一桌丰盛的宴席/把草原摆得满满摆得满满”(《草原之春》),诗中关于“宴席”的特色,把草原的春意写得热闹非凡。还有对前路的神往:“明天,是竣工的新大楼/是新栽的白杨树/是耕耘后的美好憧憬/是规划图上粗大的红线/明天,是孩子的芳梦/是老人的希望/是友谊和爱情注入的一片激情/是滴着莹莹露珠的朵朵花瓣”(《明天》),又是一系列暗喻,和排比纵横交织,更显希望之殷,又很富于诗意。诗人深得比兴之于诗的功效的三昧,集子里各种比喻随手可撷,加之以赋、对比、联想排比等各种手法,构成天女散花般的诗歌意象,令人目不暇接。

《海恋》用多种艺术方法将审美客体建构成诗,唱出了一曲感情激越的海之恋歌,爱之歌,炽情燃烧之歌——这就是我读了这本诗集后的总体印象。

(原载《宁夏日报》1994年11月13日)

丁朝君的《女人系列》

迄今为止，丁朝君女士已经发表了一系列总题名为《女人系列》的成组散文，加外两篇未入《系列》的“系列”，《女人眼里的男人》及《话说男人》，就是6篇了。在读者面前，敞开了女儿国的门扉。

在人们，特别是男人们的心目中，“女人”，几乎是美丽、温柔、端庄、姣好、细腻等等的同义语。自古以来，流传着多少关于女人的美好动人的故事，文学作品中塑造了多少光艳照人的女性形象啊。但这些绝大多数都是男人眼中的女人，男人笔下的女人。《红楼梦》一书，可谓古今中外文学作品中集女性形象之大成者了，那也是男作家塑造的。至于女作家写女人的专著，就笔者狭窄的见闻所及，在中国似乎只有现代著名作家冰心女士于40年代化名“男士”写的《关于女人》一书。此书1980年由宁夏人民出版社印行第三版，并恢复了作者的原名，书中一共写了14个女人。

后来者丁朝君女士，有志于赓续前辈作家的事业，从女性独特的审美视角、艺术眼光出发，用一组《女人系列》，为我们展现了一个光艳多姿、温馨柔美、各具特色的女性世界。

从内容上看，《女人系列》大体上可以分3个方面：10个女性形象；女人的命运；从看男人的眼光中显示出来的女性心态。

《女人系列》是散文，每个小标题下面不过千儿八百字，自然难以像小说那样，可以详尽地刻画人物。但朝君是位女作家，能准确地抓住女性的特点，因此，往往寥寥数笔，便能勾勒出一个个类型迥异，性格有别，如闻其声，如见其人的女性形象来。

“弱者，你的名字是女人”。——莎士比亚这句定义式的名言，大有一言以蔽之的气势，似乎给一切女人的共同点做出了结论性的判断。但是，莎翁及其名言，毕竟属于已经渺远的年代。朝君的笔下，却出现了“敢大声说话，敢高声歌唱，敢痛快地笑，敢坦荡地面对流言蜚语，敢用女性柔弱的肩膀撞击男人世界的惯性生活”的佩芝，“不畏人言，不畏世俗，不畏旧习，可以按自己的心愿安排自己的生活”的楠楠，这两个性格坚强、敢作敢为、各具特色的女人，带有鲜明的现代意识和当代特征，她们用自己的言行，理所当然地否定了莎翁的命题，也透露了作者用笔下人物吟唱着心灵的自由，渴望着不受世俗制约的洒脱的创作心态。

《女人系列》里，还有“人漂亮，衣着时髦，工作出色，文笔极佳，又会做家务，人缘又好”，几乎完美无缺，但又是“最立体的、最多面的、最复杂的”谜一样的女人；也有“无意苦争春”的学者型的女人；有当了副处长，“便脱下艳丽的旗袍，换上了墨黑的长裤，镶花的红色高跟鞋也被运动鞋取代了，大波浪的披肩发被绾束成盘发，碧绿晶莹的项链也被收起来了”的华妮；也有乐观开朗、笑声不绝，善于为别人排忧解难的工会主席甜甜……

这些女人，读者是那样熟悉，在现实生活中到处可以遇到，她也许是你的同学，你的邻居，你的文友，她也许就坐在你对面的办公桌前和你低声谈话……她们的共同处都是那么平凡、普通，而她们一个个又是千差万别，形质各异。作者之所以能从现实生活中撷取众多不同的模特儿凝聚于自己的笔下，我想大概有三个原因：其一，作者本身是女性，和天下的女人“心有灵犀一点通”；其二，对生活体察颇深；其三，作者之观察生活，是从女性的独特审美视角出发的，在这一总的视角之下，又生发出许多不同侧面的具体视角来。这样，她才能在女性生活的苑圃中采摘各种各色美丽而芬芳的花朵。

记得好像是巴尔扎克说过：“不论处境如何，女人的痛苦总比男人多，而且程度也更深。”纵观《女人系列》，似乎印证了这一论断。读罢掩卷沉思，便觉得《女人系列》的女主人公们似有一股难言的寂苦和缠绵的愁绪萦绕在字里行间，如一条忧伤的小溪从山崖跌落，溅起令人心颤的回声。《无意苦争春》吐露了“我”在女人对女人的妒忌面前无可奈何的苦闷心境，无力地呼吁女性对女性的宽容；《委屈求全》刻画了患难与共的妻子在丈夫改变了命运之后，对丈夫的背叛爱情行为由愤慨到接受、由期待到失望的九曲回肠的哀怨情结；至于那篇《角色意识》则凸现了“一顶副处长的桂冠竟使华妮大变活人”，她力求使自己符合社会赋予的角色，因而活得很累，这在前面已经说到了。在这些篇什里，都包孕着一个“女人命运”的题义，洇出女人对女人的同情，女人为女人的不平。

《女人系列》之二的《夏娃的思索》是一个读来令人感到沉重的篇章。它以思考、探究为特征，将深邃的哲理思辨蕴含于散文之中。作者用历史与现实的对比观照，论证了女人对男人在事实上的“依附”。“女人只能是碧波荡漾的湖水，而绝不可能是波涛汹涌的海水”，用雄辩的事实袒露了女性担任社会、事业、家庭等多重角色的不胜负荷。这一篇的三个短章《女人与肋骨》《女人与水》《怎样做女人》，分别以“哀哉，女人”、“悲哉，女人”、“难哉，女人”结尾，真是非女性作家不能写得如此沉重，非身临其境的女人不能发此浩叹！

“有人说在女人的全部生活版图上，只有爱情，才是珠穆朗玛峰。”

“有人说男人的天空是事业，女人的天空是爱情。”在《女人系列》之三，分标题《为了爱情》的开篇，朝君写下了这些格言式的语句。自然，这种概括并不精密准确，作者也很谨慎，采用了“有人说”这样客观介绍的方式，但是，这些话也并非空穴来风。爱情在女性生活领域中的位置是东西方传统文化积淀的结果，这种历史现象浸润于人们的深层心理，不可能在短时期内起根本变化。是故，朝君女士在这一篇中将4种不同类型女性的爱情故事捧献予

读者面前:

南国佳丽明珠家在上海,自己供职文汇报社。为了爱情,她宁愿舍弃大都市的舒适生活,告别良好的职业,万里迢迢,前往北疆内蒙古,和未婚夫相聚。婚后,夫妻共度幸福的爱情生涯,一同探索史学的奥秘。为了爱情而不忘事业,将爱情注于事业之中;以坚贞的爱情促进事业,用事业的成就巩固爱情;两者相得益彰,都获得了成功。然而,读者也许和作者发出同声喟叹:在这成功的背后,女人该付出了更多的辛苦和代价啊!明珠可谓是作者理想的女性,当然也是现实中的女性,我相信,这个人物是有原型的。

"小冰心"彩云的爱情又自不同,她因为爱好文学而嫁给了一位作家;但为了丈夫和孩子,她又疏离了文学,渴望在丈夫的成就中寻求实现自身的价值,成为了贤妻良母。这种类型的女人比较常见,也是一种典型,是民族传统文化积淀使然。

还有文娟,当她的初恋因风吹雨打而"流水落花春去也"以后,却长守着初恋的那一份美好感情于自己心灵之湖。这样的坚贞需要有强韧的毅力,才能做到几十年"痴心不改"。

至于那个素英呢,是28岁的老姑娘了,又缺乏青春的光彩。她主动"出击",苦苦追求,终于找到了心中的白马王子,婚后,工于心计的她,却将他服服帖帖地置于自己的石榴裙下。这种类型的女性比较特殊,也许是传统文化和非传统文化相碰撞、相融合的产儿吧。

4个不同类型的女人,4个不同的故事,道路各别,情节迥异,出发点和归宿却基本相同:为了爱情。说是"基本相同",那是因为《为了爱情》的各章中的主人公大都是职业女性,在这样的规定情境里,她们的天空,于爱情而外,必然还有别的东西。这"别的东西"甚至超越了爱情的位置,像明珠的事业,文娟赖以独立生存的经济支柱,但它们又无不打上爱情的印记。这一切,诉说着职业女性爱情的幸福与烦恼、爱情的悲喜剧。一篇《为了爱情》,自然不足以作职业女性或者更广泛意义上的女性的爱情面面观,但我们无法要求作者在散文的逼仄的篇幅里写100个女人、1000个女人,所以就用得上“窥全豹于一斑”这个成语了。

从这“一斑”所得的感受,我要针对“女人的天空是爱情”说一句相反相成的话:女人的天空绝不仅仅是爱情;爱情在女人的天空里却涂着相当沉重的色彩。

那么,另外两篇未入《系列》的《女人眼中的男人》和《话说男人》呢,可以看作《系列》的继续、《系列》的另一面,或者说《系列》的“外传”,形式上写的是男人,实质上表现的还是女人,只不过换了一个角度,以揭出与女性王国彼此参照、互为补充的男性世界来演示女性的心态罢了。女人关注男人,是由于对异性的探索?是为了爱情?是出于“依附”的旧传统观念的派生?作者在文中没有明言,只是以一个个短章分别推出了女人眼中的多种类型的男人。当然,如前面说过的类推,我们也不能据此作男性的面面观。作者在《女人眼中的男人》的题记中已然写道:“我想,读者们不会苛求我在两篇习作里穷尽男性世界的丰富性、多面性。”这样,也就用不着我再作更多的饶舌了。

《女人系列》及其“外传”所构筑起来的感情世界,给读者一种中年的深沉感、成熟感,这是这组系列散文的一个明显的特点。非饱经沧桑的中年女性,不足以如此透视人生。因此,这“透视”之中,也就或多或少地包含了作者自身的中年女性的经历,渗入于作者充盈的女性情愫和复杂的女性心态。

笔者生在女儿国外,未能尽窥其中的奥奇。以上云云,自难精当,因之,本文仅仅是男人眼中的《女人系列》而已。

(原载《朔方》1994年第10期)

谈电影《老人与狗》和《黑炮事件》

——在张贤亮电影作品讨论会上的发言

不久前举行了"张贤亮电影作品回顾展",这次讨论他的电影作品,又放映了《老人与狗》和《黑炮事件》,选择这两部影片来放,是很有意思的。前者(包括小说原作)从内容、情节、基调、氛围、色彩来说,都是典型的悲剧;后者却似乎以喜剧的形式出现。两部影片形式上反差很鲜明、很强烈,但却共同诉说着一个总的主题:揭露极"左"思潮的危害。这也是贤亮许多作品的一个共同点,我们不妨说,他的作品是讨"左"的檄文。

这两个电影对生活的观照,它们的审美视点又各有其独特的角度,并非是一般的、泛泛的反"左"。《老人与狗》中的邢老汉是贫下中农,腰杆应该说是很硬的了,可是连"天上掉下来的一个女人"都保不住,最后,甚至一条跟随主人公多年的狗也被枪毙了。灾难竟然殃及贫下中农,可见危害之烈,作品从这样的深层意义上批判了"左"倾思潮祸国殃民的本质。电影十分忠实于小说原作,但由文字符号转化为视觉艺术,在狭窄的场景和画面之中,立体地完成了悲剧的过程,这就是出色的再创造,或者说出色的二度创作。

其实,《黑炮事件》也包含着深沉的悲剧底蕴。一封寻找象棋子"黑炮"的电报,竟引起了对工程师赵书信的审查,不让他担任德国专家的翻译,结果,使人的心灵受到严重伤害,工厂生产酿成重大损失。说明"左"倾思潮对知识分子的迫害和对国计民生的危害到了何等程度。这一切,又是通过荒诞不经的似乎是喜剧的形式表现出来的。让人们在笑声中溢出泪水,迸发出对"左"倾错误思想的怒火,从而把一个陈旧的形态送进坟墓,这是喜剧的本质特征。影片里有不少象征、暗示、隐喻。小说《浪漫的黑炮》也许可以说是浪漫主义，而影片《黑炮事件》却采用了上述现代主义表现手法，这在创作方法上也是一个创造。

两种社会力量的冲突，第一次表现为悲剧，再次呈现出来则是喜剧——从《老人与狗》到《黑炮事件》，情况正是如此。

张贤亮的作品迄今有7部被搬上了银幕，包括一部本来就是电影文学剧本。第一部是李準改编、谢晋导演的《牧马人》，最近一部是《老人与狗》。这两个作品从小说到电影都是严格意义上的现实主义作品，所以说，现实主义是张贤亮小说及其电影作品的主线。但张贤亮在现实主义中也往往溶进其他创作方法，也有浪漫主义以及现代主义的作品。这就构成了作家创作上的现实主义主体和多种创作方法的统一。

（原载《文学家与企业家》总第18期，1994年11月10日）

关于中华诗词的几个问题

中华诗词的内涵和外延

“中华诗词”,作为一个正式名称被提出来,是社会主义新时期以来的事情。但这种诗词现象,事实上无疑已经存在很久了。

什么是中华诗词呢?

有人认为,中华诗词是专指我国的传统诗词而言的。所谓传统诗词,即是用汉语写的古代诗、词、散曲和现、当代人写的旧体诗词曲。

有人则以为,中国诗坛,或包括海外华人诗的中华诗坛,是新诗的一统天下。

这两种意见都是以偏概全,将大概念小用了。

顾名思义,中华诗词就是中华民族的诗歌。中华诗词,作为一个概念的精确内涵应当是:中华民族的成员,用本民族的语言文字创作出的诗歌作品;它的外延则是包括了凡符合内涵定义的一切诗歌作品。

根据实际存在的情形,中华诗词的外延所包含的对象应当是:

从屈原以来,一切古代诗人创作的诗歌,包括各类古体诗、近体诗、词、散曲;

上古歌谣,诗经国风、部分小雅、乐府、竹枝等全部古代民歌;

中华民族内各民族、各地方现代和当代的民歌;

中华民族内各民族诗人创作的诗歌;

中华民族内各民族的史诗;

歌词:

新产生的诗体——汉俳。

中华诗词的外延，就是指已有的和将产生的上列各类诗歌作品的总和。

旧体诗词的复兴与繁荣

那么，为什么产生把传统诗词的“部分”当作中华诗词的“整体”的现象呢？

一个很重要的原因：我国传统诗词源远流长，曾经在两千年中，一直是中国诗歌的主体，容易使人形成它就是中华诗词的错觉。然而，主体并不等于全部；传统诗词并不等于中华诗词，却是无可置疑的事实。

还有一个原因，由于现、当代以来传统诗词，主要是今人写的传统诗词，即旧体诗词，一直处于受压的地位，一旦复兴，一部分人产生了逆反心理，对旧体诗词的地位，做了矫枉过正的过分强调。这种感情是可以理解的，但却不是科学的。

自从新诗诞生以来，旧体诗词一直受到冷落和排斥，被视为“封建”“守旧”“复古倒退”等，被关在文学殿堂的大门之外，这是众所周知的事实。形成这种状况的原因是多方面的，有的出于绝对化地、形式主义地看问题的片面性，有的受了“左”倾思想的影响；也有的则是门户之见……旧体诗词在逆境中寂寞地生存着，默默地坚持着，步履维艰，游丝若系。终于在新文学运动60年后的80年代初期开始了复兴。从而显示出了它的顽强的生命力和存在价值。

从理论上看，民族形式可以和革命内容相结合，传统艺术可以推陈出新，旧瓶可以装新酒，毛泽东、鲁迅早已做过深刻的阐明。事实也证明了这些理论——

在老一辈无产阶级革命家中，有不少人熟练地用旧体诗词反映中国革命和建设的伟大现实，写出了许多不朽的华章。毛泽东就是其中杰出的代表。他们的作品，是记录中国革命和建设历程的壮丽史诗，也是中华诗词的瑰宝。

鲁迅、郭沫若、茅盾、老舍、郁达夫、臧克家等许多现代作家都擅长旧体诗词，都创作有大量的或一定数量的诗词作品。说明新文学的代表人物和新文学作家并不排斥运用旧体诗词这一文学形式。

1976年清明，天安门前悼念和缅怀周恩来的诗歌大部分是旧体诗词。这个现象雄辩地证明了关于旧体诗词的两个问题：一、它完全可以为人民服务，为社会主义服务；二、它有着广泛的群众基础。

社会主义新时期以来，各地旧体诗词作者结盟的诗社、诗词刊物如雨后春笋般地涌现出来，数以千百计；各种现当代诗词选集，个人诗词作品集也大量问世，呈百花竞艳之势。十六七年来，当代诗词作品数量之多，恐怕不亚于集有唐一代300年诗作之大成的《全唐诗》，或许还要超过之。仅陕西人民出版社出版的选本《当代中华诗词家人辞典》一书，就收了3500多位作者的一万多首诗词。总之，新时期以来，旧体诗词不仅全面复兴，而且形成了全国性的空前繁荣局面。

必须指出，尽管上面说的一切都是铁一样的事实，却也无法改变另一个铁一样的事实——现在的中国诗歌领域中，新诗占主体地位。这不是凭哪一个人——即使是具有很大权威的人——的主观意志决定的，而是历史发展的必然，也是文学史发展的必然。当一种新文体作为不可遏制的潮流登上文坛时，与之相应的那种旧文体就难以蝉联它固有的主体地位。从新诗诞生的那天起，传统诗词就注定了将失去它的主体地位；但旧体诗词却并不因此而消亡，正如唐朝近体诗占据了诗坛的主体地位以后古体诗并未消亡一样。70多年的新文学史，证明了新诗的主体地位和新诗与旧体诗词并存的现实。

毛泽东是一位伟大的诗人。就个人兴趣来说，毛泽东并不喜爱新诗，他自己创作的也是旧体诗词。但是作为一个马克思主义的经典作家，根据历史唯物主义的原理，他明确地提出了“诗当然应以新诗为主体”的著名论断。

因此，我以为，新诗人大可不必害怕旧体诗词会侵占新诗的主体地位，更不应鄙薄旧体诗词而加以排斥之；旧体诗词诗人也不应去争旧体诗词是中华诗词的当然代表，至于那种将传统诗词视作中华诗词唯一形式的看法，则是无视现实存在的不正确的观点。

新诗为主体，新诗和旧体诗词并存，同时发展——这就是诗坛的现实。

臧克家有两句诗：“我是一个两面派，新诗旧诗我都爱。”这才是诗学大师的兼收并蓄、包容气象的宽广胸怀。

旧体诗词必须改革

时代、社会、人的生活，以及一切事物都是不断发展变化着的，反映时代、社会、人的生活的旧体诗词，也应当适应前者而随之发展变化。近体诗形成已经约1300年，词从李白的《菩萨蛮》算起，诞生也有1200多年了，散曲大约有七百余年的历史。如果一成不变，就会僵化，失去生命力。因此，旧体诗词必须进行内容和形式的改革。

文学是反映时代的，不同的时代，定有不同内容和形式的文学。今人写旧体诗词，必须要有今天的时代精神。有些现当代人作的旧体诗词放到唐宋明清人的诗集中，没有两样，简直分辨不出来。这样的旧体诗词，写得再工整再精雅，也算不得是成功之作。这些道理，古人就已领悟了的。早在14世纪，高青丘就笑古人作诗，今人描诗。18世纪，袁枚在《随园诗话》中说：学杜而竟如杜，人何如读杜之诗；他讥评说：时非天宝，官非拾遗，何故学杜而泥古若是。都是很好的议论。古人尚且有此精当的见解，何况今人乎。所以,当代的旧体诗词诗人,应当把反映时代精神作为己任。

还有一些当代的旧体诗词作品,倒也合乎格律,但是,没有多少真情实感和艺术形象,而是空洞的政治口号的堆砌,缺乏诗味。这种作品,报端所见不少,聊以应景而已。有一位杰出的现代新诗人,晚年所创作的不少诗词,也难免有此流弊。而如毛泽东的诗词,陈毅的"大雪压青松,青松挺且直"以及《梅岭三章》《赣南游击词》等许多诗词,既有鲜明的革命内容、强烈的时代精神,又有很浓的诗味,而并无空泛的口号。

表现健康内容,充溢时代精神,捕捉新颖意象,创造优美意境——这是旧体诗词在内容方面改革应追求的目标。

旧体诗词的格律更需要改革,总的趋向应当是由严放宽。

归结起来,旧体诗词的格律只是对仗、押韵和讲究平仄三件。对仗并非所有近体诗和词的要求,这里暂时不论;只说说押韵和平仄的改革。

韵和平仄有密切的关系,这因为:第一,近体诗一般只能押平声韵;第二,两个汉字、即使韵母相同或相近,如果声调不同,调判平仄,也不能押韵(有些词、散曲,有平仄通叶的,但如何押法,有严格的规定);第三,所有的韵书,都是既分韵部,又分平仄的。所以,要掌握押韵的技能,必须通晓平仄。

旧体诗词的押韵和平仄的通行依据是:诗遵"平水",词依《正韵》,散曲按《中原音韵》。

平水韵沿用至今已经700余年,几乎成了写旧体诗、特别是写近体诗的规范。然而,平水韵有很大的缺陷:第一,不少韵母相同或相近的字,押韵本来应当毫无疑义,而在平水韵中,却不属于一个韵部,不能通叶。如"东"和"冬""江"和"阳""鱼"和"虞""寒"和"删"……都不能通叶,这在今天看来,是没有任何必要的。第二,有些字今天读来根本不同韵,在平水韵中却属于一个韵部。如"原"和"昏",读音相去甚远,但同属于上平声"十三元"部,按"平水韵”可以叶韵。今天读来，是很不顺口的。第三，“平水韵”仄声中有入声17个韵部，也不符合现代汉语没有入声的实际语音状况，造成平仄的混乱和不便。这些缺陷都应当改革。

诗词韵律的发展变化，总是由严趋宽。金人王文郁《平水韵略》，将隋朝陆法言的《切韵》的193个韵部简化为106个韵部，这是一个很大的进步。填词依据的《词林正韵》，是清朝人戈载所编，仍以“平水韵”为基础，将许多韵部合并通用，由平水韵的106部简化为33个韵部（平仄分开计算）。但是《词林正韵》仍然将“侵”和“真”，“寝”“沁”和“轸”“震”，“覃”“盐”“咸”和“元”“寒”“删”“先”，“感”“勘”和“愿”“翰”“谏”“霰”分开，这是完全不必要的。

散曲的韵书《中原音韵》，为元人周德清撰，虽早于《词林正韵》，但它用的是中原语音，平分阴阳，入派三声，比较接近现代汉语。

旧体诗词押韵和平仄的改革当然应以完全运用现代汉语的音韵声调为目标。

因此，我认为，应当编纂一部权威性的现代汉语韵书，作为统一诗、词、散曲押韵和平仄的规范，而将此前的各种韵书废止。在这种韵书未问世之前，可考虑以《中原音韵》暂代之；或者在《词林正韵》的基础上再放宽一些，将上述不必要分开的一些韵部合并通用，并将同韵异音的字分开韵部。

（原载《中华诗词》1996年第3期）

文章千古事　得失寸心知

——读马东震《寸心集》

一

黄花红叶，蓝天如洗，阳光似金——这是塞上迷人的秋色。秋天，果实累累更是收获的季节，给人以丰盈的、厚实的、沉甸甸的感受。

人生的秋天大概也可以作如是观吧。

上面的这两段话，并非是空穴来风，而是我读了马东震同志的《寸心集》以后的实感。《寸心集》，30万字，收集了100多篇文章和作品，真够得上是著作和作品的硕果了。作者少年勤学，才华初露，何期雪打霜欺，坎坷半生，然潜心诗书、九死未悔，终于在“知天命”之年，算是人生的初秋吧，出版了他的《寸心集》，委实是不容易的。著作和作品其实就是作者的化身，作者心灵的外化。书名《寸心》，正好说明这部著作是东震的心血结晶，是他向读者奉献的心。作者在《后记》中说是取孟郊诗“谁言寸草心，报得三春晖”之意。我作为读者，从另一个角度观照，再引申一下书名在客观上未尝没有杜甫诗“文章千古事，得失寸心知”的意思。

全书共分4辑：第一辑，“文苑片羽”是文学评论，计15篇；第二辑，“教坛鸿泥”为教学研究，23篇，如将其中成组文章化为单篇，则为33篇；第三辑，“编读鳞爪”，乃编辑的屐痕，共12篇，将其中一题2篇分解，就是13篇；第四辑，“浪花涌泉”，顾名思义，就知是文学创作，收诗文51篇。

这样结集，看起来似乎有点儿“杂”。但文集之“杂”，是我国文化的一个传统特征，南宋洪迈的《容斋随笔》，明代郎瑛的《七修类稿》，如用单一的文体来衡量，都可以说是杂集。

其实，《寸心集》并不杂，“教坛鸿泥”一辑，大多数篇章谈的是语文教学，可谓文学教学研究。而“编读鳞爪”呢，几乎也都和文学有关，辑内有7篇散文赏析，实际上是评论。可以这样说，《寸心集》是一部文学评论、文学教学研究和文学作品的合集。没有一个作家不希望多出版一些自己作品的，在当前出书难的情况下，东震将自己的论著和作品合为一集，他的“寸心”，大家是完全可以理解的。

二

第一辑中的15篇评论，是作者文学观的具体表现。东震总是从思想感情和艺术方法两个方面对所评作品进行论述的。现在，有些“新”派批评家也许不屑于这种批评方法，将它视为“陈旧”，“过时”，其实，这是一种片面的观点。文学批评的方法固然多种多样，千变万化，但是，万变不离其宗，任何评论都离不开对思想和艺术这两个基础方面的解析，不过有的文章披上了一件斑驳离奇和新潮语言的外衣而已。须知真理就是真理，是朴素的，明白晓畅是最好不过的了，何必要搞些华而不实的装饰呢！

《寸心集》的作者并不是抽象地、脱离作品实际地去谈思想感情，而是紧扣作品，将思想和艺术水乳交融地去评析作品，这是东震文学评论的第一个特征。这种批评方法无疑是正确的。例如，作者评论诗人高深的诗，在说到诗人用“春天”一词的象征意义时，写道：“诗人把‘永远跟党走’这一意念和痴情，具体化，性格化地表现出来了，给人以强烈的艺术感染和启迪。”“我们从高深的诗中，感受到的是一个人民的儿子、党的战士的高昂进取感情的喷涌，时代激越浪花的飞溅。”

很明显，东震将高深诗中的思想、激情、具体化、性格化的表现方法和诗中抒情主人公的主体全部溶化在一起了。

在《评张贤亮〈河的子孙〉爱情情节的艺术构思》一文中，作者也是从艺术构思的角度来剖析小说中爱情情节，从而表达了评论家的见解的，对小说有所批评自成一家之言。

东震文学评论的又一个特点是，不仅客观地冷静地解剖作品，同时文章中也渗透了评论家的感情，令读者可以谛听到评论家那颤动的心音。

在《论回族诗人高深》一文中，东震论述和征引诗人的作品，有相当一部分的主题是春天，或者和春天有关，《我愿与春天同行》《春天的美德》、"春天总会睁开贪睡的眼睛……"(《黎明》)。在征引了其中许多诗行后，激动地写道："'春天'这个字眼，是世界上一切美好事物的代称。诗人用"春天"象征我们伟大的党，他倾吐的感情是那么炽烈、坦荡，他表白的心音是那么朴实、深沉，我们看到的是一颗颤抖的淌血的赤子之心。诗的末节，是一个闪光灼目的升华，春天带着花香迎面走来，诗人依依在她的身边，扯起她的衣角，擦自己狂喜的热泪。"

党的十一届三中全会以后，遭际相似的诗人和评论家一同抖落身上的冰霜，融解心灵的冻封，感受春天的温暖。于是，诗人尽情地歌唱春天，评论家深情地评论诗人关于春天的诗。在这里，评论家的心灵和诗人的心灵，通过"春天"这一具象，达到了高度的契合，真是心有灵犀一点通啊！

《寸心集》中的各篇评论文章，善于从某一位作家的众多作品中，发现其精粹之作，对不同作家的风格能准确地抓住各自的特点和各自的风格。在评论高深的诗作中，除了分析前面所说的关于春天的诗以外，东震还选择了诗人的3首诗：《我梦见》《鹿回头》和《五指山》。真不愧为评论家的慧眼，这三首诗果然是诗人高深的精品。第一首诗人写梦见自己死后的情景，用奇特的想象捧出了抒情主人公的赤子之心。东震评论道："诗意充沛，浮想联翩，纵横交织，语句错落，联想丰富而自然。”“较之以前有所创新和突破”，“是一首格调高昂，感情真挚的好诗”。这个概括是对《我梦见》的“的”评。

对于《鹿回头》，马东震说：“千百年来，猎人被当成勇敢者的化身大加歌颂，而那只美丽而善良的梅花鹿，却被当成理所当然的‘猎物’而屈从于人……诗人高深独具慧眼，一反众说，一针见血地指出‘这美丽动人的传说，美化了弱者的屈服’。”在这里评论家同样一针见血地揭示了诗的精髓。那么《五指山》呢？诗人不同意要它“攥成铁拳”的一般见解，而说它“伸向云端要把祖国的南天梳妆打扮”。这是诗人的独特发现，评论家说这首诗有“不同凡响的独到见解”。“《鹿回头》和《五指山》堪称‘双璧’”，也是评者的独特发现。

在把握所评作家作品的不同特色和不同风格方面，东震看的是很准确的，他评万里鹏的诗，抓住诗人“以理入诗的艺术风格，探索用诗的语言、诗的意象来表现深邃的哲理”。这正是万里鹏诗作的特点。评论家探骊得珠，窥其精微。对杨少青的作品，他着重从诗人的抒情诗和叙事诗两个方面分析它们运用“花儿”形式的回族特色和从民间文学汲取营养的做法。关于井笑泉的诗，评论家笔酣墨畅地阐述了诗人对传统民族形式的继承和突破，而论刘国尧的诗，则因其激情跳荡而称之为“多情的琴弦”。谈魏若华的《鲁海拾零》，侧重于作者“十年磨一剑”的辛劳，点出此书的普及性、知识性、趣味性”以及寓庄于谐，并赞同别的论者称此书“别出心裁”和具有“独创性”。析蒋振邦的小说《在沿河村里》的文章虽短，却拎出其语言运用上的独到之处：“活用110多条俗语和歇后语，具有非常鲜明的生活气息和强烈的地方色彩。”在论《银川文学丛书·小说集》时，评论家谦逊而幽默地将标题叫作《别人所扮演的角色》，真是妙趣横生，令人欣然欲笑。

这就是《寸心集》中评论别人作品的文章的特点和要旨。在第一辑中，还有一篇《诗美丛谈》，作者将诗美分为“豪壮之美”“婉柔之美”“含蓄之美”“哲理之美”，上承司空图《续诗品》的精要，袁枚、姚鼐的诗说文论，下接现代诗美学的理论，融古今中西的诗学理论，而秀出之，遂成独特的一家之言，是一篇颇有见地、颇有分量的诗美学论文。

三

前面已经说过，《寸心集》的第二辑、第三辑以谈教学、编辑为主的文章中，有不少篇章也和文学密切相关。在第二辑“教坛鸿泥”中，就有《中学小说教学举要》《中学散文教学述要》《漫谈中学的诗歌教学》等文。这些都是文学评论，只不过是从教学的视角来分析作品。根据学生的特点，应贯彻可接受性的原则，注意讲文学体裁分类的ABC。所以，东震在文章中，阐述了小说构成的三要素：人物，情节，环境，并指出：“人物形象分析是小说教学的重点”，“从情节入手，理清基本线索”，还要“分析典型环境”。这样写，既阐明了小说的基本特征，又符合课堂教学的程序，做到了文学评论和教学研究相结合，它是文学的教学研究。东震关于散文和诗歌教学的论述，可以类推，这里不再详述。

在第二辑里，有5篇谈作文教学的文章。中学生做作文，从广义来说，也是一种创作活动，作文也就是作品。因此，作文教学就本质来说，就是辅导学生创作。东震在他的关于教学的篇什中，从作文的命题、指导、评改、评分诸多方面进行了深入浅出的讲述，为教师提供参考，对学生实行创作辅导。因此，说它是“创作学入门”，不算是夸张。

第三辑中的7篇散文讲析，5篇是古代散文，2篇是现代散文。都是游记，也都是名作。东震写这几篇分析文章，兼顾了作品本身、师范高校学报和中学教师教学三个方面，采取的基本上是串讲的方法，并从结构中将作品拆卸和组合复原。这样讲析的特点是透彻，不留任何疑点和难点。这不失为一种可取的文学评论方法，切合中学生和初学文学者的需要，但不适应于作家和评论家的读者。

《寸心集》第二、第三辑中分析文学作品的文章，可以称作特殊形式的文学评论。

四

“浪花涌泉”一辑是作品的结辑，篇幅约为全书的四分之一，因作品大都短小精致，篇数却占《寸心集》的一半左右。这些作品的客观存在，证明了马东震不仅是一位很有成绩的评论家，同时也是笔走龙蛇的作家，真可以说是一身二任，或者说是“两栖”方家了。东震的这些作品，从体裁看，以诗居多，共40首；散文次之，计10篇；还有其他品种。从内容看，多半是写校园生活的，可以说是真正的校园文学。“校园文学”，大约在70年代，台湾曾流行过，多为反映大学生生活的，表达爱国思想的作品是其中的佼佼者，如校园歌曲《龙的传人》。也有诙谐傲俗，玩世不恭如黑色幽默者。80年代以来，我国大陆也兴起了校园文学，且有此类的文学社团和文学刊物出现。以上的这些校园文学，多以学生为描写对象，这当然是无可非议的，但东震的校园文学作品，与上述的迥然不同，是以教师为主体的。在当代我国的文学作品中，以教师生活为题材的，寥若晨星，几乎是一个被人遗忘的世界。因而，东震独树一帜，更是难能可贵。这也是和他多年的教师生涯分不开的。

作家写教师生活，首先表现的是园丁的辛勤，“灯光，伴着夜的安谧。／窗中映出你不倦的身躯。／我一次次来到窗前，／又一次次悄悄离去……”这是学生眼中的老师备课和批改作业的情景，第一句标明夜已很深了，第二句中的“不倦”，虽属抽象，却显辛劳。第三、第四句中的两个“一次次”是点睛之笔，既从侧面点出教师一心工作，不知夜深漏尽，又从正面写了学生对老师的爱戴和关心。

教师的辛勤耕耘，源自对学生的爱，对祖国未来的憧憬。在这个方面，东震的作品中表现得更为充分。请看《我愿……》："我愿做一片云朵，/化作甜甜的细雨，/把小苗浇得翠绿；//我愿做一束柔和的光，/悄悄钻进叶片里，/化为永恒的有机；//我愿做温馨的春风，/吹绽欲放的花苞，/让春色更加浓郁；//我永远属于绿色的生命，/哪里有小苗、绿叶、鲜花，/哪里就有我自己。"

诗很短，只有12行，写得很精致，结构也很完整。完全是具象，诗中没有一个字提到老师和学生，却将教师崇高的理想和对学生的一片深情，教师对自己职业的自豪感，充盈于诗的意象之中，它的诗意正如诗中第九句的"春色"一样，是十分浓郁的。集子中相似主题的作品还有不少，如《唱给九月的歌》《雨》《师魂》……它们内涵同中有异，表现各具特色，放在一起，显得树叶婆娑，摇曳多姿，没有一片绿叶是相同的。

教师对年轻一代的精心培育和深情厚爱，必然会深深打动学生的心灵，获得学生的敬爱。这种尊师之情激荡于《寸心集》的许多篇章里。这里仅举一例，《一束小花》。这篇作品曾揭载于《宁夏日报》并由宁夏人民广播电台播送过。全文3000多字，与其说是散文，不如说它是一篇小说，因为它具有小说的典型特征，人物、情节、环境，即小说的三要素都具备了。前面说的东震作品"还有其他品种"，就是指此。小说的故事情节是围绕着全班46位同学给老师送一件新年礼物展开的。首先，是什么礼物，在未送之前要保密，这是作品的一个跌宕，也正是少年儿童的年龄特征，说明同学们对礼物的重视。接着是制作礼物，制得很费心，很精美，是一个自制的大本子，由韩林设计了漂亮的封面，然后每个人写一篇文章，规定要写心里话，书写要工整，不能涂抹。这是一件很别致的礼物。本子做好了，各人的文章也写好了，是45篇，还缺不知什么原因未到校的徐桂梅一篇，后天就是元旦，事情迫在眉睫。这是小说的又一个起伏。班上派学习委员李大明去徐桂梅家要文章,李大明和徐桂梅前几天又吵过一架,但还是硬着头皮去了。这是小说的第三个跌宕。原来徐桂梅生病在家,她带病写了一首《四十六颗心》的诗,写得很好。李大明将班上原定自己作文的压卷地位让给了徐桂梅;还请桂梅剪46朵小红花作为每篇文章的题头图,使礼物更加美观。全篇以李大明带弟弟去找徐桂梅为情节的线索。开头写大明和弟弟夜里去找徐桂梅走过渠塀时害怕的心情,既符合孩子的年龄特点,又表示了为完成给老师送礼的任务战胜夜行恐惧的勇气。结末写大明兄弟俩从桂梅家回来路上,巧遇张老师的情景。这是小说的第四个跌宕,生动有趣。结尾一句:"近了,近了,熟悉的灯光就在眼前。"留下想象的空间,饶有诗意。这篇小说篇幅不长,故事简单,但情节却很曲折,把小主人公李大明写得栩栩如生。文章也如行云流水,是作家的一篇精心之作。

《寸心集》中的作品,并不囿限于校园文学,东震表现的生活范围是相当广阔的,有农村集市的喧闹热烈的风景(《乡集剪影》)和乡村夜戏(《村戏》)的情韵,有老同学久别重逢的喜悦和感慨(《赠友人》),也有《血色的玫瑰》那样的对社会丑恶面的讽刺的烈火……在散文《遥寄母亲》中,作者含着泪水,写出了母亲临终的情景、自己悲痛欲绝的感情和因为评职称攻读日语而自觉未能恪尽孝道的忏悔内疚之情。这是一篇至性至情的文章。《送玉芳南行有感》是一首仅12行的小诗,却寄托了作者对妻子短暂的单独行旅的绵绵深情。这里仅引四句:"爱恋,是一块酵母,/相思,是发不完的面团。/别离更觉相思好,/苦辣酸咸都是甜……"

特别是最后两句,乃人人共有之情,但并非人人都能将它化为诗行。一经作者点破,读者不禁都想,生活本来面貌原来就是这样啊!

这就是典型环境中典型情绪。当然,这情绪同时也是个性化的。了解作者的人都知道,这是马东震式的爱情。

评论已完，而最末一张稿纸还有空白。因此，再说两点：第一点，希望东震今后的评论和创作，继续向深度、广度、新颖前行，百尺竿头，再进一步；第二点，我想用开头具引的杜甫的两句诗作本文的标题。第一句意在说明东震创作态度的严肃认真，第二句呢，那就是他写得苦，写得累，对自己文章的深浅，心里有一个衡量的尺度和得失的体会。

现在，我以曾赠给东震同志的一首七律作为文章的结束：

少年诗画寄风流，霜霰凄凉二十秋。
姚伏村前左迁客，平罗城里稻粱谋。
欲从彭泽难为隐，却向辽东自倚楼。
煮字疗饥休笑拙，斜阳犹照雪盈头。

（原载《黄河文学》1996年第1期）

我看《宫雪花现象》

听说有些文章批评张贤亮的散文《宫雪花现象》。我自退休之后，孤陋寡闻，没有看到批评文章，无法对其所论表示赞同或反对。张贤亮的部分作品，颇有歧义，我向来很少参与评论。因为我觉得，张贤亮的作品无须我来赞扬或者批评或者为之辩解，所以不去凑热闹。这回由于《宫雪花现象》的面世，和我有些关系，故来叙述一点有关情况并谈谈看法。

今年1月，《广州文艺》一位编辑同志请我代为向张贤亮约稿，贤亮答应一个月后交稿：春节前夕（2月中旬），他就拿出《宫雪花现象》交我转给《广州文艺》。文章于《广州文艺》今年4月号发表。听说后来一家晚报转载了，但我没有看到转载的报纸。我看过原稿和《广州文艺》所载，并未感到有大的违碍之处。下面就谈谈我对《宫雪花现象》的看法——

《宫雪花现象》的题旨

任何一篇文章都有一个作者要告诉读者的题旨。《宫》文有这样一段话："总有一天，'老'这个词会消失，而被'大龄'所替代。这样，世界仿佛越来越有希望，人仿佛也越来越有活头了。我以为所谓的'宫雪花现象'大概不仅反映了香港人也反映了全世界人的这种心态。"

我认为这些话便是文章的题旨，只要不带偏见，我相信大概不能不承认它带有积极的意义，感情也还是健康的罢。

那么：作为描写对象——

宫雪花能不能写?

除了张贤亮文章中所写的以外,我对宫雪花或江洛葶其人一无所知。从《宫》文中,我知道她"是从大陆到法国以后才到香港的"。既然如此,她开始当有中华人民共和国的国籍、户口和身份证;能从中国到法国去,必定持有中华人民共和国的护照,并且没有未了的刑事问题或民事纠纷;后来又到香港居住,而且在公开场合出现,至少拥有护照或香港居民身份证;她还到上海来找张贤亮,证明她在国内也还有合法的身份。这样一个居民,作家将她作为散文中的描写对象,我想是没有什么理由不可以的。

或许人们对被描写对象有争议,那也不要紧。在我国古代、近代和现、当代的文学艺术中,以有争议的女人为描写对象的著名作品不是大有存在吗?如果说她过去如何如何,即使实有其事,也已画上了句号;说她将来会如何如何,谁也无法预料。我只是就《宫》文中所写的宫雪花的现在情况,认为她是可以写的。

《宫》文中没有出格的地方

现在按照我的观点拣《宫》文中最容易被人认为出格的几处文字稍加剖析:

一、"(宫雪花)的身段的曲线和她的话语一样诱人"。窃以为这话并无有伤风化之处,否则,时装表演和许多女式服装都该在禁止之列了。

二、"晓庆却将她当作我在英语意义上的'女友',我们每次出去应酬,晓庆都要我带上她。"不论是哪一种语言,女友就是女友,界说明白无误。何况作者在女友上加了引号,表明是别人给加的,并非是作者本人的意思。更何况"我们每次出去应酬",很明显,还包括刘晓庆同行。

三、作者对宫雪花开玩笑说:"你真是个妙人儿,如果我是个亿万富翁，一定包你下来做我香港的‘二奶’。”我觉得文章中以不写这句话为好，既然已经写了，也并非就是大的不韪；因为前提是不存在的，张贤亮不是亿万富翁；剩下的不过是一句玩笑的空话而已，作者也已申明是“开玩笑”。现实生活中不也是有这样的玩笑话吗？不要把一句也许不大恰当的玩笑话看得过于严重了。

四、作者写他于会后应邀住进了“既漂亮又有性感”的宫雪花的家，又是“第一个得此荣幸的男人”，是很难不有“非分之想”的。明眼人一看便知，作者在这里是卖关子，为的是映衬下文。文章同时与紧接着就写宫雪花家里有“两个男孩”以及她教子之严，衬托出“把我的非分之想赶到九霄云外了”。下文又写：“一天我看了电影很晚才回，她突然敲门问我的生辰八字。”所有这些都不是可有可无之闲笔，而是着意为之的。一是绘出宫雪花生活中严肃教子的另一个侧面；一是以这些叙写来把握文章的“度”——始终没有超越“女友”一步的“度”。

综上所述，试问(宫)文有没有出格的地方？答案是否定的。

《宫雪花现象》在我国当前的文坛上，在张贤亮的作品中，都是一株小花，一棵小草，可以供人休闲时浏览。倘若将它看成有碍思想健康之作，或者“肉麻当有趣”之类，平心而论，那是不符合作品本来面目的。

（原载《文学家与企业家》总第28期，1996年7月10日）

清丽高雅的精品

——读中外朗诵诗精选《诗海扬帆》

宁夏人民出版社最近出版的中外朗诵诗精选《诗海扬帆》是一本高品位的书。它收入了中外诗人近130首诗作,不仅为朗诵者提供了一个完美的台本,也为读者推出了一本优美的诗选集。

我国自古以来就有吟唱诗的传统,这也是一种诉诸声音的艺术,但更近于音乐,即自度曲调而唱也。至于说到乐府诗、词、散曲,则本来就是依调按谱而唱的歌词。近代随着话剧、新诗在我国的勃兴,朗诵艺术便相伴而生。这种艺术不用曲调,完全凭有声的语言传达出作品的喜怒哀乐之情,用以感染听众,朗诵是一门高雅的艺术,《诗海扬帆》就是朗诵艺术海洋中的一朵醒目的浪花。

《诗海扬帆》是一本名副其实的精选,所选的诗,绝大多数都是名篇。诸如莎士比亚、伊丽莎白·白朗宁的《十四行诗》、叶赛宁的《田园诗》、郭沫若的《炉中煤》、徐志摩的《再别康桥》、殷夫的《血字》、戴望舒的《雨巷》、卞之琳的《断章》、臧克家的《有的人》、贺敬之的《回延安》等都是中外诗歌中人所公认的经典作品。诗选中的其他作品,也大都是精品。汇众多佳什名作于一集,真是琳琅满目,美不胜收,有很高的艺术欣赏和阅读的价值,不仅只为朗诵而已。

但是,一首好诗并不是一定就是一首好的朗诵诗。例如,美国诗人庞德的《在一个地铁车站》可以说是后期象征主义意象派的代表作了;但不适合朗诵,因为它太短,只有两行。美国诗人艾略特的《荒原》也是现代派的经典之作,也不宜于朗诵,因为它一来太长,二来晦涩,难以用口语表述。朗诵诗有它的特殊要求:一是内容好；二是诗的感情起伏跌宕，适于口头表达；三是节奏鲜明，朗诵起来有抑扬顿挫之感；四是语言流畅，音节铿锵，读来朗朗上口。本书主编毛世桢先生是精通音乐的应用语言学家，未曾谋面，但从前言中已对其才情有所领略；本书策划及编者之一哈若蕙女士是一位作家，文学是她的专业，同时她又是颇有造诣的业余配音演员，曾为不少翻译的影视片配过音，在诗歌鉴赏和朗诵技艺两个方面都是行家里手。所以，《诗海扬帆》不仅内容精粹，选的都是好诗，而且所选诗作都符合朗诵的要求。这里仅举一例，上面已经提到的《再别康桥》一诗，就具有朗诵诗的特点。关于这首诗，编辑者哈若蕙写道："全诗格调轻盈柔和，具有无可奈何的梦幻般的情调。诗行整齐，语言轻倩柔美，声调参差错落，舒缓有致。特别是诗的开头和结尾的重叠、复沓，使诗具有一种回环往复的音乐美。"这一段话把这首诗的朗诵的特质完全显现出来了。

上述的引文是编辑者在该诗后面设计的"朗诵提示"中的话。编辑者在所选的每一首诗的后面，都精心撰写了"朗诵提示"和"语音提示"，这是《诗海扬帆》和我见到的其他几种朗诵诗选的明显不同点之一。说是"精心撰写"，确实如此，一点也无溢美之意。编者对每一首诗所写的"朗诵提示"，都把握凸现了该诗的内容、思想感情、形式和基调的精髓，即艺术特征。前面的引文已经可以为证。我们不妨把《再别康桥》"朗诵提示"再引一段："静谧、安详的康桥，是诗人的'精神依恋之乡'；是康桥的洗礼，造就了一个中国的'布尔乔亚'的诗心"。"再回康桥，再别康桥，依然是满眼的留恋，满心的离绪。弥漫如烟的别愁，伴着寻梦的怅惘与落寞，轻轻地挥手，悄悄地离别，蕴蓄的又是怎样的不舍与依恋……"这里抒写出来的不正是《再别康桥》的神韵吗！用语是那么准确传神，文字是那么优美而富于韵味，不仅有助于朗诵者和读者更好地体味该诗，而且"提示"本身就是一个艺术品，令人欣赏不已。

纵览全书，觉得尚有遗珠。如我国台湾诗人余光中的《乡愁》

就是一首脍炙人口的好诗，也易于朗诵，却为本书所遗。（后来知道，这首小诗本在其中，但因为已收在同时策划出版的另一本书：《参赛普通话——朗诵诗文精选与指导》中，为避免重复，才忍痛删去。但对于只看到《诗海扬帆》一书的读者而言，毕竟成了遗憾。）另外，倘若在每一首诗前或后面，附加作者或译者简介，那么就更臻完美了。

（原载《宁夏文艺家》总第87期，2001年6月15日）

《意识荒草》读后

《意识荒草》是我区著名的杂文作家牛撇捺继《中国人的宰一刀》《中国人生气了》《中国人的精神世界》之后于最近推出的第四本杂文集。收录了百余篇文章，其中也包括一些随笔之类。但杂文的概念宽泛得很，统而名之曰：杂文集，也不是不确切的。

书名《意识荒草》，我想大概有两层意思：一是书中有一篇同名文章；二是表示了作者的自谦和自信；自谦，是说自己书中的文章不是大树，不是名花，而只是小草，而且是从意识中长出来的荒草；自信，是因为"意识荒草的生命是坚韧顽强的，它经得起风的摧折，沙的埋压，冰雪的封冻，山火的烧灼……天涯何处无荒草"。我觉得这是一个很好的书名，它新颖、潜沉，有内涵，有底蕴，有意境。

在读本书的过程中，有时感到酣畅淋漓，像是湖南人吃辣椒一样痛快，因其说出人人欲说，或有所顾忌，或拙于表达而未说出之话，读来如出我心，岂不快哉！有时不免掩卷而思，因其立意往往与众不同，引人沉想，耐人寻味。读完之后，颇感这是一本很值得一读的书。

敢于讲真话是此书的一大特点。自古以来，敢于讲真话，尤其是白纸黑字落于形迹，是须有相当的胆识和勇气的。"史无前例"期间，假话、大话、空话充斥，真话鲜见，因为那是要惹祸的。党的十一届三中全会以来，恢复了实事求是的传统，讲真话的人越来越多了。巴金老人提倡作家要说真话，并身体力行，出版了5卷《随想录》，成为表率，其中第三集就名之为《真话集》。

即使是今天，对什么问题一概讲真话，也还是不容易做到的事。作者能够直言无隐地无顾忌地在文章中对某些敏感的问题讲真话，确是难能可贵的。比如在《现代中国的避讳》一文中说：“中国的失业不叫失业，叫待业，或者叫下岗”；“中国的落后不叫落后，叫‘发展中’”；“中国的失误不叫失误，叫‘交学费’”。这几句话是文中几个自然段各自的开头分别提出的几个命题，将“避讳”的一层纸给轻轻地捅破了，用真话揭示了事情的实质。类似的例子，书中颇不乏见。

牛撇捺在书中不仅“论时事不留面子”，解剖自我时也敢于袒裸自己的心灵，在《人生乱侃》中，作者坦直地承认：“对于名利，我是追求的。比如写这篇小文吧，除了满足涂鸦的嗜好，还有在报纸上印一次名字，拿几块钱稿酬的动机。”在《心在儿女父母间》里，作者也不隐讳地说：“我为父母所做的事，所出的力，所花的钱，同我和妻子为儿子付出的相比，要少得多得多，”袒露自己，是讲真话的另一种表现形式，它把读者和作者的距离拉近了，感到作者立言不仅是教人而已。

文似看山不喜平，好的文章总是起伏跌宕，读来令人荡气回肠。《意识荒草》中的许多文章，立意不同凡响，看物论事总是深入一层，看到事物的正反两个方面。或以世人之贬者为褒，或反之。而又条分缕析地论证，言来自然成理，而且使人感到眼前为之一新。可谓之曰：富于思辨性，例如，“附庸风雅”本来是个贬义的词语。作者在《歪看“附庸风雅”》一文中认为“风雅”即文化修养，“附庸风雅”就是想跻身于文化人的行列，总比不跻身于此的好。论及此，文章结语道：“我们应当做的，是改一改观念，将‘附庸风雅’的角度、含义等变一变，肯定和赞扬乃至提倡、推广‘附庸风雅’”，这篇文章是本书思辨性的一个最明显的例证。其他如《不是〈生死抉择〉的遗憾》《文物的耻辱与不耻辱》《“加班加点”两面观》……都很有思辨性，将读者的思绪引向深入。

旁征博引，古为今用是本书的第三个特点。“杂”原是杂文的特色之一，谈天说地，道古论今，皆可入文，以增强其知识性、艺术性与可读性。书中的许多篇章，从柳宗元到辛弃疾，从《代王昭君谢汉帝疏》到《历代名臣上皇帝书》，从西汉的“七七七死”到南宋的“三不敢问”，从“青天戏”到“向康熙学习”，信手拈来，尽成文章。但又不是为“杂”而“杂”，为“古”而“古”，不是“掉书袋”，而是为文章的题旨服务，为论证和说明现实中的某个问题服务。可谓推陈出新、古为今用了。

本书语言颇为精炼。书中大多数是千字文，少数篇章长一些，也不过两千字而已。一题一议，经过锤炼锻打，挤压浓缩，对所议之事都可作透彻的说明，文章只觉厚重有分量，并不显得字少单薄、空泛无物。这是本书的特点，也是杂文的特点，即所谓“诗和政论结合”。

本书亦小有瑕疵。62页引的谭嗣同的诗，将“去留肝胆两昆仑”误为“去留肝胆两乾坤”。又如136页，作者正确地引用了苏轼的诗“人生识字忧患始，”而134页，同一诗句又误为“人生忧患识字始”了。也许上述两处都是校对的误差，那就不能算作作文的“瑕疵”了。

（原载《宁夏文艺家》总第89期，2001年8月15日）

充溢真情的文化散文

——小评《反哺集》

不久前，我去看望一个朋友，闲谈之中偶然提及朱正安的散文集《反哺集》，朋友的夫人称赞说："《反哺集》写得真不错！"这位夫人不是文学圈子里的人，平时和文学似也无缘，因此，她的话反映读者的看法。由此看来，《反哺集》对普通读者是有吸引力的。可惜它初版只印了2000册，发行面不够广，否则，是能够拥有相当广大的读者的。就是现在，在能够看到它的读者中间，也是很有反响的，朋友的夫人的话就是证明。遗憾的是当时的谈话没有继续下去，我没有问她的具体看法，书好在哪里？只好以我的一孔之见来谈谈对这本散文集的观感了。

散文有叙事、抒情甚至议论等多种写法。然而，叙事也好，议论或夹叙夹议也好，归根结底，最重要的，还是一个"情"字，或本身就是抒情散文，或透过叙事，或透过议论与夹叙夹议，将作者的情注入文中。这个"情"不能是矫情或为文造情，而必须是真情。

《反哺集》就是一本倾注了作者浓烈真情的散文集，它的真情，大体可分两个方面：忧国忧民忧时之情和亲人故友之情。

在《反哺集》中，我们可以看到，每每一些为人所不经意的"小事"，作者信手拈来，便生出一篇文章。例如：由一盒包装精美而食品质量平平的中秋月饼，想到华而不实的包装的流行，表明国民重虚荣的意识增强。作者写道："这种心理品位和思维方式得以发展，我想，于国家于民族是极为不利的。因为一位哲人曾说过，国家是用民族精神支撑起来的。我认为，这种民族精神首先不可或缺的确乎应该是务实精神和进取心了，否则国家不成了空中楼阁了？”把月饼的包装和国计民生联系起来，一片忧国忧民忧时之真情跃然纸上。此类文章，集子里俯拾即是。看到街上“拉巴斯”餐馆名，一连好几天，这“三个字便执拗地盘旋在我的脑际，撵不开赶不走。”进而想到洋店名、洋名国产商品之普遍，认为任其泛滥，“是对本民族文化的扭曲和亵渎”。并提出作者自己关于店名和商品牌名的正面主张。读了报纸上关于圣诞之夜歌舞厅等娱乐场所门票价格不菲而顾客爆满的报道：“心里确乎有点沉甸甸的，很不是滋味。”看到电视屏幕中“捐赠仪式上某位领导从海外赤子手中接过那捐款单时，眼帘上便浮现出一连串令人痛心疾首的情景——用公款大吃大喝、住高级宾馆、坐豪华轿车、出国旅游、为子女安排留学……于是，我头皮发麻，脸孔发烧，心里也格外地苦涩，背脊上一股凉气油然而生”。从这些话里，可以感受到作者的一颗赤忱之心在跃动。唯其真情所在，才能从常见的社会现象背后发现大问题，看出大事情。又敢于直言，把真情和直言结合起来，注真情于直言，以直言达真情，所以才能写出感染人、吸引读者的文章来。对日常生活现象如此，自然，遇到大事情，就更能往深处思考了。香港回归是普天同庆，亿万人民欢腾的大喜事。作者在欢庆之后不久，写了《记住这一天》一文，呼吁人们“从甜蜜中找到苦涩，于胜利时汲取教训”“找出我们今日扬眉吐气的根因”，“还应该记住我们肩上的责任。”作者这种忧患意识正是他爱国的拳拳之心的表现。这也就是本书取名“反哺”之意了。

在这本散文集里，作者的真情还充分表现于对已逝的亲属师友的怀念。纪念祖母和母亲的那两篇散文，娓娓道来，于叙事中倾注了对亲人的深情，真乃是至情至性的文章，读来催人泪下。正如高嵩先生在本书《序》中说的：“我想正安能够把《难忘那嗡嗡纺纱声》写得那样沁人心脾，肯定是由于真实情感积蓄已久的缘故。”纪念李震杰和哈宽贵两位同志的两篇文字，也写得情真意切，十分感人。

朱正安是一位基层单位的负责人，平时工作繁忙、事务纷纭，但他却能在忙碌中挤出时间博览群籍。因之，在《反哺集》中，作者旁征博引，从狄更斯到马克·吐温，乃至茨威格，从孔子、老子到柳宗元、苏轼、王安石，尽纳于这本200多页的书中。我粗略地统计了一下，在本书的101篇散文中，征引名人的诗句格言就近200处，平均一篇两处。这就大大拓展了散文集的空间，使读者与作者一起，神游于上下几千年、纵横数万里的广阔天地。同时，这些征引酿造了散文集的浓浓的文化氛围。因之，我们可以称《反哺集》中的作品为文化散文。朋友的夫人说它好，恐怕也是因为它能给人以获得知识吧。

《反哺集》中并不完全是忧国忧民忧时的沉重的话题，也有"能给人愉快和休息"（鲁迅语）的充满情趣的篇什。例如在《话莲》中写银川中山公园中的荷花莲叶："几亩乃至十几亩的水塘，几乎全让那田田莲叶盖住了，而且绿得泛墨，仿佛一块奇大无比的翡翠嵌在其间，晶莹剔透，美轮美奂。微风拂来，碧波荡漾且有瑟瑟声响，是莲叶之间碰撞发出的，竟让我虚惊了一阵，生怕这绿翡翠给吹裂了碰碎了。有花朵点缀其间，除中心一朵是粉红的以外，均洁白如玉，大如巴掌，更有缕缕清香沁人心脾"。把荷花莲叶写得美极了，活极了，仿佛把一池花叶捧到了读者的面前，和读者一起欣赏它的美。此外，如《蟹趣》《漫话拿鱼》等文，既充溢着浓郁的乡情，又融合着生活的情趣。《凤城的茶》《说午睡》等篇，也莫不能给人愉快和休息，这里就不再赘析了。

（原载《宁夏文艺家》总第90期，2001年9月15日）

腥风血雨的唐宫秘史

——长篇历史小说《马嵬驿》漫评

高嵩先生的长篇历史小说《马嵬驿》是一部使读者读了一遍还想再读、三读的作品。这是一部用小说的形式写的长诗。一部好的历史小说，我认为至少要达到两个方面的艺术效果：一方面，作者化入了历史之中，用自己全部的艺术力量，按照所写历史的本来面貌去真实地再现当时的社会生活；另一方面，作者又跳出历史之外，用现代的眼光去审视历史，在不违背历史真实的原则下，用自己的艺术个性去表现历史。达到表现与再现的统一，现代与历史的统一，作者独特的审美观照与历史真实的统一。而《马嵬驿》是同时达到了这两个方面的艺术境地的。它以细腻的笔触，浮雕式的描绘，艺术地再现了天宝十五载（756年）夏季的一段历史，举凡自然景观、城垣宫阙、人物服饰、宫廷生活、民俗风情……无不惟妙惟肖地符合当时的历史真实。这当然是和作者熟谙唐朝历史，熟读六千万字资料，以及七入长安、四访马嵬进行实地考察的辛勤劳动分不开的。作家又完全不受传统的历史观念的束缚，用现代意识去观照历史、分析历史，根据鲁迅在《花边文学》里《女人未必多说谎》一文对杜甫《北征》中"不闻夏殷衰，中自诛褒妲"的诠释，秉承他的遗愿，否定了历来的"羽林军自发兵变"说，深刻揭露了杨玉环之死是做了李亨和李隆基皇权之争的牺牲品，令人信服地写出了翻案文章。为杨玉环之死翻案，实际就是为妇女受压迫的历史地位伸张正义。这部小说超越了历史和现当代同一题材的所有作品，在思想意义上有了新的突破。这是小说在艺术上的一大成功。

《马嵬驿》以二十万言的篇幅，百分之九十的章节，集中写了从天宝十五年六月九日潼关失守到六月十四日杨玉环之死六天里发生的事情。如此短时间里的事情，扩展为如此长的篇幅，这不能不说是一种大手笔的高超表现技艺。美国作家福克纳的长篇小说《喧哗与骚动》、爱尔兰作家乔伊斯的巨著《尤利西斯》都是如此。前者写了四天的生活，后者只写了十九个小时中的事情。

《马嵬驿》写的是怎样的六天啊？这是唐朝历史发展的重要转折关头，即由盛唐转变为中唐的六天，是唐朝宫廷中的皇权之争趋于白热化的六天，是无辜的杨玉环成为李隆基的替罪羊和皇权斗争牺牲品的六天。作者怀着对杨玉环的深深同情，通过对这六天里的故事的抒写，把李隆基的兵败逃亡，和李亨争夺皇位的权欲，以及父子二人都以牺牲杨玉环为实现自己的目的——逃避罪责和夺取皇位——的血淋淋的事实，深刻而生动地展示在读者的面前。使读者看了，不禁会想起五代时期蜀国花蕊夫人的一首诗："君王城上竖降旗，妾在深宫那得知。十四万人齐解甲，更无一人是男儿。"只是李隆基没有向安禄山投降，而向儿子投降；不是解甲，而是逃亡。

一部好的小说，它给读者的艺术感受总是多方面的，或者说是多侧面的。秦中吟同志评《马嵬驿》的文章标题是《一曲凄婉美丽的爱情悲歌》，说出了小说的一个侧面；我们也不妨说，这部小说是一部腥风血雨的唐宫秘史，这是它的另一个侧面，贯穿于小说整个的情节发展之中。

小说，尤其是长篇小说，总是由情节构成的，除了现在有些淡化情节的作品以外（所谓淡化情节，大抵也是指短篇小说而言），长篇小说总是情节牵出人物，人物的行为又丰富情节。《马嵬驿》有三条情节线：李隆基和杨玉环及杨家的关系；太子李亨和杨家的关系；李隆基、李亨父子的关系，这三条情节线不是平行地发展，而是交织纠葛在一起的。这三条线索牵出了一系列人物，成功地塑造了杨玉环、李隆基、李亨、杨国忠、高力士、陈玄礼等人的形象。他们个性鲜明，各有特色，虽是一千二百多年前的历史人物，却活在高嵩先生的笔下，栩栩如生地跃然纸上。杨玉环美丽、聪慧、大度、有文化艺术修养、忍受大耻大辱而又敢于显示自己的个性，也深知自己在皇权统治下的命运，她独白："我还怕安贼叛兽用杨家的血祭刀，李氏保唐用杨家的血祭庙。"但面对死亡却极其沉着冷静。用作者的话说她是"一朵极美的鲜花"，可以说整个小说就是为她而写的。李隆基，虽然不能说他不爱杨玉环，但实质上还是把杨玉环作为玩物，在皇权发生危机的时候，不惜牺牲她而维护自己的统治地位，维护做太上皇的机会。对杨玉环，始善之，终死之，充分暴露了最高统治者的冷酷本性。太子李亨则是一个阴谋家，他躲在幕后，阴谋制造兵变，进行逼宫，逼死杨玉环，抢夺皇位。小说对杨玉环、李亨的形象的塑造最为成功。其他如杨国忠、高力士、陈玄礼等人的个性特征也很突出，囿于篇幅，就不逐一分析了。

《马嵬驿》的主要章节，虽然只写了六天里发生的事情，但作者巧妙地运用了插叙的方法，将从前的事插入现在的情节之中，这就大大地拓展了小说叙事的时间和空间。通过插叙，把杨玉环和李隆基爱情关系的主要情节，如夺寿王妻、七夕盟誓、李白写《清平调》三章、杨玉妃触怒李隆基被逐出宫和回宫、杨玉环衔土请命等等，都凸现了出来，构成李杨二人爱情关系的完整的情节链。

深刻而细致地描绘人物的心理活动是《马嵬驿》在艺术上的另一个突出的特点。这种心理活动的刻画，不是作者直接而客观的抒写，而常常是通过写人物的内心独白来实现的。特别是写杨玉环向红桃叙述九次梦见自己死亡的那一大段大约九千字的独白，占全书的百分之五的篇幅，是作者着力写的，既和插叙交融在一起交代了杨玉环和李隆基在一起生活中的若干事情，又显现了杨玉环作为女性的苦难命运，一次次的关于死的梦，就是一次次的痛苦的经历。这段独白还充满了浪漫主义的冥想，也可以说意识流吧，它浓化了作品的美学氛围。作品中写杨玉环的内心独白并不止这一处，这些独白对表现杨玉环的性格起了极大的增强作用。

这部长篇小说中的细节描写无疑是很出色的。以刻画太子李亨的形象为例：李亨抄写《孝经释义》是他的伪装，熟读《经法》，钻研权术，这些在作品中都有细节的表现。李亨和杨国忠势不两立，作者却写当李隆基示意陈玄礼派人暗杀杨国忠时，李亨又派蒙面人救了他。原来他蓄意要把杨国忠和杨玉环联结在一起，使之一起被消灭，救杨国忠是为了杀杨国忠和杨玉环。他平时韬光养晦，关键时刻却跳出来在李隆基面前力主"贵妃不能留"，通过这些细节描写，李亨，一个阴谋家的形象，就活脱脱地展现在读者面前了。

前面已提到过，作品中人物的服饰、生活起居习惯、宫廷内景、长安城内街道的名称、布局、方位，写得都极其细致而贴切于当时。这些也可以说是细节的描写吧，增强了作品的真实感、历史感。

小说的语言也很个性化。例如人们常常用镜子来比喻月亮，用银色来状写月色。而在作者的笔下却是"土黄色的月亮像一只椭圆的蜜橙"，这个比喻独特而新颖，也十分确切，富于西部情韵，使人耳目一新。作品中的一些景物描写，还用了现代的通感手法。比如："三个太监用衣襟兜来月季花的花瓣，烛光变得芳香起来"，把视觉移为嗅觉；"院子这样寂静，静得像是老尼姑枯淡的脸"，移视觉于听觉，读来倍感新鲜。

总之，长篇历史小说《马嵬驿》是一部推陈出新的作品，是一部融进了作者独特的艺术创作个性的作品，也是一部少见的好的历史文学作品，是历史文学的一个突破，没有突破，就没有文学嘛。至于作品的不足之处，我同意秦中吟先生文章中的观点。

（原载《朔方》2002年第7期）

《粉红漆》漫析

读女作家吴善珍的中短篇小说集《粉红漆》(宁夏人民出版社出版),恍如走进了一片五光十色的天地。但这绝不是作家选择的题材繁花缭乱、奇特诱人,也不是她描写的生活波澜壮阔、惊天动地。不！恰恰相反,小说集中全部篇章,叙写的都是平凡的物事,普通的人物、日常的生活。作者巧运生花之笔把所写的一切都艺术化了,独特的审美观照的视角,多元化的表现手法,使她笔下的凡人生活变得色彩缤纷,灿若云霞,摇曳多姿。

被冠为书名的开篇之作《粉红漆》是集子里的唯一的一个中篇,3万字左右。标题就好亮丽,用文字信号唤起人视觉的美感。小说就从传达室墙上的黑板上那4条擦不掉的粉红漆斜道引出一大篇人物和故事,把习惯于坐在剧院里看台上演出的观众引到后台,引进幕后,引入歌舞团大院。原来那些在舞台上看起来个个如神仙般的演员并非不食人间烟火,过的也是和大院之外的人一样的生活。这里也有人际关系、爱情友谊、晋级提资……以至——说得粗俗一些,也有吃喝拉撒。当然,更多的还是吹拉弹唱跳,毕竟是歌舞团嘛,团体要生存发展,演员个人也要生存发展。作者早先是个艺术家,在某文艺团体做过多年的提琴手,对歌舞团的生活可以说是太熟悉了。若干年后,当她由艺术家变成了作家(同时仍是艺术家)时,再回过头来用笔表现或再现这种生活,自然得心应手。在《粉红漆》中,把歌舞团大院里的那种慵懒而又紧张的气氛,彼此较劲而又整体团结的景象,演员们浪漫而又世俗的特性……刻画得真是须发毕肖、入木三分,写尽了一个文艺大院中的众生相。

那么,作者是从什么样的角度来审视歌舞团的生活,用什么样的表现方法来建构这个中篇小说的框架和装修它的内部的呢？在我看来，作者是从演员的角度来审视演员生活的，所以才写得那么流利、自然、生动逼真、亲切动情、富于韵味。从某种意义上说，小说《粉红漆》说得上是作者演员生活的回想曲。这就是前面说的“独特的审美观照的视角”之一例，与此取同一视角，本书中还有《蔡叔叔编的歌儿》《空视》《北塔轶事》《文之清》《斯特拉女神》诸篇；尤其是《北塔轶事》，简直可以视作作者初期演员生活真实而艺术的记录。

怎样才能把纷乱散杂的生活连缀成一个有序的机体？有各种各样的方法，小说《粉红漆》采用的是电影式的剪辑。作品开头写栗子回团一大段；接着忽然用季团长布置任务将它打住，一下子跳到了和栗子毫不相干的魏金声和何照云的关系的另一大段；又跳回来写栗子对李杜的思念和情愫，这一大段多为心理描写，但也有别的；接着是季团长调解夫妻纠纷，显示了文艺人的生活风韵，但也有节有度，无伤大雅。下面各段呢，情节各异，方法相同，举一反三，不再多说。

大约20年前，有一篇很有影响的小说《剪辑错了的故事》，是一位著名女作家的作品。不幸的是，笔者的大脑数据库里于今只保留了这个标题，而对小说的其他一切皆不省记。现在把它调出来，删去“错了”二字，成为“剪辑的故事”，正好可以用来状写小说《粉红漆》的表现方法之一。这种方法使作者不必为故事如何连绵不断而费心神，省却许多气力，此谓之巧也；而场景的不断转换，又使读者乱花迷眼，大有山重水复、柳暗花明之感，毫无沉涩之意。那么，这个中篇的表现方法之二是什么呢？作品开头写栗子回团后就是一大段内心活动，即意识流，这一段最后意识流到李杜身上去了。还有关于台灯的那一节心理描写确是非常精彩，现摘录一段：“台灯是什么呢？台灯就是每个人的小世界。人的内心世界在小小台灯制造的属于个人的舞台上被凝聚、照亮，被发现扩展，被创造得光华耀眼……连台灯的底座、旋钮、灯罩、花纹都成了舞台上精致添彩的道具。”“是谁发明了台灯,可真是个有情之人。”

把台灯写得这样温馨、柔情、精巧,有韵致,又烙着演员职业化的印记。这一段可以看作主人公栗子的独白,因为“这台灯是李杜送给栗子的”。但有了这一句第三人称的话,前面的引文也可以看作是作者的旁白,作者意识的流动。在这篇小说中,作者用意识流的形式直接出来说话之处还有一些,如第24页14行起至倒数第五行止写排练的特殊气氛的一段就是。这并不符合意识流的经典定义,那是要求“作家退出小说”,让作品中人物自己的意识流动。但文学创作不是按照某种固定的模式来进行的,而是作家主观能动性在广阔天地的尽情驰骋和极大发挥。各唱各的调,各有各的创造。因此,我们不应拘泥于一种程式而将《粉红漆》屏于意识流小说的门外;相反,倒可以说它是意识流的另一种形态。书中的另外一个短篇小说《辉地》几乎完全用的是意识流的手法,大量的内心独白倾诉了一个女人坎坷的际遇和艰辛的生活历程。由于用的是第一人称,作者和作品中人物意识的流动已经合而为一,正如英国女作家弗吉尼亚·沃尔夫之代表作《墙上的斑点》。小说中被“我”用代号表示的“辉地”,与其说是一个实在的人物,毋宁说是一种象征。他在小说中无处不在,是真?是幻?亦实亦虚。我说我们觉着:“没有辉地这样的人物世界就不能成为世界;其实恰恰相反,没有辉地这类人,世界恰恰是真实的世界。”这一段话也许意味着人性美在“我”的追求中的闪光及其之不易得。这篇小说约两万字,是书中最长的一个短篇,已经接近中篇的架势了。

再回看中篇《粉红漆》,除了上述两种表现方法结构作品而外,在内容上还有一条情节线将各段串起来,那就是小说要栗子回团始、以栗子离团终;中间穿以几对男女柏拉图式的、纯情的、世俗的等各不相同的爱情抒写,织成了一张网,将作品紧紧网住,使其各部分血脉相连,浑然一体。

《遭遇先生》乍看起来是一篇怪异小说，实际恐怕也是如此。劈头的话就是："异想天开，天就开了，真的遇上他了。""他"是谁呢？就是"先生"（鲁迅）。"我"搭上了一辆奇怪的汽车"，穿过时空的隧道，进入二度空间或二维空间——"第二部分的人生"，在"黄河滩上那个帐篷里"竟遇到了"先生"，并和"先生"理论了一番艺人应持的态度。这或许是魔幻手法吧。前些年，拉丁美洲文学爆炸，爆出了一种魔幻现实主义，叫得挺响，挂在口头，也颇为时髦。我看《遭遇先生》倒像是"魔幻浪漫主义"，当然，这是我杜撰的短语，不能算数。于是去掉后面4个字，干脆称之为"魔幻手法"，不知可否？其实这篇小说，我也不大读得懂，不知作者何以这样写，不能强不知为知，只是恍惚觉得，用这种方法可能最省笔墨，也最能传达作者内心对"先生"的那种敬仰之情。是不是由敬仰而生思念，由思念而生幻觉呢？

现在让我们来看看那篇《无情的场景之一》吧。一男一女两个人物，连姓名都没有，这显然是作者刻意而为。一段场景也很单调，从田间小路到渠边树下到火车站。情节完全被推到了幕后。说是小说，看来却像是一篇速写，但有着小说的全般意蕴，算是"速写式的小说"吧——我又在生造名词性词组了。读着它，我不禁想起了萨缪尔·贝克特的荒诞派戏剧《等待戈多》，它也是两个主人公，还有3个过场式的陪衬人物；《无情场景之一》中也有一个老农民和一个仅写到"一双沾泥的小光脚"的孩子两个过场人物，场景也是"乡间的一条路，一棵树"。但是，两篇作品绝不相类：一个是等待那个永远不会来的戈多；一个是告别那个永远不会再来的"他"，至于对眼前那个送"她"的"他"呢，也是告别，但却道是无情还有情。不知我的理解对不对。

还有那篇《关于金巧的下落》，作者在文本中竟给主人公的命运结局设计了4种答案。这种写法很新奇也很现代，无以名之，且借用逻辑学上的一个词组——"选言判断"来比喻它吧。作者对4

种答案也有倾向性，第四种答案的小标题《小说的真相》就可以为证。这种结局自然很圆满，也和谐于传统的文化理念。这也可以说是现代和传统的焊接吧。至于那篇结末的《很想知道》呢，正如作者在篇头所说："这里是一些故事的集合，端在一个盘子里。"它们有的像戏剧小品，有的如散文，有的宛然一束素材，不似小说；但合在一起，又是小说。它给读者留有再创作的足够空间，让他们的想象去飞翔。不过，有一处如果不是作家有意这么写的话，我想作点小小的补正：文中所说的《深夜敲门的女人》，应作《傍晚敲门的女人》，那篇小说刊于《啄木鸟》1984年第四期上。这并非我博闻强记，而是我正好有那本旧杂志。

本书写作上还有一个特点：就是大多数篇章文前或文后（主要在文后）有一段用黑体字排的"写书人的话"，笔者管见：这也是很新鲜的事。仿佛只听到王刚在播讲《夜幕下的哈尔滨》时，用过"说书人的话"，那似乎由讲史、话本承传而来，在两段之间承前启后，确实有不可否认的优长。吴善珍的"写书人的话"与前者迥然不同，它是从现代技法演化而来，读后使读者对正文有余音袅袅的感觉。书前的那个自序也够现代的了，像"豆子"一样耐人咀嚼。但我查阅了几本词典，却找不着《帖子》就是序言的诠释，于是只好在这里存疑了。

上面说的多是书中一些作品的表现方法。其实独特的审美视角也还有可以再说的，如书中有几篇是以小孩子的眼光来看大人的世界，这也是一种视角吧，但它们又不完全像是儿童文学。关于审美视角，就不想多谈了。至于表现方法，林林总总，说的都是现代技法，或曰新潮，或曰先锋，我想意思都差不多。但这是不全面的。书中也很有几篇基本上用的是比较传统的表现方法，如《拆不去的故事》可以说就是，但那个结局却稍有点儿脱缰了，变成了神龙见首不见尾。

（原载《宁夏文艺家》总第99期，2002年7月15日）

如诗似画的美文

——杨朔《秋风萧瑟》赏析

眼前展开一幅淡墨的山水画：雄关耸峙，山海相拥，满纸秋风，满卷壮美——这就是我读了作家杨朔（1913—1968）的散文名篇《秋风萧瑟》之后的感觉。

这篇散文是登临山海关的游记。文字朴实无华，但却像行云流水一样干净畅达，而且充溢诗意。作品的开头便是："夜来枕上隐隐听见渤海湾的潮声，清晨一开门，一阵风从西吹来，吹得人通体新鲜干爽。楼下有人说：'啊，立秋了。'怪不得西风透着新凉，不声不响闯到人间来了。"

用诗一般的语言，报道了新秋的降临。"隐隐"一词写出了夜里睡意蒙眬中所听的状态。"不声不响"表明秋之悄然而至。用词准确而恰切。作者本有很高的诗词素养，他是用写诗的笔触来写散文的。

接下来写山写海的秋意，写自己住在碣石山旁，很自然地引出曹孟德曾在此地赋的诗篇《观沧海》："秋风萧瑟，洪波涌起……"直接点明了散文的标题，同时进一步标示了节令，也借以说出了文中所叙之事的地点。这一切都是用引两句诗来完成的，既简洁，又增添了作品的诗氛。

由秋、由山、由海顺理成章地写到了游，就是"去游山海关"。这也就进入了散文的主体部分。一路上景色无限，作者只引两句诗："蝉鸣空桑林，八月萧关道"就概括了，省却了许多笔墨。王昌龄的这两句诗是写西北六盘山麓景色的，"萧关"一词可以为证。杨朔移来状写"幽燕的情调"，时令和气氛都很合适。诗原题《塞下曲》，杨朔写作《塞上曲》当系误记，无减于散文的风韵。

对山海关的外观，散文这样写道："关上迎面矗起一座两层高的箭楼，恶森森地压在古长城上，那块写着'天下第一关'著名的横匾就挂在箭楼高头，每个字都比笸箩还大，把这座关塞烘染得越发雄壮。"

作者抓住了两个特征，即箭楼和匾额大字，把山海关的面目形象地勾勒出来了。紧接着散文又写山海关的历史、关内外的壮阔景象，以及作者超越时空幻想出的长城全貌，这样，如本文开头所说，一幅壮伟阔大的长城万里图就立在读者面前了。

然而，这幅画还须画龙点睛。"睛"就是画中要有人。于是，"眉目间透出股英飒的俊气"的青年军人就在画上出现了。作者和他谈长城的传说，长城的唱英雄、骂吴三桂，还有孟姜女哭倒长城的故事。这里用的是浪漫主义之笔，表现的却是长城的历史，修筑长城的徭役之苦，祖先修筑长城的"智慧、勇敢、毅力"的"绝世的创造"等史实。写的都是山海关的彼时此地的事情，突出了紧紧围绕文章中心的明显的地方特征。从谈论当年修筑眼前的长城又引申出"应该用我们的思想信仰修一道另一种长城"。这是合乎逻辑的联想，并不显得牵强。这样的"长城"，对我们今天反腐倡廉也是有意义的。

在散文的结末，"我不觉吟咏着毛主席的词：'萧瑟秋风今又是……'"毛泽东的这首词写的也是"东临碣石"的地方。引这句词。不仅紧扣着时间、地点、题意，而且意思又进了一层，那就是青年军人和女孩子接着念的——"换了人间"。显现了时代的特征。

这篇散文构思精巧，结构谨严。以"秋风萧瑟"始，以"换了人间"作结，章法非常完美。全文在不长的篇幅里，引用了四位诗人的诗词，引的是那样的贴切，天衣无缝，使得整篇散文诗意浓郁。读着它，我们好像在读一首歌唱祖国壮丽河山的抒情诗，一幅前面已两次说过的图画。这才真是美文呢。

（原载《朔方》2004年第9期）

读《湖海诗情录》

彭锡瑞、胡清河合著的诗词集《湖海诗情录》出版了。本书共收入600多首诗词，两人各300余首，别人的和诗未计算在内。夫妇二人合出诗词集，这是一件美事，无论在宁夏诗坛，或者是全国诗坛，都是罕见的，真是珠联璧合。彭锡瑞同志已不幸仙去9年，胡清荷同志至今硕果健存，并亲自整理出版本书，亦可告慰其夫君锡瑞在天之灵。

锡瑞少时的作品多为词，其1943年至1948年所著《髫龄集》中，就收词近50首。少年彭锡瑞的词多写相思恋情，离愁别绪，寄托了作者年轻而纤弱的诗情，深得婉约派之神韵。读罢使人想起柳永、秦少游、李清照、纳兰性德诸婉约大师之作，锡瑞少时的词足可跻身其间。锡瑞这一时期的词虽婉约，而在同时写的诗中，却也偶有慷慨阳刚之作。例如"风萧易水寒，壮士发冲冠"（《咏荆轲》），"从容辞汉苑，慷慨作边行。变曲翻胡语，调弹不尽情"（《咏昭君出塞》）就是这样的作品。即使是词，也有《酹江月》这样描写国仇家恨的作品。

全国大陆解放之初，锡瑞、清荷夫妇就双双带笔从戎，传为佳话。这时，锡瑞走出了个人感情的圈子，他的诗词创作也起了飞跃的质的变化，从根本上摆脱了少年时期的词中那个常常离不开的"愁"字，题材和境界都扩大了，格调也变得明朗而健康。1963年3月，毛泽东同志"向雷锋同志学习"的题词刚发表，锡瑞就情不可遏地填制了《满江红·雷锋颂》。这是集子中所见解放后作者最早的作品，上个世纪50年代到60年代初的诗词想来都散失了，诚为憾事。他写道："当代英雄，一战士，肝忠胆烈。像葵花，倾心向党，始终不变……"这是对英雄的赞歌，也寄托了诗人自己的感情。锡瑞自己就是"像葵花，倾心向党，始终不变"的人。1948年他"倾心向党"而参加了地下党组织；后来又"倾心向党"而参军；在遭受不公正待遇期间，他相信党之心始终如一，"俗谓流言多毁誉，党如明镜察秋毫"之句就是最好的证明。这是1972年《寄呈牛司令员四首》第三首中的句子，现再录组诗的第一首于下："揖别湖湘万里行，/终军有志请长缨。/元宵驻马西京夜，/雪地闻鸡漠北晨。/塞上风云驰羽檄，/熔炉炽火练丹心。/春风广被情何限，/雨露阳光化此身。"

这首诗是诗人军旅生活的写照。全诗情调高昂，气势豪壮，形象鲜明，音节铿锵，精炼概括与具体鲜活相统一，真是好诗，颔联、颈联四句对仗工稳，诗意浓郁，尤其精彩，确是佳句。这一组诗可以说是诗人的代表作，也是当代新边塞诗中不可多得的佳作。

正因为锡瑞同志相信党，他才能在己身命运坎坷之际，襟怀坦荡地诗赠另一位同样遭际多舛的战友周毓峰同志。他吟道："挥戈塞上见旌旄，立马长城意气豪。虎穴探身肝胆赤，壶浆夹道颂声高。"固然两人当时都身处逆境，但仍然以革命战士自况。虽然"书生自悔多文误"，却是"风雨难忘任怨劳"；而且展望未来"向阳花发正逢朝"。这正是坚定革命信念的表现。这是一组赠友诗，同时也是很好的边塞诗。

党的十一届三中全会以后，锡瑞同志地下党的错案得到平反改正，恢复了党籍。其时年逾五旬，然桑榆未晚，为霞满天。他因而诗情勃发，吟事遽增。他热情地歌唱党的十一届三中全会("三中盛会春风暖")，歌唱党的十二大("喜庆京华盛会，写入光辉史页")、十四大("四化蓝图描特色，市场经济拓康庄")，歌唱改革开放("经济腾飞驰骏马，征程逐浪竞飞舟")，他西出阳关，东履海滨，纵情讴歌祖国的锦绣河山。他吟咏的题材极为广泛，社会主义新时期社会生活的方方面面，无不纳入他诗的视野。他写于1991年

11月的《咏梅》是这样的:“斗雪迎风度暗香,/频窥疏影映纱窗。/孤山处士诗名盛,/梅岭三章韵味长。/泛舟太湖寻邓尉,/驱车雪海探罗岗。/衣冠冢上名千古,/人与花心各自芳。”

写尽了梅花之魂、之质,真是“韵味长”啊！艺术堪与林和靖著名的《梅花》诗相并,而思想的深远则高林一筹。孤山处士倘有知,也当引为诗的知己呢。锡瑞用诗评价历史人物,常常是秉笔直书,内涵深沉。如《章伯钧先生九十诞辰》,对章的一生功过是非,不回避,不夸大,不缩小,做了公正、客观而冷峻的评论。《挽丁玲同志》《纪念郭沫若同志一百周年诞辰》等诗也都既是诗笔,又是史笔,以诗论史,以史评人,人云诗史,此之谓也。

锡瑞同志少年习诗,功底深厚,精于音律,终生吟哦不辍。他的诗词值得欣赏评论的方面尚多,囿于时间和篇幅,就不一一分析了。总之从锡瑞一生的经历和诗词作品来看,他无愧于是一位忠于党、热爱祖国和人民的革命战士,也无愧于是一位忠于艺术、成就相当高的诗人。

清荷同志的诗词,风格与夫君彭锡瑞不同,她的作品有民歌风,可与竹枝词类比。她常常以口语入诗,通俗易懂,流畅自然,水到渠成。以她的诗词中表现出来的忠党爱国之情,则是和夫君一致的。她的诗词题材也十分广阔。从祝贺党的七十九、八十华诞到纪念彭德怀同志诞辰一百周年,从赞奥运健儿、颂经济特区,到斥台独死硬分子,从庆祝人大、政协召开,到欢唱吴忠撤地改市两周年,从唱银川植物园、沙海诗林,到评一次性餐筷,在她的诗词作品中都有表现。这里只谈一点,即是她的作品表现出了和夫君锡瑞的伉俪情深,爱情弥笃,以及锡瑞逝世她的哀痛之深。现举写于1995年9月的《鹧鸪天》:“同病相怜步履艰,相依为命度稀年。晨间锻炼形随影,学海驰骋苦伴甜。多少事,费周旋,不分巨细我挑肩。少时夫妇老时伴,互敬互帮意拳拳。”

尽管音韵还有值得推敲之处,但这真是相伴大半生,相濡以沫的写照。又如同样写于1995年的《白发》写夫妻老来共读的情景："有时读到精深处，笑与老头同品尝"。深情展露，风趣天然，非沉浸于此境中不能写出如此动人的诗句。读罢不禁使人想起记得似乎是李易安写的"笑向檀郎唾"之句。一写老年夫妻，一写少年夫妻，异曲而同工。

锡瑞同志逝世，清荷伤心已极，赋有多首悼亡诗词。例如"家书修得无从寄，天上人间路不通"，真是哀情深沉，催人泪下。还有四言体的长诗《痛悼夫君彭锡瑞同志逝世两周年》，以极为哀痛之笔，依悼亡词之体例，回顾了夫妻二人几十年共同生活的历程，并期盼着"倘有来世，盼与同行；朝夕相伴，永不离踪"。字字血泪，令人不忍卒读而又必欲卒读。

对清荷同志的诗词，就挂一漏多地分析到这里，不再多说了。最后，让我用一首《七律·读〈湖海诗情录〉》来结束本文。

少年诗绪绕书楼，伉俪从戎笔未休。
长剑贺兰同驻马，杏坛灵武作耕牛。
唱随半世安贫乐，吟咏人生解苦愁。
湖海诗情清气永，龙城何必定封侯。

（原载《夏风》2006年第4期）

娱乐性和社会认知意义相结合

——读溪桥长篇小说《跳出陷阱》

"金骆驼丛书"是宁夏文学领域的一项长期而系统的工程。数年来，已经扶持出版了五辑共16部长篇作品。除一部长诗和一部学术著作外，14部都是长篇小说，溪桥的《跳出陷阱》就是其中之一。

26万字的《跳出陷阱》是一部公安题材的长篇小说，以侦探案件为作品的基本内容。它既是侦探小说，又不同于一般的侦探小说。

自从19世纪前期美国作家爱伦·坡发表《莫尔特凶杀案》以来，侦探小说已经经历了一百七八十年的历史。欧洲经典探案作品如《福尔摩斯探案集》《侠盗亚森罗宾探案集》、阿加莎·克里斯蒂笔下的波洛探案，以及硬汉派侦探小说等，都着重于抒写超级侦探的天才破案；日本的推理小说则擅长于写离奇情节中推理的缜密逻辑，以上诸种作品都短于对社会现实的深入描写和对社会问题的深刻揭示，它们多刺激性、娱乐性，而少社会认知意义，一般被认为属于通俗文学。

《跳出陷阱》是围绕着侦破海顺公司的走私大案展开故事的。走私，在世界上任何国家中，都是重大的犯罪行为。在我国社会主义建设获得巨大发展和改革开放取得辉煌成果的今天，走私，是一个社会毒瘤，严重地危害我们的国计民生。以赖昌星为头目的厦门远华走私大案就是一个突出的例证，走私已成为人民所关注、所憎恶的社会弊端。因之，《跳出陷阱》以侦探走私案为主要题材，并写出了海顺公司及其负责人郝董、孟经理的严重犯罪和市里主要领导贪赃枉法行为的关系，从而艺术地阐发了打击走私犯罪和反腐倡廉双重社会意义。因之，本书的文本价值，并不是单纯地寄兴于娱乐性，而是融合娱乐性与社会认知意义为其基本美学特征的严肃文学作品。这是《跳出陷阱》和“纯粹”的侦探小说最重要的分野。

小说，特别是长篇小说，塑造鲜活生动的人物形象是其中心的课题。在上述的那些欧美的侦探小说中，侦探往往被描写为超人，他们神通广大，无所不能，脱离现实，凌驾于其他人之上。日本的推理小说，常常只追求情节的扑朔迷离，写的又是群体破案的警察体制，不注意个别人物的塑造。因此，其作品中的人物多为扁平的剪影，难以给读者留下深刻的印象。《跳出陷阱》写了众多的人物，主人公是刑警队长江凯国。作者并没有将他写成一个万能式的神探，而是将其置于现实之中，在与犯罪嫌疑人的尖锐矛盾中、在与其他人的复杂关系中去着力表现他。江凯国顶住来自上面的压力，显示出他忠于职守，不畏强权；在和郝董、孟经理的多次较量中突现他的机敏和丰富的侦察经验；在保护方胜男采取的一系列措施中又闪耀出他人性的光辉。他不是超人，在与罪犯的角斗中他数次受挫、几经曲折，由于上述他的性格特点，和其他人员的配合，他终能化险为夷，最后制胜。总之，江凯国是一个有血有肉的人物。其他如田芬的坚强敏锐和正义感，方胜男的稚嫩而又勇敢，边副厅长的老成持重，以及负面人物的奸诈凶险，也都各有特色，跃然纸上。

侦探小说善于以情节的曲折惊险抓住读者，这也是它的优长。不过如日本的江户川乱步的推理小说情节的离奇似乎有点儿超现实了。《跳出陷阱》虽然并不刻意追求情节的奇异，然而，根据表现侦破走私案件的需要，写来却也紧张惊险、悬疑丛生。本书有三条情节线：一条曳着江凯国等公安战士；一条牵着走私大案犯罪嫌疑人郝董、孟经理；还有一条系引检举人田芬及其后继者方胜男。三条线索时而平行发展，时而相互交错，构成了整个故事的跌宕起伏、一波三折。例如，公安人员刚摸到一点走私案的踪迹时，忽然传来上面的通知：撤案！使侦察陡然停顿；当江凯国预感到田芬是检举人并准备和她接触之时，田芬忽然“死了”，致案情陷入迷离；而方胜男带江凯国去火葬场取藏在骨灰盒中的海顺公司走私案罪证材料，却发现材料已不翼而飞，情节又是一折……

这些突兀而来的曲折，产生出一个又一个悬念，紧紧抓住你不得不连续读下去，看看好戏究竟如何收场。这些悬念正是侦探小说的艺术特征，可以说，没有情节的起落变异，没有引人入胜的悬念，就没有侦探小说。《跳出陷阱》的作者熟谙这一点并深深掌握了它，终于酿出了作品的精彩，使得许多读者反映：这本书好看！

在三条情节线中，江凯国等公安人员的活动自然是主线，但作者在方胜男这条情节线上也是用了功夫的，写她从一个本来和案件毫无瓜葛的事外者怎样被动地一步步卷入走私大案惊涛骇浪的旋涡之中，由被动卷入而不得不变为主动出击。作者这样着力，也许意在表现一个普通人、特别是一个弱女子在当今社会纷扰世事的尖锐冲突中的生存状态。作者的同情是站在这一方面的，这就是前面说到的人性光辉。

《跳出陷阱》的语言运用有两个特点：一个是流畅，如行云流水。用的是通俗的群众语言，而又提炼得简洁、干净、文雅，读起来宛似听说书人讲故事那样顺当，不像某些小说语言生涩，故作高深，令人难以卒读。其二是个性化。本书描绘人物的说话都很符合他（她）的性格，以致成为他（她）性格的一部分，这一点在对江凯国的描写上尤为突出。这种个性化语言书中所在都有，兹不再举例。

《跳出陷阱》自然有它的缺陷。即使是很成熟的作家的作品也难免有不足之处，何况这只是溪桥的长篇小说处女作呢。有关意见，笔者已面告作者。

（原载《宁夏文艺家》总第152期，2008年8月5日）

新锐的审美视角与编辑的风范

——读哈若蕙《一片冰心》

回族女作家、文艺评论家哈若蕙不久前出版的文艺论著题名《一片冰心》(中央编译出版社2010年5月出版),这个短语出自唐人王昌龄七绝《芙蓉楼送辛渐》,原诗如下:"寒雨连江夜入吴,/平明送客楚山孤。/洛阳亲友如相问,/一片冰心在玉壶。"

诗的原意"冰心"为纯净;"玉壶"乃清廉,是诗人的自许。若蕙女士引为书名,是不是因为书中有一篇文章题为《一片冰心在玉壶》? 另外,她在《后记》中对书题解释道:"是想表达自己对于人生的感恩。"坦直地说,我不大懂。但这书名给我的感觉是清澈晶莹、高洁雅致。接着,我就注意到本书的出版时间和出版单位。若蕙在出版界工作10年,并在后4年升任出版社领导成员之一。这期间,她策划、编辑、编审和出版了一百多种书籍,其中"跨文化丛书·外国作家与中国文化"、"鹅毛信文库"、"人文日本新书",以及"文学银军丛书"等书系,不仅具有显著的学术和文学价值,而且,为拓展中外文化交流,繁荣我国的、特别是繁荣宁夏的文学事业做出了不可磨灭的贡献,前几种已经成为全国出版行业知名的品牌。若蕙女士也因自己的辛劳和业绩获得多项奖励,以至荣获自治区五一劳动奖章。而她的这本《一片冰心》却是在她离开出版界后将近一年出版的;出版单位也不是她曾供职的宁夏人民出版社,而是北京一家国家级出版社。这说明,她在出版社的漫长岁月里,编了那么多书,却没有利用工作的便利为自己出一本书。真是一片冰心啊!

作者在书的封面上用了3个词组,类似副标题:"文学评论·艺术随谈·编辑心语”。它们准确地概括了全书的内容。一共400多页，50多万字，沉甸甸的，很有分量——承载的分量和学术的分量。说到学术分量，我读了本书，总的感觉是其中众多的篇章审美视角新锐独特，立论富于创意，阐析深入透彻。这里不能全部论及，只能举出少数几篇作为例证稍加诠释。

我国新文学史的分期，传统的分法是：从1919年五四运动到1949年中华人民共和国成立的30年为现代文学；1949年以后则是当代文学。在我的心目中一贯如此，毫无疑义，已经成了我的思维定式。这实际上是以政治历史的划分阶段来为文学史分期的。然而，政治和文学虽然密切关联，但并不完全等同。《一片冰心》的开篇之作《现代文学历史分期之我见》中，作者提出了与传统分期不同的看法：将现代文学史确定为1917—1977年的60年历史。在理论上，把文学流派、文学思潮的发展演变所体现的价值系统和规范体系作为文学史分期的主要原则；在史实上，以1917年胡适发表《文学改良刍议》、陈独秀发表《文学革命论》作为中国古典文学和现代文学的分水岭。那么，作者何以将现代文学的下限延至1977年呢？她认为，中国现代文学的发展，在1949年以后，延续了以前的规范特征，直至1977年。这些论述是很有见地的，以我有限的见闻来看，是有创造性的，也符合现代文学史的真实情况。

卢梭《忏悔录》和巴金的《随想录》是两部杰出的作品，前者震动了18世纪和以后的法国与世界文坛，成为欧洲启蒙思想的重要作品之一，其影响一直至今。后者震动了20世纪80年代的中国文坛。人民文学出版社在介绍这部书时写道：“这是一部‘力透纸背、情透纸背、热透纸背’的‘讲真话的大书’，是一部代表当代文学最高成就的散文作品，它的价值和影响，远远超出了作品本身和文学范畴。”若蕙女士独具慧眼，将这两部相隔200多年、产生于不同国度，“内容迥异、文体有别、影响也不尽相同的著作”联系到了一起，写下《灵魂的告白——卢梭〈忏悔录〉与巴金〈随想录〉比较谈》，“透过语言的表层探寻作者的精神品格、人生追求，却让人感受到了很大程度上的一致性”，同时也找到了各自的特异性。两书同样激情喷涌，“勇敢地解剖自己”，以无比的勇气讲真话。《忏悔录》的作者“把一个人的真实面目赤裸裸地揭露在世人面前，这个人就是我（卢梭自己）”；《随想录》则是深切地自省自责，无尽地追思亲人、同志、朋友，“对于历史、现实的反思，对于当前国家政治、社会、文学前途诸多问题的思考”，“更多地印下了时代的投影”。《灵魂的告白》将二书用比较文学的方法进行对照研究和评论，这是一个独特的发现，是“哈若蕙式”的联想，也就是前面说的新锐独特的审美视角。

书中还有一篇文章，虽不属于比较文学的研究范畴，却也是运用了文艺理论中文学比较的研究方法，那就是《诗、词、曲意境漫议》。作者选取了同是我国古代的，同是写男女离别之情题材的，但朝代不同、体裁不同的3篇作品在艺术上进行了比较研究，从而阐释了诗、词、曲各自特异的意境。

庐隐是我国现代文学史上的一位重要的女作家，早年，茅盾大师等多人对她的作品都有过论述。近30年来，我见到在女性文学评论家（文学研究家）中，有3位发表和出版过关于庐隐及其作品的研究论著：肖凤的《庐隐传》是一本评传，出版较早，可以看作是社会主义新时期以来庐隐研究的领军之作；张衍云的《庐隐小说创作论》也是一篇有分量、有见地的论文（见《幽草寸心集》宁夏人民出版社2005年版）；哈若蕙收入本书的《一个失去平衡的世界——庐隐悲剧创作初探》则更有新的见解。庐隐是倡导“为人生的艺术”的文学研究会的会员，她的作品也状写了五四前后知识青年、尤其是知识女性反封建、追求妇女解放、婚姻自由的生活现实及其悲剧意识，这些都是现实主义的特征。张衍云认为庐隐是“文学研究会中艺术观点最与创造社接近的作家”，这已是一个新的探索和论点。而哈若蕙则更明确地提出，浪漫主义精神是“代表庐隐根本创作精神”,庐隐的作品是在现实主义的底板上呈现出浓厚的浪漫主义色彩。这样的命题虽然不一定说是石破天惊,却也是自树一帜。细读庐隐的作品,果然富于主观抒情性。她的代表作《海滨故人》于浓厚的抒情之中,又蕴含着理想主义成分,小说那“神龙见首不见尾”的神秘结尾,也体现着创作主体的浪漫主义情怀。这一切,证实了哈若蕙的论断并非虚言。

《一片冰心》中,有一辑“塞上文情·宁夏作家作品评论”。作者将关注的重点放在新人身上,对青年作家石舒清、陈继明(现已进入中年)、李进祥等的作品都有评论;对陈继明作品的评论竟达6篇之多,既有单篇评论,也有综合论述。真可谓浇灌佳花,催生新树。此辑中也有润及衰叶枯枝之作,如对拙作的批评(《霜叶春花一样红》),这也是作者对文学老兵的关照吧。另有一篇完成于自治区成立30周年,改革开放10周年之际的长篇论文《一枝红杏出墙来——宁夏新时期10年女性文学浅议》,几乎将当时宁夏文坛有影响的女性作家及其创作均纳入视野,既有理性剖析,更饱含赞美深情。看得出这是哈若蕙的倾情之作,是她身为女性评论家对女性同胞心有灵犀的解读、评价和推荐。

书中的“书业行舟·编辑心语”是作者从事图书编辑出版工作的理论思考和心灵抒写。王嘉鹏的自传《撑起生命的蓝天》、张若冰《我的岁月我的歌》《梅志文集》都是撼人心魄之作。哈若蕙为这些书写的编后记和出版前言,也是深情溢纸,感人肺腑。如果知道在这些图书的背后,作为责编或责编之一的哈若蕙,为选题的立项,为作品的完善,为图书市场推广所付出的心血与努力,那么看到这些落在纸上的有声有色温馨留芳的文字也就不奇怪了。《大学梦圆:我们的1977,1978》是一本特别策划的图书,收录了57位恢复高考后首批、第二批大学生的文章,他们后来都是成功者,其中不乏新时期文坛的知名学者和作家。这里面也有责编哈若蕙的屐痕(书中收入哈若蕙的一篇文章,所以她是57人之一)。因此她为该书写的重版后记就充溢着1977、1978情结，把后记标题起为《重温历史的悲喜感动》就是这种情结的具体体现。

我也做过编辑工作，总觉得“原创”“代表作”这些概念都是属于作家的；读了《一片冰心》中的《编辑原创简论》《编辑也要有代表作》诸文，才有所领悟，原来编辑也可以拥有这些东西。这也是编辑的风范。在前一篇文章里，作者对编辑的原创下了定义：“是指编辑将自己的知识、能力及经验与出版工作实践相结合，通过创造性思维产生出有独到见地的创造性成果……也同样鲜明地体现着‘这一个’的特征。”并从发现策划、组织写作、编辑加工、营销方略四个方面对编辑原创的内涵进行了深入论述。从后一篇论文中，我得到的启示是：一个成功的作家的优秀代表作，必然同时也是编辑的代表作，因为发现作者和好稿，倾力编辑，淑世出书，都是编辑的事。而一部编辑的代表作，则未必都是作家的代表作，譬如一部高水平、大影响的众人的合集，当然是编辑的代表作，却很难说是哪一位作家的代表作。编辑的代表作是名编辑的品牌，也是编辑所在的出版单位的品牌。哈若蕙策划、主持编辑和出版的“跨文化丛书·外国作家与中国文化”“鹅毛信文库”“人文日本新书”等书系便是如此。

若蕙女士还是一位译制片配音演员，为不少外国影视片（剧）的译制配音演过不同角色，对于影视艺术颇有研究，《一片冰心》里也收了一批这方面的文章，辑为“艺海听涛·艺术随谈”。我于此道长在门外，不敢置喙。据说一部优秀的文艺作品在面世后，作者和读者往往还会感到留有某种遗憾。我想，文学评论也是一样吧。那么，我对《一片冰心》中谈艺术的论文不评一字，也留下一份空白和遗憾吧。

若蕙很注重评论的艺术风格和美学品位，她的论文中常有生动的形象，语言也流畅优美，本身就是艺术品。郎伟先生在为本书作的序中写道：“哈若蕙是一个具有作家禀赋的评论家。她的精神性格当中所拥有的抒情气质，使她的评论文字别具一种温馨的情深意长的艺术力量。”

我对于这段话深有同感。这里无法具引全书，只能撷一斑而证全豹：“报告文学是近年文坛繁茂盛开的一朵鲜花，植根于现实生活的土壤，感受时代脉搏，展现英雄风貌，谱写光明赞歌，一篇篇报告文学佳作脱颖而出，为文艺百花园增添了一道道异彩，也以其特有的魅力吸引着愈来愈多的读者。”（《勇敢的攀登者》）“这是一种美丽的遇合，春风与万物的遇合，大海与风帆的遇合，天空与雄鹰的遇合……众生与现世的遇合，灵魂与生命的遇合。作为一名编辑，我在流动的书稿中寻觅着合心合意的作者，又在编辑书稿的同时期盼着知音般的读者。”（《倾听生命里声音》）

举的不是一斑，而是二斑了。但作为评论文字，真是美文。而书的附录《岁月就这样静静地流淌》就是一篇优美的散文。书中有些评论文章的附文也大率如此，就不赘说了。

卅年纤笔流佳什，一片冰心在玉壶。

（原载《宁夏文艺家》总第181期，2010年11月5日）

全球化进程的艺术文本

婴子，回族的女儿，生在宁夏，长于朔方。后来出国，成为了美籍华人。在海外的岁月里，她潜心文学创作，迄今已出版了三部长篇小说，跻身于华文文学作家之林。钱虹博士主编、宁夏人民出版社出版的“世界华文女作家书系”之一《男人的泪》，是婴子的第二部长篇小说，于2010年2月出版（重版）。书名就很有特色。有道是“男儿有泪不轻弹”，同年11月19日宁夏《新消息报》刊载的一篇简评此书的文章就以这句现成的诗为标题。婴子偏偏反其道而行之，书就题名为《男人的泪》。

小说叙述的是两代三人中国留美学生的故事，同时也是一个三人的美籍华人家庭的故事。江浩的父亲陶汉早年留学美国，由于埋头苦读，学业优秀；积多年钻研，学术精湛，成为了著名的机电专家和芝加哥一所大学很有声望的教授，同时入籍归化美国。江浩（随母姓）自幼由和父亲离异了的母亲抚养，十八岁时母亲病逝，不得已办了留学生手续，赴美投奔父亲。经过四年的努力学习、两年多工作上的奋力拼搏，出道为优秀的白领。江浩的继母詹妮，在国内学过医，做过牙科医生，赴美后继续读书，并做了医生助理。她第一次婚姻破裂，和陶汉同居若干时间后正式结婚。

在华文文学中，以留学生生活为题材，是很普遍的现象，可以说是华文文学的一个分支，不妨称之为“留学生文学”吧。《男人的泪》既然所写的两代三人都是留学生，自然属于这个文学分支的范围。从艺术的视角看，写留学生的华文作品，是姿态互异、各有千秋的。但作家们也有认知生活、感受生活的同一性：其一，多写留学生的漂流生涯、孤独生活；其二，表达海外学子的故乡故国之思和海归情结。前者如赵淑侠的《我们的歌》,后者如於梨华的《又见棕榈又见棕榈》,而赵淑侠的《漂泊的爱》则二者兼而有之。

婴子《男人的泪》却大不相同,书中见不到上述场景和典型情绪,而是认同与融入异邦生活。陶汉留学并在美国开始了他的学术生涯,事业取得成功。他“讲一口流利的英语,几乎听不出一点中国人的语调”,“在讲台上侃侃而谈,挥洒自如”,是洋学生心目中“最伟大的教授”。留学以后,多年间没有回过祖国,“激不起回家的热望”,甚至从不和国内的亲友通信联系。第二次结婚后,在妻子詹妮的请求下,才和她一起回国探亲。回到家乡,却只住宾馆,不被父亲接纳。探亲回美后,他感到“总算回到了家。一进家门……心情就好了起来”。总之,他已经成了地道的美国人——华裔美国人。所以笔者在前面说他是“归化美国”。詹妮呢,书中没有用很多笔墨写她对美国的认同,但读者从字里行间感受到她在美国生活得很习惯很自如,完全是美国人的做派。至于江浩,初来乍到美国时,也感到孤独。他“是来找家”的,“但这个家对他太陌生,就像陌生的美国一样”。他起初也不习惯美国学校松散的学习状态,但是不久,“他的生活的确有了翻天覆地的改变”,“学习也不觉得是违背心愿了,是必须,就像吃饭一样不学就会感到饥饿”,“他觉得这儿的天空都比从前的蓝”,初访女友凯瑟琳的美国家庭时,“他震惊,这里怎么这么熟悉啊! 那笑容,那色彩,好像什么时候到过这里。他突然发现,这个家正是自己日里夜里梦想的,这才是他要寻找的家啊!”“江浩用了不到四年的时间就完成了大学本科课程”,毕业后工作出色,在职场,跳槽悠游裕如,扮演的完全是一个美国中产阶级白领的角色。他有了可意的工作,有了自己的“小家”(公寓),有了美国女友,把“芝加哥当成了家,飞机一降落,就找到了家的感觉”。总之,已经成为美国社会的一个细胞。

从上述情况看,《男人的泪》的确是留学生文学,但又不纯粹是,它有所超越,有所突破。

那么，怎样来给这部作品划分类别呢？其实，在学理上为一部文学作品分类正名并不重要，主要应当看它是在什么样的大背景下创作出来的。

我们知道，美国是一个移民国家，它的公民包含了从世界各大洲迁来的移民，20世纪世界最伟大的科学家之一爱因斯坦就是美籍德裔犹太人，著名的国务卿基辛格也是德国移民，现任总统奥巴马是肯尼亚移民之子，因为出生于美国而获得当选总统的基本资格。美国而外，加拿大、澳大利亚也是移民国家。移民他国并不意味着背离出生国，也不意味着只是客居异国。绝大多数移民既爱祖籍国，又爱居住国，两者并不相悖。在全球化大趋势的今天，应当认同这种双向爱国的价值取向。美籍华裔科学家杨振宁、李政道、丁肇中先后获诺贝尔物理学奖，美籍华裔女作家聂华苓创办了国际写作计划，接待各个国家和地区的作家前来写作，美国小城爱荷华因她的工作而闻名世界。他们对美国科学文化发展做了杰出贡献，也为中国科学文化发展和中美科学文化交流做了许多工作。他们的贡献是世界性的，这也是炎黄子孙的共同骄傲。同样，中国也接纳着外国移民，著名的如爱泼斯坦、路易·艾黎、马海德、沙博理、寒春、阳早……都将一生献给了中国。在我国，也有许多普通的外国移民，一位奥地利妇女瓦格纳在浙东农村居住了六十多年，并终老于斯。有一个诗人不远数千里专程到浙东对她进行了采访，写出一首一千六百行的长诗《只能有一朵玫瑰》。

各国的移民在世界范围内相互流动，是全球化发展的一种效应。这种现象必然要在文学领域内找到它的定位，于是，“移民文学”便应运而生。从作品的叙事来看，《男人的泪》跨兼两类，既是留学生文学，又是移民文学，是全球化进程的一个艺术文本。

留学生文学也好，移民文学也罢，终归是要写人物及其关系的。《男人的泪》一共写了四个人：江浩，本书第一主人公；陶汉；詹妮；凯瑟琳。他们各有个性，绝不雷同。江浩热情、奋进、助人、责任感强；陶汉内敛、倔强、正直、儒雅、敬业；詹妮善良、爽朗；凯瑟琳热烈、开放、深情、崇拜英雄，典型美国女孩的性格。这里不打算多分析，只谈谈人物性格中的文化特点。小说中的三位华人，在新大陆居留已久，深受美风美雨熏染，自不待言，这一点前文已有所提及。但他们骨子里深藏的还是中华文化的血脉。陶汉的儒雅、沉稳、庄重体现了中国知识分子的本色，詹妮美国化的成分似乎多一些，但仍然保留了不少中国妇女的传统美德。江浩对家庭和女友的那份责任感，更铭嵌着中国文化的鲜明印迹。他机智而精心地安排处理，挽救了父亲和继母的婚姻危机，为继母找到了失去联系的女儿，同时也赢得了凯瑟琳的心。小说结尾的完满落幕，也体现了中国式的文化心理。我国古代的经典文学作品并不乏悲剧，如《红楼梦》(按曹雪芹对八十回后的原来构想)、《窦娥冤》《古诗为焦仲卿妻作》，以及民间传说故事《梁山伯与祝英台》等。然而大团圆的结局，却是从古到今中国大多数受众所喜爱的，这并不是世俗的公式化，而是体现了人民对于美好的期待。这种文化心理也随移民漂洋过海，写进了反映他们在美国的生活的作品里。于是，陶汉这个平时不易动声色的人，在来之不易的大团圆面前落泪了，这是男人的泪，是感动、激情和喜悦的泪，是酸甜苦辣的经历酿造的泪。江浩更激动，他和父亲心的距离一下子拉近了，但他顾不上流泪了，他要去接凯瑟琳，为家里的圣诞聚餐、也为自己再添一份喜庆。此刻，他的所感所思，都包含在父亲的泪水中了。再说凯瑟琳，从爱吃中国的饺子，到对中国小伙子产生情愫，表示着这个美国姑娘在精神上逐渐向中国文化的位移。长篇小说中描写的中美文化交融，是前面从移民文学角度提出的“全球化进程的一个艺术文本”命题的重要内涵。

《男人的泪》的瑕疵之处，是文字有些粗糙。某些地方，语法上存在问题，词语搭配也不尽妥当。考虑到作者长期生活在另一个语境里，这种情况应予理解。瑕不掩瑜，但瑜也不能掩瑕。文学是文字之学、语言的艺术。文字粗糙，对于作家和作品来说，并非是不重要的缺失。笔者预测，随着婴子今后不停顿的母语文学创作历程，这个缺失将日渐悄然而逝。

（原载《黄河文学》2011年第4期）

时代的映像和独立的艺术品格

——读《艾特自选集——蔡厚示新诗选》

12月，塞上天寒地冻，外面，朔风呼啸，叩打着窗棂。

我坐在桌前，读着蔡厚示先生从温暖而遥远的南国——台湾海峡西岸榕城寄来的他刚出版的新诗集《艾特自选集——蔡厚示新诗选》（艾特是诗人的笔名，以下简称《自选集》），屋里宛如吹来了一阵春风，使我身心都生温馨。厚示兄以旧体诗词见长，我原是知道的。他曾任中华诗词学会副会长，现在仍是学会顾问。后来读了他和夫人庆云女士合著的《双柳居自选诗词》，中有他的新诗一辑，又知诗家兼擅新、旧双体，世称之为“两栖诗人”，这是一个雅致的美称。今读《自选集》，更得窥诗人新诗的概貌及其精品，心乐之。

《自选集》共收入新诗62首（包括一个组诗8首），均为抒情短章。编年体例。第一首1945年5月写，结末之作改作于2009年10月，写作历程达64年之久，可谓岁月漫长矣。所选之诗，1945年至1949年3月写的47首，以后的15首。诗人在《出版附记》中说：“解放后，我主要从事教学工作，兼带写点理论文章，对新诗已很少问津了。”这当是实情。不过其间写的恐怕不止15首，因为这是选本啊，作者选时自我要求当是颇严。

读了诗集里的前47首作品，一个追求光明、憧憬纯情、孤独而又寂寞的少年诗人的身影便浮现在我的眼前。厚示兄写这些诗的时间，是17岁到21岁；那是上个世纪40年代中后期，大夜弥天，东方欲晓，一个有思想、有文化的热血青年对光明的渴求，是可以想见的。请看下面的例证：“力擎起通明的火把，照着这黑暗的世界。／怕不了毒兽的侵袭，我把慧剑紧紧执牢。／任谁想扑灭这火炬，抢先一剑把它砍倒。／纵使失败也算成功，成功里却没有失败。”

对光明的追求是这样热切，这样富于信心。如果说这首写于1945年5月的《誓》还稍觉抽象的话，那么，1947年4月作的《该是起来的时候了》便清晰而具体了：“胜利被接收在，‘重庆人’的腰包里／内战的烽火，燎烧在北方的原野上／民主的歌声，划破了朦胧的夜色／和平的曙光，还被扣留在拂晓前的雾里／但沉睡已久的人民哟该是起来的时候了。”虽然用了“腰包”“晓色”“曙光”“拂晓前的雾”等意象，但诗的意思还是很明朗的，是当时国统区风起云涌的反饥饿、反内战斗争涛声的回响。也许诗的传播面并不广，但却是一种态度，也是一种号召，清楚地表明了诗人的进步倾向。

在《自选集》里，这类思想鲜明的诗不算多，但只要有一首（当然不止一首）也就够了。文学创作有自己的艺术规律。恩格斯说过：“作者的观点愈隐蔽，对于艺术作品就愈好些。”具体到诗，我国清朝诗论家袁枚认为，诗宜曲而不宜直。此说深悟诗学之道。厚示的诗大多数含蓄而朦胧，正符合这种诗学原则，显示了诗的独立品格。例如，他在上述40多首诗中，多次使用了“春风”“春雨”“春天”“春荫”“春夜”“春恋”的字样。这些“春”字具有隐喻和象征意义。隐喻属于修辞学范围；象征则是艺术表现手法。但二者有时很难分辨得清。厚示兄笔下的“春”，有的象征着解放和光明，《言语的种子》一诗内的“春风春雨”便是；有的隐喻着美好的爱情，《无题》（一）里的“春天”、《春荫的梦》中的“春荫”大抵就是如此。而诗人于17岁时写的《鸽》，全诗是一个整体的象征意象：“白羽映着阳光，系铃响播四方。／碧空中，独鸽高翔。它，矫矫飞行，／奕奕歌唱：前进！穿过荒漠寂野，／越过峻岭高岗，愿飞遍天涯海角，／来谱写我生命的乐章。”

写的是鸽子在广阔的天空里飞翔和歌唱，表现的是作者少年时期向广大的世界闯荡和前进的心愿；在诗里，鸽人合一，鸽就是诗人自己。在这里，象征的方法用得十分娴熟，十分到位。另一首《海燕》也是一首象征诗，海燕象征着写《海燕》的人，“盘旋在碧的高空／飞掠过白的怒涛／歌唱在春天的旋律里//明媚的海岛作我的归宿／广阔的天穹作我的家／四时美景做我的铺设／大自然的图画／点缀我生命的所在”。和《鸽》异曲而同工。而较之于《鸽》，从这首诗可以看出，诗人的视野更开阔了，羽毛更丰满了，体魄和前进的气力也更雄健了。以笔者的揣测，本诗也许受到高尔基的散文诗《海燕》的影响和启示，但两者绝不相同，不仅体裁迥异，就其整体艺术来说，蔡厚示的《海燕》也是独立的“这一个”。

隐喻、象征和暗示，是现代主义诗常用的表现手段。我国的新诗，自1918年滥觞，至40年代中后期，已经走过了大约30年的历程。其间形成了3个流派：从早期的刘半农到后来的臧克家、艾青为代表的现实主义；以郭沫若等人为代表的浪漫主义；以徐志摩、李金发、戴望舒等为代表的现代主义；由于时代使然，现实主义成为新诗的主流，这是毫无疑义的。到了40年代，这些流派有逐渐融合之势，如以写朦胧的《雨巷》闻名的“现代派”诗人戴望舒，在遭遇国难和自身厄运之际，写出了《我用残损的手掌》等现实主义名篇。某些崇尚现实主义的作者，也在吸收着现代主义的艺术方法，40年代初登上诗坛的一些年轻诗人的作品可以为例。厚示先生的诗作，像前引的《该是起来的时候了》就有明显的现实主义特征，这样的诗集子里还有一些，但他的诗，现代主义的成分要多一些。这一点前面已有所论及，现在再作些阐释。《言语的种子》共三节，十句。前两节意思明朗，表达了对旧社会黑暗统治压迫人民的愤怒之情，渴望光明来到；最后一节三句笔法一转：“当春风春雨的季节／一枚枚新芽茁长了／我说着谁都明白的事情”。于是，由直抒胸臆变成了暗示，不仅本节语意朦胧，连前面的直书也隐约起来。这是现实主义和现代主义的融合，也是在当时特定环境下的曲笔。我们再来看下面的一首《一叶》："一叶生命的青葱／占有五月的园林／傍午的天空更明丽了／星云开始有人世的梦//像一串江南的秋天／风雨是钟情的过客／上帝悟到伊甸园的寂寞／我再次扛起希望的旗帜。"

写得很美，诗意浓郁。看似明白，每一句都可看懂；但整首是什么意思呢，又很朦胧，颇费疑猜。第一节前三句写景，第四句便进入遐思冥想。第二节前两句以比喻出之，前者是明喻，后者为暗喻，大概是烘托一种凄凉的气氛，以表现诗人孤独的心情。第三句亦似隐喻，和末句联在一起，显示了审美多棱体的不同侧面。这是一首比较典型的现代诗，我认为主要是表达作者的一种感觉——寂寞与希冀并存的感觉。可见朦胧诗并非是20世纪70年代末崛起的新的美学原则，而早已有之。我国新诗诞生后两年，即1920年，李金发就开始了他的象征派的诗创作；新月派诗人徐志摩24岁（1920年）开始作诗，时间也差不多。厚示兄的老师林庚先生就是"现代派"（因戴望舒等诗人在《现代》杂志上发表诗作而得名）诗人，薪火相传，厚示受其影响，不是不可能的。现将林庚和蔡厚示两位先生的诗各举一首，试稍作解析，也许可见端倪。

春　晚　（林庚）

邻院的花香随着晚风
黄昏的家门蝴蝶飞出了
没有梦的昨夜留恋什么呢？
无声的荒草变了颜色
远处杜鹃啼，暮色沉重下
双燕如青春的影子，掠过微黄的窗外

春　夜（蔡厚示）

在房里燃起一点灯光，披拂人们好梦的甜香
拽住寂寥的春之尾夜，我贪恋田野里的芬芳
死水般宇宙无比沉闷，窒息住梦家游子的心
黎明前鸡叫近又远了，月亮哭她细弱的灵魂

两首诗标题、题材相近，诗句都精致优美，均为8句，内容（文字）迥然不同。其撷取的意象，则可以相互参照和比较。"春晚"写的是黄昏到初夜，"春夜"表示的是深宵至凌晨；林诗叹惋"没有梦的昨夜"，蔡诗却有着"好梦的香甜"；林诗吟"鹃啼"，蔡诗录"鸡叫"；林诗写日暮"双燕"归巢，蔡诗状"黎明前鸡"声报晓。诗固各别，艺却相承，两首都是现代诗，意境朦胧，《春夜》的朦胧色彩似乎更浓一些。二位诗人各在诗中营造自己的境界——静悄悄的黄昏；寂寞的长夜。两者的共同之处是从其中都透露出来知识分子的孤独感。大概作于30年代的《春晚》注重唯美；而1947年3月写的《春夜》却摄下了时代的影子："死水般的宇宙无比沉闷"正是用隐喻表达的当时黑暗社会的现实，"黎明前"则是诗人对暗夜即将破晓的实感。两诗的这种差异反映了不同的写作年代对作者的不同影响。

《自选集》中还有一个有趣的现象，就是颇多系列诗（有别于组诗）：《无题》6首；《偶题》4首；《寄赠》3首。此外还有《寂寞》，虽然尚构不成系列，也有两首。从1946年11月至1947年1月，作者在两个月内写了6首《无题》，它使我不禁想起唐朝诗人李商隐著名的《无题》诗，千余年来解读纷纭，有人说它们单纯写爱情，有人说以比兴寄托作者的政治抱负及其失意，可谓是古代的朦胧诗。蔡厚示的《无题》诗是新诗短章，8行就算是其中长的了，最短的一首只有两行。诗意也颇婉曲。当时诗人正值青春年华，6首诗又是在短时间里集中写成的，从内容（文字）看，可能是表达爱情的。那么，是不是另有寄托呢？且看最短的那一首："沉睡在阴暗的角落里，蝴蝶会飞进你的梦吗"。

也许有所寄托，也许"蝴蝶"就是隐喻意中人的倩影，不必深究。其他5首也可作如是观，囿于篇幅，不再具引。

《偶题》第一首写于1948年4月，表现了作者的时代苦闷症。第二首同年11月写，引于下："我想江头潮平之夜，驾庄生梦里的蝴蝶／摘下高空之朗月，代以满天的星斗／我想瀛东日出之晨，泛诺亚避难的方舟／寻找伊甸之乐园，贩取生命的果树／我想夕阳欲去之际，变化成五色的云彩。／听人间世之恋情，织一天灿烂锦绣。"

这首诗遐思驰骋，想象飞翔，意象鲜明，艺术精湛。有追求美好之瑜，似稍觉空泛之瑕。是一首优美的诗章，给读者以审美的愉悦。第三首写于1961年12月，那正是3年困难时期的末尾，险峻过去，平坦渐显。诗人写道："惊恐的风暴终于过去，三五颗寒星重又闪熠，／冬神跨完严峻的步伐，百花在期待春的消息。"

没有口号，没有空洞的"豪言壮语"，用形象思维的方式构筑意象，及时地反映了人们的现实感和热切的期望。思想的敏锐性和对艺术的考究，在当时都是难能可贵的。第四首为1987年作，距第一首的写作年月，已近40年之久。可见"偶题"这个系列的诗思，在作者的心中是一以贯之的。《寄赠》系列主要言情，这里就不多谈了。

厚示先生在《自选集》里所选的1949年10月以后的诗中，很有几首政治抒情诗，《解放》《致战斗中的埃及兄弟》、《凤凰木》《下乡之歌》《英名与世长存》等都是。这些诗激情奔放，直抒胸臆，充溢着诗人热爱新中国，心系全世界之情。除个别篇章，同时也都很注重艺术表现力,《凤凰木》就是一个很好的例证,诗在书中,不再赘述。写到这里,我还难舍《春雨》(1957年5月作)中的两句:“江南的雨如柳丝,江南的柳丝如雨。”

真是佳句,可以说是写出了江南春雨和柳丝的精魂。笔者也是江南人,1983年曾写过一篇题名《江南春雨》的散文,如果早读此诗,一定要将这两句引入文中。

《自选集》的诗,有半数以上诗行、句数、分节都十分整齐,另有一部分诗也大体整齐,可称之为新格律诗。上个世纪60年代初,何其芳先生就提出建立新格律诗的主张,并在自己的创作中实践;但近50年来,应者寥寥。厚示早在何其芳提出主张之前就已创作新格律诗,并且首数不少。在新诗形式多元化的今天,岿然自成一家,这是应当引起诗坛重视的。

诗,是不能脱离时代的。进步的诗人,不论属于什么流派,哪怕是曲折的,也总会或多或少地在其作品中照出时代的映像。同时,诗又有自己的艺术规律,即形象思维和诗创作的多种艺术表现方法;也就是说诗有其独立的艺术品格。在这两个方面,《艾特自选集》里的作品,都显示了作者非同凡响的诗艺才能。现在,我试以一首七律赠蔡厚示先生,用续貂作为本文的结末:

平生著作等身齐,旧句新词众仰之。
贾谊少年忧愤日,放翁夕照灿明时。
海隅撷得长生药,岳麓采来桃寿枝。
双柳居中诗教广,手栽嫩柳秀芳姿。

尾联“柳”字重出,有意为之,未知可否?

(原载《夏风》2011年第2期)

诗的艺术与知识性的融合

——简评叶元章先生《静观流叶》

我的面前放着一本文集，题名《静观流叶》。作者是原宁波大学教授、镇海籍旅沪老作家叶元章先生。本书为《上海老作家文丛》第二辑九种之一。在时下非畅销书出版难的情况下，上海市作家协会和上海文艺出版社能策划、编辑、出版这一套丛书，而且每年推出一辑，足见他们为作家服务之倾心尽力。这种精神令人十分感佩！

关于书名，作者在文集的《自叙》中说，“静观”是他父亲的书斋名；“流叶”是他自己早年第一本作品集的题名。将两个词语组合在一起，作为现在的书名，自然有着双重的纪念意义；从字面上看，也显得风致雅洁，给人一种悠然远离尘俗之感。全书分十二辑：《文学评论》《作品赏析》《世象杂谈》《文艺随笔》《寒窗诗话》《艺海采珠》《编外速递》《人物春秋》《楼外说“梦”》《老生新谈》《浪游纪胜》《零墨小品》。看来似乎杂了一些，然而，谈诗论艺，说古道今，评说世态，激浊扬清，忆旧钩沉，山水览胜……正说明了作者是一位学识博洽、功底深厚的作家和学者。

作者在《杂则优》一文中已为“杂”正名，我很赞同。本书在文史和艺术方面，叙述了许多鲜为人知的逸文和早已被历史遗忘的文艺人物。如许多人都知道明代唐寅自命为“江南第一风流才子”，并镌刻过一方同此称呼的印章；虽然过于自负，但唐寅诗书画的艺术成就确实很高。本书作者在《江南第一风流才子》中，除叙述了唐寅的事迹外，又举出了晚清时期另一位不甚知名的文人杨继振，也为自己刻了一方“江南第一风流才子”印，这就为绝大多数人所不知了。又如曾颇有名气的女作家苏青、女明星李丽华，不仅中年以下的人很少知道，就是老人恐怕也不知或遗忘了。作者却将她们钩沉出来，以飨读者。再如今天常用的“锦标”一词，我从来没有想到过它的出处，及至读了《竞渡与锦标》，才知道它来源甚古，“最早见于唐代，是当时作为水上体育比赛——竞渡获胜的标志而出现的”。这些文章对拓宽读者的知识面大有裨益。

元章先生是诗人，对诗词曲情有独钟是很自然的，《静观流叶》关于这方面的文章很多。《寒窗诗话》一辑自不待言；《作品赏析》辑中赏析的也全是诗词曲；《文学评论》辑共五篇，就有两篇是论诗的；其他各辑中也有不少谈诗论词的篇章。这就为文集营造了浓郁的诗氛。作者为文，总是娓娓道来，委婉曲折，语言雅致优美，富于诗意。文字也精练简洁。本书收入260多篇文章，不足33万字，平均每篇千余字，不少短文一篇只有几百字。请看《清明雨》的结末：

> 清明雨，淅淅沥沥，迷迷闲闲，给人们带来生活的不便，却给古往今来的诗人带来写之不尽的题材。

行文如此秀美，真是亦文亦诗；集子里这样的文字俯拾即是。作者是用写诗的笔法作文的，一本《静观流叶》可以说是诗化了的文集。

综合上述两个方面，不难看出，《静观流叶》是诗的艺术和知识性的融合。

本书在论及作品、文章和问题时，每每有独特的新见。《钱谦益并非全无可取》对这个因降清而为人们诟病的明末文人，做了比较符合实际的评论。我在此文的评述之外想再讲几句：明、清之争是中华民族内部两个民族上层统治集团之争，清朝是中国历史上的一个朝代。牧斋降清，对明室来说，是不忠，当然，他后来颇有悔意。他的降清，较之于300年后的周作人、胡兰成辈之投日，是有质的区别的。在《楼外说“梦”》辑的最后一篇中，作者依据资料破解了《惜春身世之谜》，也是一个新的发现。此外《南宋词人吴文英并非翁氏子》《似与不似之间》《孔明不明》等都有创见。作者并非故作惊人之论，而是写来有理有据。这样的文章集子里还多，就不一一列举了。

元章先生是宁波市镇海区人，乡里情深。因此，《静观流叶》十分关注抒写浙江籍、宁波籍，尤其是镇海籍或与这些地方有关的古今文（艺）人的情况，谢灵运、陆游、范成大、吴文英、罗贯中、张可久、盖叫天、周信芳、许杰、苏青、沈曼卿、陈云裳、陈修榆、周节之……无不纳入他的视野，现于其笔下，增浓了文章的乡土气息，显示了作品的文化品位，也写出了浙江、宁波、镇海自古以来就多出文人的地域文化特色。

《静观流叶》可评之处还多，上面提及的扬清激浊就是其一。前者如《让美重新主宰生活》《崭新的遗嘱》；后者如《掮客的新花样》《谨防文化骗子》等；《“文人无行”释》激扬并举。至于三篇《烽火杂忆》，则是对日伪罪行的愤怒鞭挞了。其他如写对山水胜迹的赞美，对老妻的恩爱、对儿女的慈爱、对青少年和儿童的关爱诸篇，更表现了作者是性情中人，满怀爱国之情，具有仁者之心。囿于篇幅，这里就不深入探讨了。

（原载《今日镇海》2011年6月20日）

元朝散曲与精神文化

——读《透视元代文人精神文化》

近读赵其钧先生著的《透视元代文人精神文化》(以下简称《透视》)一书,深深地感觉这是一部很有特色、值得细细研读的学术专著。全书分四章:“第一章,元代制度文化点滴”;“第二章,元代文人精神文化概貌”;“第三章,元代文人精神文化的形成”;“第四章,元代文人精神文化的生存”。后面有“余论”,也应算一章,实际上共五章。另有附录关于元代文人、元代散曲和元代精神文化的散论六篇,作为对正文非常契合的补充,使正文所论更为完整。在书中,论著主体和客体之间,以散曲作为中介。散曲本身当然也是精神文化,但是,作者以散曲为载体,透过它,把对元代文人精神文化的阐释,引入更深的层次,使读者获得关于这种文化的全面而深入的理解。

唐诗、宋词、元曲(分杂剧和散曲两类,这里大体上指散曲)是我国古代诗歌史上三座最为灿烂的星系。从数量上看,元代散曲流传下来的四千多首(套),固远逊于近五万首的《全唐诗》和二万首的《全宋词》那样浩如烟海、洋洋大观;而其成就的辉煌,则可和前二者相并。自隋唐以来,开科取士,诗列入科日,读书人必习之。词被称为“诗余”,虽未列入庙堂,却是文人们在比较严肃的诗体之外喜欢用来表情达意的高雅文学样式。因此,唐宋以后,诗词仍得以繁衍赓续,以迄于今。就内容、体式、语言来说,散曲更贴近民间的生活和审美趣味,亦雅亦俚,俚多于雅,“托体稍卑”(王国维语),向为封建文人士大夫所轻。故元代以后,散曲作者就很少了;晚近惟赵朴初先生堪称散曲大家。历来关于散曲的研究也少。近代研究元曲，当自王国维始，但以杂剧为主。1922年，胡适在《读书杂志》上发表了《元人的曲子》，恐怕可以算作现代研究元代散曲的肇始吧。近来这方面的研究逐渐多起来了，主要是阐论元散曲的本身的思想、艺术价值及其在文学史上的地位；笔者孤陋，见闻有限，窃以为，通过散曲作品，在更高的层面上去解析元代文人的精神文化，《透视》也许是填补空白之作，由此可见本书的价值和意义。

经济基础和上层建筑的关系，早已为人们所熟知。在上层建筑领域内，政治无疑对文化起着很大制约的，甚至主导的作用。从普泛的视角看，政治也是文化。政治制度是政治的很重要的外化形式。在《透视》中，其钧先生首先阐述了元朝制度文化的二元性："既要维护'国朝(蒙古)之成法'，又要沿袭中原历代封建王朝的文化制度"。二者有主有从，实行汉法是为巩固蒙古上层贵族的统治服务的。具体表现是：实行民族歧视，按民族将人分为四等，即蒙古人、色目人、汉人、南人。轻视儒士，按职业把人分为十等，儒居第九等，身份仅高于乞丐，即所谓"九儒十丐"；同时长期废止科举，断绝了儒士的仕途。作者说："本书之所以要说这些，旨在更好地探索、解读在这个特定的时代和特定的制度文化的影响与制约下，一个特定的群体(元代文人)的精神文化。"

在元代二元性的制度文化中，"儒士们丧失了原有的地位、位置和价值"之后，将他们的生命、生活、生存的希冀转向了精神文化方面。《透视》循着这一轨迹发现了元代文人的精神文化反而十分丰富，这是一个独特的发现，作者在第二章里将其概括为三个方面：生命感悟、情感世界、主体意识。并用大量的元代散曲作品间以杂剧进行了充分的分析和论证，勾勒出了元代文人精神文化的全貌。尤其是对情感世界、主体意识的论述，真是酣畅淋漓、创见迭出。

其钧用亲情、爱情、友情、世情、物情、乡情六类的细密分述，向读者全面地展示了元代文人丰富的情感世界。我们来看《透视》是怎样论述元代文人的情感取向和前、后代迥然相异的："传统诗词中的男女相思爱恨，往往写得婉转含蓄，朦胧暗示，怨而不怒；而元散曲对此则表现得比较直率单纯，大胆泼辣，其思想之开放，语言之俚俗，风格之明快，都有别于诗词……实是蕴藏着巨大的颠覆力，颠覆了千百年来的世俗传统、陈规陋习，而把'个人的意愿'摆到决定的位置。这种不唯功名金钱是图的清淳之爱，不仅反映人性之美，也体现人类婚恋文化的一种共同的、进步的理念。"

作者引用兰楚芳[南吕·四块玉]《风情》、白朴[南吕·阳春曲]《题情》、无名氏[南吕·阅金经]《失题十二首》等多首散曲和《两世姻缘》等杂剧进行剖析，论据充足，突现了身处封建社会的元代文人比较开放的特殊的爱情观。对于友情，《透视》论及的方面也多；其中，引卢挚和朱帘秀相互赠答的[双调·寿阳曲]、乔吉赠李楚仪七首散曲标题和两首曲文，着重阐论了元代文人（艺人）男女之间真挚而深厚的友谊，这是文学史上的佳话，也是封建社会历史上罕见的，可以说是元代文人（艺人）精神文化的一个抢眼的亮点。大概只有唐朝女诗人薛涛和当时一些文人的交往方可比拟。那么至于世情呢，作者认为，"被歧视、压制的元代文人""一方面要强迫自己对政治以超然，对是非荣辱冷漠"，"元代散曲家高唱乐隐闲居，归去来兮，无是无非，常醉不醒"；"另一方面，当无法'强迫'或不愿'强迫'的时候，就会迸发出更大的冲击力，对世态人情中的不公与丑陋以无情抨击"，以至唱出"堂堂大元，奸佞专权"那样激愤不平之音。这种对政治欲忘情又不能忘情之间的矛盾心理，也是元代文人情感领域的一大特色。

本书第二章第三节，讲的是"元代文人那些带有群体特色的'主体意识'"。作者从儒家思想切入，将儒学的最低要求和最高规范概括为"克己复礼"四字，即克制自我，去适应儒学规范。"可是到了元代由于文化的碰撞、变异，这个'规范'也随之失灵了，代之而起的则是元代文人张扬自我的主体意识”。首先突出一个“我”字。《透视》举了三例:“东,也在我;西,也在我。”(陈草庵:[中吕·山坡羊]《叹世》)“行,也在我;藏,也在我。”(乔吉:[中吕·山坡羊]《失题》)“宠辱从渠,去就从予。”(汪元亨:[双调·折桂令]《归隐》)以及关汉卿的[中吕·一枝花]《不伏老》,来证明元代文人“从言行到观念对传统的、现实的所谓礼教、高贵、正经公然抗争的架势”。“我”还要“适意”,还要保持文人的“道德操守”,不但是“抗争”而已。后者不用诠解;所谓“适意”,其钧先生认为,就是在散曲中表现出“滑稽幽默、嬉笑怒骂、自寻其乐”的情态,也就是一种随自己的意而表达的狂放不羁。这些就是元代文人独立的精神品格,就《透视》看,它不仅溢于情感之中,而是渗透生命感悟、情感世界、主体意识诸方面,构成了元代文人精神文化的独特性。

本书“透视”了元代文人精神文化的全貌及其独特性后,在第三章和第四章里,进一步探讨了这种精神文化的形成和生存空间。作者说:“元代文人的精神文化,恰恰就是元代制度文化酿造出来的对立面,其明显的特征就是‘超脱’与‘现实’的结合。没有超脱传统、世俗、权势的态度,就不可能有独立、脱俗而清醒的认知;没有直面现实的精神,也不可能有深邃、犀利而冷峻的批判。”

这一段文字的第一句,对本书第一章“制度文化”和第二章“精神文化”之间的关系给予了明确的结论:后者是前者的产物,但不是前者的派生物,不是前者的附庸,而是其对立面,这就是和其他封建王朝不同的地方,也是本书抓住的要点。后面两个分句则凸显这种精神文化的批判性,是对前面所述精神文化内容的进一步深入的阐论。书中前所引无名氏作的[正宫·醉太平]“堂堂大元,奸佞专权”,就是对元朝专制腐败政权直接而猛烈的抨击;94页—95页又引了两首[中吕·山坡羊]中关于兴亡的句子:“兴,也任他;亡,也任他。”“兴,百姓苦;亡,百姓苦。”前者表达了对封建统治者的极端的蔑视与冷漠;后者则是“对历代帝业的兴亡的彻底绝望与否定”。这两支散曲看似泛论，实则矛头直指元朝统治者。这样的曲子为什么存在呢？当然不是由于元朝统治者的宽厚和开明。《透视》106页援引了《元史·刑法志》的条文：“诸妄撰词曲，诬人以犯上恶言者，处死”；“诸乱制词曲，为讥议者，流”。这样的严刑峻法，诚如其钧所说：“足以令人不寒而栗。”然而，元代文坛上仍然“热热闹闹，群星灿烂，奇葩迭现，佳作累累”。《透视》从五个方面详细地分析了形成这种现象的复杂原因：

第一，“有文化隔膜者‘不晓得’”。元朝统治者虽“行汉法”，但对汉文化却不甚通晓，对杂剧和散曲多种艺术手法所表现的内涵更是“不晓得”。因此，对这种精神文化也实际上难以控制。第二，“无文化隔膜者不揽‘闲事’”。世上的事情是复杂的，元代文人总体地位低下，但也有少数汉人、南人在朝为官，书中多次提及、并在附录里有专文论述的著名散曲作家张养浩就是汉人，他的仕途虽然一波三折，七召不起，最后还是终于高官任上。有些蒙古贵族和色目人的知识分子也深谙汉文。《透视》指出，他们身处险恶的官场，大都保持着良知和清醒，有些人倦于仕途，以至弃官归隐。他们自己也创作曲子，作为精神寄托。因之，这些人没有为朝廷实行文化专制出谋划策、为虎作伥，也即“不揽‘闲事’”。第三，“以力伏人”者重在“禁”人之“武”。元朝统治者以武力征服中原，夺取天下。他们特别看重武器的批判，也对其保持高度警惕，对民间持有武器、甚至铁器都严格禁止，或者限制数量。但对批判的武器，精神的武器即文化的力量却不甚重视，“客观上对于意识形态的控制较为宽松”。第四，“上下皆知——何谈‘妄撰’”。元代官场贪腐公行，上下皆知，见怪不怪，习以为常。因而谈不上是“妄撰”了。朝廷“或许正可以利用一下以警戒那些贪官污吏”呢。在这里，本书估量到了统治者心态的复杂性。第五，“得人心——有市场”。且引一段《透视》原文：“元杂剧与散曲以其深邃的思想，精彩的情节，生动的形象，犀利的语言，丰富的艺术手法，说古论今，亦庄亦谐，嬉笑怒骂，张扬正义，嘲弄愚昧，抨击腐败，尊重生命与情感，抒发愿望与理想，给予了人民大众在现实生活中得不到的欣慰与快乐，满足了百姓的精神需求，简言之得人心。”难怪前面引的那首无名氏的［正宫·醉太平］的愤怒歌声唱遍了“京师”和大江南北，因为它符合普通百姓的心理状态和审美情趣。

从以上五点可以看出，《透视》对于元曲生存空间的剖析是何等的深刻和精湛啊！

其钧在“透视元代文人精神文化”的时候，还注意到了这种精神文化对于后世的意义。例如44页，作者举了当代的一则短文，标题是：《情侣爱情受阻殉情葬礼上补办婚礼》。文中说：“这是一场葬礼，一对痴情男女为爱情双双跳江殉情；这是一场婚礼，是双方父母追悔莫及的‘补办’。”用2007年7月10日发生在湖北省的这件事来证明王实甫在《西厢记》中说的“愿天下有情的都成眷属”的祝愿现在并未过时。84页在分析了睢景臣的［般涉调·哨遍］《高祖还乡》后说：“作品的产生自有其现实生活的土壤，而后世读者亦有其感受的‘当代性’，这就是作品得以常读常新的艺术生命。”书中此类论述尚多，兹不再举。本书旁征博引，在包括附录在内的近19万字的篇幅里，征引的诗文典籍竟达数百种之多，这也是本书的一个显著的特点，一见作者学问功底深厚，二证撰写本书也极为勤苦。

元代文人的精神文化有其独特性，《透视元代文人精神文化》这本书也有其独到之处，值得一读。

（原载《夏风》2011年第4期）

注：本文内的引文除一处注明“王国维语”外，均引自《透视元代文人精神文化》。

新边塞诗词之辉煌记录

——读《中华诗词文库·宁夏诗词卷》中的现当代作品

《中华诗词文库·宁夏诗词卷》(秦中吟主编,中国文联出版社出版。以下简称《宁夏卷》)出版已经两年了。本书收录的诗词作品,从创作年代看,起自7世纪,迄于21世纪初,历1400余年;从作者的人数及其他情况看,包括古今诗人300人左右,其中,古代近百人,现当代约200人,有宁夏本地诗人,也有外地诗人,其中不乏古今著名诗人;从作品数量看,全卷共录诗2000首左右,古代作品200余首,现当代的大概1800首。

由上面说的几个统计数字可以看出,本书是一个创举。就我的阅读范围而言,在此之前,还没有见到过如此大规模的写宁夏的诗词作品集。以前,关于宁夏的诗词,多散见于本地区各地方志、一些诗词选集,以及个人的诗词集里,由于印刷条件的限制,大都传布不广,影响有限。上个世纪80年代后期,有一本唐骥、杨继国、布鲁南、何克检4人编选注释的《宁夏古诗选注》面世,选诗150余首,于是,古代写宁夏的诗有了一个规模不大的选集。《宁夏卷》自然还是选集,但就其卷帙的厚重来说,也可以看作是总集。《诗经》总共只有305首诗,孔子删诗,说明它是选本,但习惯称之为“总集”。《全唐诗》共有48900多首,当然是总集,但还有不少集外的佚诗,所以,其实也还是选本。是否可以这样说:规模大、作品与作者多、时间长、反映的历史与社会生活面广的诗词作品集,一般可叫作“总集”。《宁夏卷》的作品贯通古今,是宁夏诗词作品的“通史”,它用诗歌意象描绘和反映宁夏由唐朝迄今的地理面貌、自然风光、社会生活、民族风情等的变化发展,铺开了宁夏古今图,为读者提供了一部形象的宁夏历史。这就是本书在宁夏诗史上开前启后的意义。

既然是《宁夏卷》,当然是以写宁夏题材的作品为主体;也有少量的本地诗人写其他题材的作品。写宁夏的诗词,总体上看,都可以说是边塞诗词,古来就是如此,有本书中所选唐朝王维和李益的诗为证:“单车欲问边,属国过居延。征蓬出汉塞,归雁入胡天。大漠孤烟直,长河落日圆。萧关逢侯骑,都护在燕然。”(王维:《使至塞上》)“回乐烽前沙似雪,受降城下月如霜。不知何处吹芦管,一夜征人尽望乡。”(李益:《夜上受降城闻笛》)

王维诗的颈联写的是今宁夏中卫市腾格里沙漠和黄河的景观,“萧关”在今宁夏固原市境内,标题更点明了“塞上”。李益诗的“受降城”、“回乐烽”均在今宁夏吴忠灵武一带。两诗写的都是宁夏,也都具有典型的边塞诗的特征。

何谓“边塞诗”?“边”本应是指边疆,其实,古代的“边”,在很多情况下,说的是中原政权和边地一些部族的政权分界的地方,这些边地部族绝大多数先后都融入了中华民族。“塞”者,要塞关口也,古代一般指西北和华北的长城一带。写“边地”的诗,最早可以上溯到《诗经》,但是,形成规模,则是唐朝的事。有唐一代,在西北和北方开疆拓域,经常用兵,许多文人(诗人)随军任职出征,写下了大量脍炙人口、流传至今的“边塞诗”,上面引的两诗即为其中的名篇。这些边塞诗写的都是西北地区,基调苍凉、雄浑、悲壮,多写边塞荒凉的自然风光,戍边将士艰苦的生活,战争的残酷,将士以及诗人自己的爱国情怀,等等。后来,边塞题材也进入词中,如宋初范仲淹的《渔家傲》。唐朝以后,边塞诗虽稍见逊色,然而还是不绝如缕,直至孙中山犹有“塞上秋风悲战马”之句。

社会主义新时期以来,在改革开放的春风吹拂下,传统诗词得到了复兴,呈现出十分繁荣的景象,写边塞的诗词也多了起来。上个世纪80年代,宁夏诗词界率先提出了“新边塞诗”的概念,引起各方面的关注和响应。1995年在银川举行的中国第八届当代中华诗词研讨会的主题就是研讨新边塞诗词;1998年,宁夏又编辑出版了《中华当代边塞诗词精选》(秦中吟主编)。《宁夏卷》的出版,是新边塞诗词又一个新的硕果。

《宁夏卷》的主体部分是新边塞诗词,约占全书的百分之六十至七十,可谓洋洋大观。这些诗词,是传统边塞诗词的继承,继承了后者对边塞地区自然风光、民情风俗的抒写,爱国主义思想感情,雄浑、壮美、阳刚的美学特征;又是传统边塞诗词的发展,一个“新”字,划出了区别于传统边塞诗词的本质界限。所谓“新”,主要表现在以下四个方面:

一、作者必须是现代、特别是当代(诗)人,这是不言而喻的。《宁夏卷》里的作者,三分之二以上为现当代诗人,这也是其以新边塞诗词为主体的一个证明。

二、定位于更大的范围。近些年来,继倡导“新边塞诗词”之后,诗词界(以诗人王亚平为代表)又提出了“大边塞诗词”的概念;并指出其审美特征为“新而美”。最近,诗人秦中吟先生又发表了《大边塞诗要有大境界》一文,对大边塞诗词的美学内涵做了进一步阐述。这都是一些很好的意见。笔者以为,这些意见的特点,就在“大”“新”“美”三个字上。所谓“大”,首先是地域的扩大。边塞不仅仅局限于西北或北方,而应是包括我国全部边地。因此,凡是现当代(诗)人创作的、以边疆地区自然风光和社会生活为审美客体的诗词作品,都是大边塞诗词,也是新边塞诗词,两个概念是同位的。这种主张为新边塞诗词的创作开拓了更广阔的空间。例如,雪域高原的藏胞生活,云南多姿多彩的民族风情,漠河“北极村”的风光,等等,都成了大边塞诗词亦即新边塞诗词的抒写对象。《宁夏卷》中的《沁园春·喜闻青藏铁路通车》(王慧君作),《拉萨》《纳木错》《林芝》(以上三首邓万作),《天路颂歌》(李贵明作)等都是。“大”还如秦中吟指出的,是“大境界”,它包括题材、意境、思想高度等等，内容很广阔。上述“大”的两个方面，恰好构成了“大边塞诗词”概念的外延和内涵。什么是这个概念美学上的“新”呢？大地域、大境界都是“新”；更重要的一点就是：当代的时代特征。大边塞诗词的“美”包括自然风光的壮美，人文地理的现代美（如上举的《沁园春·喜闻青藏铁路通车》），民族关系的和谐美、人性美，社会主义建设的成就美、时代美……大边塞诗词的这些特征，当然也是新边塞诗词的特征，在《宁夏卷》的作品中比比皆是。为了叙述方便，下面在论述《宁夏卷》的当代诗词时，仍然使用“新边塞诗词”这个概念。

宁夏处于我国的中心偏北的位置，并无边界；但古代或为边地部族政权割据，或是其与中原政权征战之处，境内又有公元前306年—前251年之间修筑的战国秦长城，传统习惯上属于西北边塞地区。因此，《宁夏卷》里现当代作者写本地区题材的作品，有着西北地区新边塞诗词的明显特征，它是我国新边塞诗词苑圃中绽放得十分绚烂的花朵，较之写其他边塞地区的诗词，更有自己的鲜明特色，这就是大漠金沙和水乡风韵融合，塞北和江南并存。唐人已有“贺兰山下果园成，塞北江南旧有名”之句，现在这种美好的景色更是不在话下了，《宁夏卷》里可以说是俯拾即是。随手从书中举一个写宁夏沙湖的例子：“瀚海蓝天雁阵飞，芦花深处鲤鱼肥。碧波浓似家乡酒，游罢无人不醉归。”（熊秀英：《沙湖情》）

金沙、蓝天、大雁、芦花、鲤鱼、碧波融为一体，景色真是美丽极了。诗人用艺术之笔真实地再现了这样一幅使游人心醉不已的图画。

三、时代特征。这是本书所收新边塞诗词最重要的特色，上文已略提及，它渗透于自然风光、社会生活、民族关系等各个方面。就自然风光而言，不再是旧边塞诗词中的那种“长烟落日孤城闭”的苍凉的冷色调；而是生机盎然、色彩缤纷的暖色调。请看刘章的《晨到银川望贺兰雪》：“贺兰积雪未曾消，山下桃花似火烧。一白一红争俏丽，银川迎客倍妖娆。”

贺兰积雪，自古以来，年年都有；山下的桃花，也并非只是到了当代才盛开。那么，为什么唐代王之涣写的“羌笛何须怨杨柳，春风不度玉门关”边塞凄凉的春景，到了当代诗人刘章的笔下，竟变得这样妍丽呢？沧海桑田，因历史的进步，古今自然景观也在变化发展，这是事实的一个方面；另一方面，诗是诉诸感情的，不同时代的创作主体思想感情的差异也许更为重要。刘章到银川，没有了王之涣的那种苍凉、伤感的情绪，有的只是乐观、开朗的情怀，创作主体将这种感情注入审美客体，使之着我之色而呈现出一派欣荣繁丽之景，这是很自然的事，当然，也是真实地反映了客观现实。这就是《宁夏卷》的新边塞诗词于自然风光描写中显现出来的当代特征，前面引的《沙湖情》也可以归诸其例。

迨自唐代以降，古代边塞诗词多写成边开疆、征战杀伐之事，故多兵戈肃杀之声。新中国成立以来，特别是改革开放三十多年来，边塞地区虽然不能说完全风平浪静，但是，主调已经成为改革开放、开发、建设、发展。随着社会主义现代化建设的发展，西部大开发步伐的前进，城市化进程的快速嬗递，边塞地区的面貌和社会生活起了翻天覆地的变化，这是举世公认的现实。这些新时代的特征，在《宁夏卷》里也有充分的反映。刘剑虹的七律《银川之春》便是一例：

翩翩金凤绕渠西，满目琼楼接彩霓。
广场花妍红烂漫，草坪阳暖绿逶迤。
车行八道心潮激，水贯五湖游艇移。
最喜耕耘春雨后，苗芽遍地破新泥。

这就是当代诗人眼中的今日银川。“满目琼楼”“广场花妍”“草坪阳暖”“车行八道”勾勒出现代化城市春天的美景。“场”字现代汉语作仄声。“五湖游艇”则状写湖城的特征。尾联画出了银川郊野的农事春景。首句“金凤”是美称，泛指一般禽鸟；也有喻银川是凤凰城之意。诗所表现的是新时代塞上都市的繁丽华美，绝无古代边城的荒凉破败，也无几十年前塞上小城的因陋就简。虽然选择的题材和艺术风格各别，但像这样充溢新时代特色的边塞诗词，在本书中并不是个别的现象。

那么，塞上的春天不是多风沙吗？是的。但随着三北防护林的建设，银川湖泊的恢复和开拓，湿地面积和绿色面积的增扩，宁夏的生态环境已大为改善，据有关资料，近年来银川连续数年实现年优良级空气312天以上。反映绿化硕果、湖城新貌的富于时代特色的诗词，《宁夏卷》中也都有，这里就不多述了。

前面提到古代边塞诗词多有写戍边的。当代也有戍边任务，但更多的情况是“支边”，即支援边塞地区的社会主义建设。宁夏没有边境，外地人来宁夏工作，准确地说是“支宁”。宁夏的建设取得今天的巨大成就，是本地的和外地支宁的回汉各族人民在党的领导下团结一致奋斗的结果。因之，写支宁人员题材的诗词，也是本书的一大时代的印迹。诗人秦中吟的《致南国支宁儿女》就是其中诗意很浓郁的篇章：

壮别天涯到朔方，手拈红豆不思乡。
根栽大漠心无悔，叶浴阳光蕊自香。
可叹蓬蒿飘远去，偏怜劲草扎深长。
家书每托南飞雁，落款常称小白杨。

从传统的艺术手段的角度来分析，这首诗用的是赋和比的方法。首句主要是赋，直叙其事，写得有声有色。“壮别”写支宁的豪情：“天涯”赋中有比，表示了家乡南国距朔方之远。以下七句均以比出之。不是一般的比，而多为隐喻，这又和现代艺术方法相结合了。第二句的“红豆”喻南国家乡，亦喻思念。以笔者支宁并定居银川50多年的感受，不思念故乡是不现实的；而本句末尾却说“不思乡”，隐含支宁人同时又钟情于第二故乡的意思。诗人就这样将支宁人员又思乡又不思乡的矛盾感情生动而深刻地表现了出来。颔联和颈联以树木和劲草的美好形象喻支宁人员深深扎根于塞上：其中颈联出句，以蓬蒿喻无根漂泊之人，作为对照。尾联更为精彩，化用著名诗文中的句子和形象来构筑自己独特的诗歌意象。“南飞雁”源自毛泽东的《清平乐·六盘山》，用在这里，既点出了诗中抒情主人公的立足点——北方，又以美好的动物喻人，画出邮政使者辛勤匆忙的身影。“小白杨”则是从茅盾的散文《白杨礼赞》撷来，准确而贴切地绘出了支宁人员劲秀、挺拔、健美的英姿。加上“落款”自“称”，更显出一种幽默美。这种化用，是深情的赞美，也是诗性的创造，用“比”中之隐喻，铸成了本诗的豹尾。总之，这是一首写支宁人员题材的难得的佳作。

我国西北、西南和东北边塞都是多民族（古代是部族）聚居的地区。表现民族（部族）关系，在传统边塞诗词和新边塞诗词中，都占有相当的位置；古今时代不同，诗词中所显现的这种关系，本质也不同。前面已说过，古代边塞诗词常写部族政权间的征战，唐代诗人王昌龄的《从军行》就是典型的例证。这组诗共七首，都是写戍边和征战的，其中就有三首点明了是部族间的战争。当今，我国各民族和谐地共处于中华民族大家庭中，在中国共产党的领导下，团结一致地进行社会主义现代化建设。因之，新边塞诗词里凸显的民族关系，和古代边塞诗词有根本的不同，而具有新的时代特征。回族诗人白林中在七绝《开斋节》中写道：

炉火熊熊映彩霞，锅边馓子摞麻花。
封斋一月知天命，手捧油香散大家。

这是一首完全用白描手法写的诗，图画式地绘出穆斯林欢度开斋节的场景，充溢着回民家庭的生活气息，是今天回族同胞幸福生活和宗教信仰自由的真实写照。再举一首汉族诗人段庆林写的同一题材的词《鹧鸪天·开斋节》：

淡雾清梆透曙光，声召会礼韵悠扬。欣同圣地逢新月，更祝回乡进小康。　　搓馓子，炸油香，阿訇趁热粉汤尝。商城紧靠清真寺，绿盖盖来白帽忙。

这是汉族人眼中的开斋节，同样的白描手法，同样有回民的生活气息；而同中有异。"更祝回乡进小康"一句，从独特的视角表达了汉民对回民的深情厚谊；结束两句则是将回民的生活置于繁华都市的大环境中，益见其欣荣景象。上面引的《宁夏卷》中的一诗一词，充分论证了新边塞诗词关于民族团结和睦及其幸福生活的社会主义的时代特征。

四、新边塞诗词还包括新诗。20世纪50年代，特别是80年代以来，宁夏、新疆、甘肃、青海、西藏、云南等省区出现了一大批写新诗的边塞诗人及其作品，前些年，一部《中国西部诗选》为之提供了文本佐证。其中，青海、宁夏不在边地，但因其美学特点和艺术风格等方面的关系，写这两个省区的诗歌作品，也称之为边塞诗词。在新边塞诗词中，新诗也是一个部分。本文评论的《宁夏卷》的体例是专收录传统诗词的，因之，关于新诗中的新边塞诗，这里就不再讨论了。

《宁夏卷》是一轴主体画面为新边塞诗词的长卷，是继《中华当代边塞诗词精选》之后新边塞诗词的又一次辉煌记录。它并未藏之名山，而是馈赠给了现实世界，它也必然会因此传之后世的。

（原载《夏风》2012年第1期）

以独特的形式彰显人性的光辉

——简评查舜长篇小说《局》

读罢查舜先生新推出的长篇小说《局》(宁夏人民出版社2012年5月出版),总的感觉是:这是一部“独特”的作品。我这样为它定义,不外乎三个方面的理由:其一,将变性引入了作品。上个世纪后期以来,获得成功的手术的事例,证明了变性的现实性。这种新的科学技术高端的出现,极大地颠覆了人类传统的文化、宗教、性别和社会伦理的观念。因之,即使从整个世界范围来考察,真正做变性手术的人也是极少的,更遑论作为题材进入文学作品了。查舜的这部长篇小说,以变性为贯穿文本的叙事线索,就我有限的阅读范围而言,这样写是很独特的,甚至迄今也许是独一无二的。其二,本书其实并非是写变性,而是写变性其名,盗窃、贩卖人体器官其实的团伙犯罪行为,这也是当今世界司法上的一个梦魇。在文学作品中,以此类事情为题材的,我却未见过。其三,查舜是卓有成就的回族作家,擅长写本民族的生活。以往他发表和出版的《穆斯林的儿女们》《青春绝版》《月亮是夜晚的一点明白》四部长篇小说,许多中短篇小说,以及散文等作品,鲜明地勾勒出一幅幅回族人民社会生活及其历史变化、回族之乡浓郁风情和穆斯林儿女在改革开放大潮中前进英姿的绚丽图画,作家也以此驰名。这次,他却另辟蹊径,向读者打开了一个完全不同的窗户,这既显现作家拓展了自己的创作视野,也展示了创作主体的一个出人意料的独特性。

既然作品如此独特,那么,如作者在《自序·千年的古纸会说话》中提出的,“会不会被人认为是在猎奇?”本书的《内容简介》对此做了否定的回答:“作品……表达了作者对人类天性奥秘感与生命珍贵性的高度关注和深入思索。”

《局》的主人公刘爱水受父母之命,自幼男扮女装。我们民间自来有认为“女孩儿容易养大”,将儿子从小着女装的习俗。这既可以说是“男尊女卑”的封建思想(女孩“命贱”,好养),也可看作是某种倾向女性化的民族心理的曲折反映。主人公的父母这样做,是希望再生一个儿子,以增加家庭血脉延续的保险系数。也可以解读为上述传统风习在当前生育政策下的现实版。

刘爱水女装20余年,户籍和学籍上的性别栏内写的都是“女”,除了双亲和接生员,没有人知道他是“男儿身”。他曾夺得过青山省女子百米赛跑冠军,甚至出外到南方打工,也是以女性的面貌出现在人们面前,被临祺市惠祥集团招收,住进女工集体宿舍,并被评为“三八红旗手”。他的真实性别竟一直未被人发现。

那么,在现实生活里,发生这种情况是不是有可能呢?

古往今来,无论是在艺术作品或者实际生活中,长期隐瞒性别而不被发觉的事往往有之。民间传说和文学作品《木兰诗》,记载了花木兰女扮男装代父从军12年,无人知道她是女身的故事。清朝女作家陈端生著的长篇弹词《再生缘》是一部在民间流传很广的作品,它就描述了孟丽君女扮男装,中状元、做宰相的经历。《聊斋志异》里的《颜氏》则是写一个以男人身份“宦迹十年”的女性的短篇小说。在现代,也有一个苦大仇深的郭俊卿,女扮男装参加革命部队多年,无人识破其性别。当然这些事例都是女扮男装;反之,其实现的几率也应当是相差不远的。因之,在现实社会中,尤其是在艺术作品中,男扮女装并非难以置信。

在感到男性自尊受屈辱和身着女装之间矛盾的天平上,经过长期男扮女装的刘爱水,不知不觉地将分量移向了后者。请看作品中的关于刘爱水一段心理描写:“日子久了,对女人各方面的事情关注多了,他觉得还是做女人好。可以留长辫子,穿各种颜色和图案的衣服，往脸上抹很好闻的香脂，还可以抹口红、描眉毛、戴耳坠和各种各样的首饰。长大之后，还可以风风光光地坐轿子到别人家里当新娘。像整个世界都是专门为女人设计和准备的。”

这种女性化倾向的心理情结，在男性个体中并不罕见。作家的这番书写，兼及在其前后写到的几种客观压力，为嗣后写刘爱水寻求做变性手术做了铺垫，也导致主人公不幸陷入打着做“变性”手术的幌子，盗窃贩卖人体器官犯罪团伙设下的“局”，身体受到严重残害。

刘爱水女扮男装及其女性化心理倾向，所谓“变性”手术，引出了一系列人物和事件，建起了长篇小说的整体架构，列出了交织于主人公一身的两条情节线。一条是明线，正面叙写，曳引出孟雨声、刘大侠等人。这些人，包括刘爱水，都是极普通的人，但无疑也是作者笔下彰显的人物。

先说那个刘爱水吧，他男扮女装，却获得骄人的成绩，学习优秀、短跑冠军、三八红旗手的称号等等。他住进女工集体宿舍数年之久，对同舍女性秋毫未犯，显示了深厚的道德力量，闪现出人性的光辉，而这些力量和光辉，又是以自我的人性压抑为代价的。还有，他超越心理和伦理的障碍，对变性的认同，受骗致残后，仍对生活充满热望，这一切都是其人性格中的亮点，而且是十分耀目的亮点，这就是虹彩夺目的人性的光辉。显然，作家是很钟情于自己作品的主人公的。

再说孟雨声，是作者笔下的一条很吸引人的西北汉子。他和刘爱水“青梅竹马”，一起长大，始终认为后者是女性而深爱着她，第17页的那封信集中地表达了他的这种深情。后来，他知道了刘爱水确系男性并因落入“变性”陷阱而身残后，毅然承诺：“哪怕倾家荡产，负债累累，哪怕跑遍全世界所有最高档次的医院，我也要你成为我真正的女人。”这些掷地有声的抒写，一说明孟雨声大爱无疆，二确证他思想开明，酣畅淋漓地表达了这个人物身上的人性色彩。作品中还写了孟雨声的一次不成功的婚姻及其悲剧结果，笔者陋见，以不写这个情节为好。

刘震山是刘爱水的爷爷，“大侠”的外号表明这是一个奇人。他是一位民间智者，浪迹江湖，走南闯北，见多识广。年龄和经历造就了其传统的文化思想，自不待言。他认为，孙子的所谓“变性”“是老刘家的历史上遭遇到的最大的荒唐”，“最大的耻辱”；他率领家人到家族墓地上去祈祷、谢罪等等，无不表达其传统的文化思想。但是，就是这样一个人，在严峻的事实面前，却表现出了理性和克制。他忍受内心痛苦，陪同孙子到临祺市去做进一步的手术；得悉“手术”是一场骗局后，又一同回家乡，甚至默认爱水与孟雨声成婚。从精神矛盾及其拔脱之中显出了其多棱的性格，特别是人性的层面。不过，作品对他具有丰富新知识的叙写，似乎是将人物理想化了，减弱了现实性。

总的说来，这一组人物都是作者所肯定的审美客体，也是各有性格特点的、突出地立于纸上的艺术形象，

另一条情节线是暗线，侧面描写。暗线并非完全隐匿，那样也就无法写了；而是时隐时现，虚写和实写相结合，以虚写为主。这条线连接着夏欣丽、万有成、赛晶晶等人，以及“局”的前后经过，即盗窃人体器官后又杀人的犯罪情况，一大部分是以对刘爱水与爷爷听说的叙写来实现的。所以采用这种写法，大概是作家不甚熟悉这方面的情形，去了解也确有难度。避实就虚则巧妙地解决了这一难点。同时，也增加了作品的悬疑成分。读着夏欣丽言语、行动的闪闪烁烁，“世纪新光医院”的突然遁形，万“大夫”也告失踪……犹如在读悬念小说，诱引着读者的眼球，不得不继续读下去。这也是本书艺术上的一个亮丽之点。

夏欣丽并非是负面人物，性格也具多重性。她曾为“医院”招徕“顾客”；但是，人性和良知促使她宁可丢掉那份“收入”，也劝阻刘爱水去做那上当受骗的“手术”；冒着大风险给刘爱水传递“医

院”和“大夫”消失的信息，结果惨遭杀害灭口。在作品中，她可以说是最大的受害者，而她的言行则折射出心灵的大美，人性的大美！至于那个万成有（万“大夫”），是一只披着人皮的狼，一个穿着天使白大褂的恶魔，一名十恶不赦的盗窃人体器官和杀人的罪犯。他的所作所为，都是极端残害人性的行径，和上述那些彰显人性的人与事恰成强烈的反差，更突显长篇小说旨在倡导人性的精神。作品对万成有用笔很少，面目不甚清楚，恐怕作家也是厌恶在这种人身上多费笔墨吧。

还有几个次要人物，如沈彩霞，仅在电话里说了一番话，就道出了她的人性关注。通过她对自己丈夫变性成功的讲述，从一个实例证实了这种手术的科学性以及普通人对它的伦理认同。和万成有的罪恶行当是有相去天壤的本质区别的。赛晶晶之流则是为虎作伥的从犯。还有一些描叙不多的人物，这里就不一一解析了。

前面说过，《局》的题材、议题和作者的创作转型方面都显出了独特性。但我以为，在本书中，“独特”还是外在的东西，是一种引人入胜的手段，是思想的外化形式，是属于艺术表现范畴的：在意识形态上，也就是在本质上，长篇小说要彰显的，是对“生命珍贵性的高度关注和深入思考”，是用语言艺术的符号发射瑰丽的人性光辉！这一点作家确实也做到了，人性的光辉照耀着全书，写得是很充分的。在艺术手法方面，如前面已述，悬疑的营造、大段的心理描写、正面描写和侧面描写交织等等，也都值得读者注意。

（原载《朔方》2012年第12期）

纤笔下绽放的美丽之花

——闫云霞的散曲漫评

女诗人闫云霞先生本来学的是工科冶金专业，曾膺高级工程师职称。她的家乡是位于腾格里沙漠南缘、黄河两岸的文化之乡中卫。生长于王维“大漠孤烟直，长河落日圆”的诗境里的她，由于家乡地域文化和传统文化交织而成的社会心理、社会背景的深厚影响，自幼酷爱文学，饱读诗书，尤痴迷于唐诗宋词元曲。新世纪的年历刚刚翻开，她就开始了传统诗词的创作。十年辛苦不寻常，写下了近千首诗词曲，并于几年前出版了《云霞韵语》，收录诗词曲四百余首。书名很美，既准确地表达了作者的名字和作品的体裁，又蕴含浓郁的诗意，可谓两尽其妙。

从2002年左右起，诗人又涉足散曲领域，几年来，她的散曲创作成果颇丰，在全国散曲界崭露头角，担任了《中国当代散曲》杂志编委，作品多次获全国性和省级诗词散曲大奖。其《双调　清江引　咏上海世博会广西馆，兼贺广西省散曲学会成立》被镌刻于人型陶瓷杯上作为赠送参会贵宾的礼品。迩来，诗人将其自《云霞韵语》出版后的新作诗词曲三百余首编为第二本作品集书稿，即将推出面世；其中散曲近百首。笔者曾为《云霞韵语》写过一篇序，对云霞的诗词作过简评。这里再就她的散曲作品谈一些散漫的意见。

散曲是我国古代诗歌体裁的最后殿军，它滥觞于宋金之际而大盛于元代。散曲和诗无论是内容、形式、社会地位和美学风范都有显著区别：诗登大雅之堂，进入科举考试科目；散曲则流行于市井及与其相近的文人中间。它和词倒有些近似，同为歌词，依谱而唱。词有词牌，曲有曲牌。有的曲牌及其字数、句数、平仄都是原封不动地从同名词牌移植过来的，如《黄钟宫　人月圆》、《双调　风入松》上半阕；有的曲牌则只是借了词牌的名字，体式完全是自创的，像《正宫　醉太平》就是。

散曲和诗词最显著的区别是语言，有人说：诗庄、词媚、曲俗，这也许是一个不错的概括说明。不过曲的语言之俗是通俗而绝非低俗，而且俗不伤雅，马致远的《越调·天净沙·秋思》的语言就很雅，可以说曲雅俗共赏。闫云霞是深谙此道的，现在，举她的题材相近的词、曲各一首稍加析之：“结伴寻幽去。信边陲、风光美在，水沙融处。初访曾听与狼斗，故事已然发僽。仍种树、莲湖修路。几段柔肠几思虑，更从头、泪挽春光驻。沙染绿，水飞鹭。”（《贺新郎　腾格里湖览胜感怀》上半阕）“雄鸡儿唱响了驼铃儿唱，一阵阵歌声一片片霜。青天当被来地当炕，撒欢儿越野野那姑娘。我不是吓你随便访，星夜里你可瞧见了狼。”（《中吕·喜春来·大漠探险》）

词和散曲写的都是腾格里沙漠，前者写在沙漠里寻湖，后者着笔于沙漠行旅，取景的角度有别。词用的是新韵，因较长，只引了上半阕，语言婉约绮丽，状景细腻，情意绵绵，完全符合词的美学特征。《中吕·喜春来》则明朗爽利，通俗流畅，情调欢快，白描与比喻交织，散曲味儿十足，且富于时代感和地域感。沙漠里有湖，有人家（雄鸡儿唱），正是腾格里边缘地带、中卫附近的风物特色。这首《喜春来》放在任何散曲刊物上或者散曲作品集里，都堪称佳作。云霞熟练地掌握了诗词曲各体创作的艺术精要——语言，笔下的词与曲在体裁上才能如此泾渭分明。对文学创作来说，语言并非是细枝末节或者仅仅是个形式问题；文学是语言的艺术，语言是文学的第一要素。前面说云霞“深谙此道”，就是指她熟于运用各体歌诗语言的这一点。

在曲牌规定的字数外添加衬字是散曲的一大特点，这种情况是为适应唱的需要而产生的。这和词有同有别，而主要是“别”。

有的词也可以加衬字，如《满江红》《望江南》等，但为数甚少，大部分词都未见加衬字的；即使加衬字，字数也很少，敦煌曲子词《望江南　天上月》："天上月，遥望似一团云。日暮更阑风渐紧，为侬吹散月边云，照见负心人。"（"日暮"，一作"夜久"；"侬"一作"奴"，）通首只有一个"似"是衬字。散曲则不同，从金、元以来，许多散曲作家都在自己的作品中大量地加衬字，以至加衬字似乎成了散曲创作的"常规"。虽然也有些规定，如衬字不能加在句尾和停顿处，但对衬字的字数并无限制，这就大大地拓展了散曲创作的艺术空间，突破了曲牌规定的格律，使散曲实际上成为了"自由曲"。

那么，散曲加衬字有什么优长呢？闫云霞用她的作品回答了这个问题："沙坡坡花繁鲜亮亮地放，圪梁梁上柳红精瘦瘦的长，泪蛋蛋冰凉心痛那治沙郎。花瓣瓣随风急切切地闯。哎呀呀，忍不住羞答答地把口张：哥哥哟，你歇歇脚可与我拉家常？"（《中吕·喜春来·沙漠姑娘》）

这仍是一首《喜春来》，此曲不加衬字的正格为二十九字，诗人加了四十个衬字，如果将这些衬字去掉，只保留原正格，便成为："沙坡花繁鲜亮放，圪梁柳红精瘦长，泪蛋心痛治沙郎。哥哥哟，与我拉家常。"

一看便知，很一般，也很干瘪。加了上述衬字，格律是突破了，但整首曲的面貌起了一百八十度的变化，十分活泼传神，感染力非常强，也更加贴近生活，吻合口语，富于民歌风味，有立体感，增强了对阅读主体的审美魅力。读着，仿佛在听沙漠姑娘唱一首感情炽烈的山歌。

闫云霞创作散曲，采用了多种体式和艺术方法（也可以说是另一类艺术体式），从体式上说，有小令、带过曲、套曲，在艺术方法方面，则有顶针格、集句、集曲牌、独木桥体等。因此，她的笔催开的不是单色的、哪怕是鲜艳的花朵，而是五彩缤纷、令人炫目的各色之花。本文不能尽述，只择数端作些剖析。

顶针，是一种修辞格，称顶针格，亦名联珠格，也是艺术体式，叫顶针体。它的要点是：在诗词曲或散文中，前一句句末的字或词，与后一句句首的字或词相同，全首(全篇)都要求如此。笔者曾经于新诗和散文中用过顶针格，但创作传统诗词曲，迄今尚未尝试过这种方法，云霞先生是先我而探微了。她有多首顶针体的散曲，兹举一例："光华无限媚潇湘，湘水和弦唱。唱咱曲坛剑锋亮！亮新妆，妆容理就登楼望。望舟破浪，浪中奔放，放眼赏春光。"(《越调·小桃红·参加长沙第十一届中国散曲研讨会感怀》)

句间首尾勾连，浑然一体，像是一根无节的闪光银链，一块无缝的洁莹水晶；朗读或吟唱起来，也分外流利顺畅响亮，增加动感，增加气势，这就是顶针格在本首散曲中的艺术效果。

独木桥体似乎只见之于曲，因为它规定全篇用同一个字的韵，这是诗词的格律都不允许的。云霞的《正宫·双鸳鸯》就是这种体式："爱因缘，恨因缘，爱恨绵绵合是缘？聚少离多期圆月，月圆难料人无缘。说相思，写相思，谁解伊人不尽思。纵使相逢如梦里，天哪！如何长聚短相思。醒言情，醉言情，自古偏多不了情。痴女怨男痴心病，天底下难为你要的那般情。早也闲，晚也闲，能闲则闲不怕闲。意马收来心猿锁，缘、思、情最叫人那颗心儿难以闲。"

这里，诗人将同一曲调连写了四遍(实际也就是四首)，合在一起，在曲中称之为"重头"(写的遍数不限)，这组散曲可以说是重头兼独木桥体，连写四遍，感情越写越深，不能自已；同一字韵，感情也愈唱愈激越，难以遏制。作者自如地合用这两种方法，实现了她的艺术预期。

古往今来，诗人们往往用集句的方法进行创作。所谓"集句"，是分散地抽取别人作品中的句子(从一人多篇中抽取或多人多篇中抽取)组成自己的一首诗(词、曲)。就我的阅读范围而言，集句的诗常有，词、曲的集句我未多见。坦直地说，云霞的这首《正宫·塞鸿秋·纪念元曲大家乔吉》(集乔吉句)，是我首次读到的集句散曲:“冰丝带雨悬霄汉,扬州鹤背骑来惯。浩歌惊得浮云散,笑谈便是编修院。笛凄春断肠,箭发飞如电。梦魂不到青云殿。”

从乔吉意思各别的多篇作品中分别抽出各不相干的句子,构成自己的一首意思完整、合辙押韵的纪念乔吉的散曲,看似容易,利用别人的文句,自己不须作;其实,这种体式的思想和美学要求极严,不言而喻,是很难的。必须熟读乔吉的作品,理解其意思,还要熟谙散曲的格律,才能做到。这首集句散曲,通过集乔吉的句子,构筑成诗歌意象,将乔吉的作品、人品和气质,表现得那样飘逸、富于诗意和韵味。此外,云霞还有集曲牌的散曲,其方法和集句同理。她的《双调·沉醉东风》一曲就集了二十九个曲牌的名字。不过,可以加连缀的词语,相对来说,比较容易一些。这里就不多说了。

笔者已经就语言运用、衬字功能和几种艺术方法(体式)等方面对闫云霞先生的散曲做了浅显的评析,对其白描和比喻手法也稍有涉及。这只是她的散曲艺术的部分成果,此外,像《双调·凌波曲·梅、兰、竹、菊》就是整体隐喻,喻《中国当代散曲》的高雅,喻散曲诗人的风骨。“水色山光自迎送”(《双调　鱼游春水　访延安途中》)、“鱼儿醉了”(《双调凌波曲　游镜泊湖》)则是拟人等等。还可以做进一步的探讨。

云霞的散曲还有一个很重要的方面,那就是作品里表现出来的价值取向和精神世界。对祖国社会主义现代化建设的歌吟(如《中吕　喜春来　驼铃曲六首》等,下面不再举例曲牌名),对现实生活忧情乐绪的深入思考,对弱势群体的人性关怀,对锦山秀水的笔底摄像以及文朋诗侣间的高雅友谊,在她的作品中莫不留下了重彩浓朱的印迹,引领审美主体(受众)走进她那摇曳多姿的艺术苑圃,去感悟诗人建构的诗词、尤其是散曲的纯美境界,鉴赏纤笔下绽放的美丽的艺术之花。

我于散曲创作完全是外行,读了闫曲之后,也想来一个仿真学，集她作品中的句子制一首小令相赠；取《满庭芳》曲牌者，亦以喻云霞先生散曲之芳馨也。

【中吕】满庭芳　集闫云霞曲句赠云霞先生

击节吟咏，曲肥诗瘦，月领群星，山歌一曲唱深情。梦里飘零，耿耿诗魂一脉悠悠唱、浮想萌生。濡雪红梅含露馨，谁家古琴鸣。

曲中有平仄未谐之处，不是原作的问题，而是未符《满庭芳》曲谱要求。又不能擅改，足见我的翦陋。故存之，也只好算是“曲的解放”了。

（原载《夏风2013年第2期》）

纯棉之什

成熟的季节，纯棉是田地里的株株云朵；当风霜来袭，或者任何时候，纯棉，覆盖着全人类的躯体，给他们与她们温暖和美丽；而在呢绒绸缎和化纤织品装饰着男男女女的外表时，纯棉，则成为人们最亲近的贴身朋友……

于是，年轻的回族女诗人查文瑾将纯棉引入了诗苑。手边有她的一本诗集，刚刚出版，书页还散发着油墨的香味，封面上的标题就是“纯棉”两个大字。集子里有一首题名《纯棉》的短诗，在全书收录的二百五十多首诗中并不显眼；诗人选择它作书名，是不是意在显现回民喜爱洁白的民族特征呢？又是否因为纯棉所构筑的是温馨、大爱、纯净、美好的意象呢？我想一定是的。这首《纯棉》共八行，诗中写道：“寒流总是躲在／突然飙升的气温之后／心总是想找一个／温软的角落再跳”。作者用对照的方法表达，“突然飙升的气温之后”出现的“寒流”，当然是更加冷不可耐；以心跳的意象表示着纯棉的“温软”和人的生存状态是多么密切相关。诗里还有一个“纯棉的爱情”的短语，用名词代替形容词的前者作后者的定语，不正是流溢着“纯美”的意蕴吗！

《纯棉》一册，是对生活的诗性诠释和意象证明，是灵感之泉的自然流泻，是诗人向读者捧献出的一颗诗心。抗战时期，作家杨朔曾有一句诗：“自有诗心如火烈”，那是战士的诗心。今天，查文瑾捧出的，则是女诗人温婉、多感而深沉的诗心。它是生活的，是感情的，也是哲理的。和许多后现代的、或者先锋的作品一样，文瑾的诗语义不那么明晰、不那么确定，往往引读者作多义的感知：“稻草人静立在田野里／看一茬茬庄稼被风收割／电线杆静立在路旁

/看花与叶、叶与枝的一场盛大的告别礼/退后的时光静立在永恒里/我们像燕子/轻轻飞过。”(《轻轻》)

写的是深秋初冬的季节情景吗？从前四句看，是的；但最后两句似乎又隐喻时光，以其压轴作为全诗的题旨，并用末句中的“轻轻”二字为标题，更加重了“写时光”的分量。季节也好，时光也好（二者有关联，但并非一义），可以作模糊而多元的理解，都能给读者诗的美感，对于一首六句的小诗来说。这也就够了。

前面说到的隐喻，是现代诗的一个重要艺术方法，诗集《纯棉》多用之。两首《我的一亩三分地》就是整体隐喻着心灵里的诗的园地，诗人在其中耕耘，有些句子也隐约地透露出这种消息：“依然悉心打理着自己的那一亩三分地/想它们花着，红着，绿着，未必果着/但终归是令人欣慰的”；“种下一种心情，可以收获另一种心情”；“爱它，它就是一只蓝蜻蜓/所有的震颤，只为蹲在一个安静的词语上聆听一朵花的心跳”。这不是诗歌创作绝妙的艺术隐语吗！

查文瑾并没有将自己关闭在个人狭小的感情天地里，她的诗思也时刻关注着国人的命运和外部广大的世界，《一种安静的力量——2010年4月14日玉树震灾志》就是明证，作者用自己独特的诗歌话语方式表达了对受灾同胞的拳拳爱心。还有那首《致乔布斯》，很短，不妨具引：“你是世上所有苹果中的一个/因为熟透了，所以提前坠落了/你落入尘埃以后/世上所有的苹果都想叫作乔布斯”。

对这样的诗，任何阐释和评论在原作的精彩面前都会苍白无力、相形见绌。

《纯棉》一书的作者，写的是现代诗，但并没有和本土的诗歌文化传统形成断层，而是将现代与传统进行了有效的嫁接，《诗人》就化用了晏殊的《蝶恋花》(昨夜西风凋碧树)和王国维的“境界”说。并将之扩大和延伸为“一生一世”的艺术追求。而《春寒·夜宴》呢：

“薄雪寒风又一春／暮色之城灯火明／楼里酩酊楼外醉／晚归路上谁与行”。

如果将“谁与行”倒置为“与谁行”，即是一首基本上合乎规范的七绝。

《纯棉》的整体文本，足资美学欣赏之处还有很多。诗集中有一首《空白》：“何必将空全部填满／有些空，一填就错”。

全首只有两行，富于哲理。诗集里不止一首两行诗，还有一行、三行的，都是超短诗，给读者留下了足够的想象飞翔和进行再创作的空间。那就请读者走进《纯棉》之什，逐一地去赏读品味吧。

（原载《新消息报》2013年3月18日，《文艺报》4月15日转载）

艺术的再创造

——评电视文学剧本《宋家祠堂》

吴组缃先生是我国现代文学史上的著名作家。1929年，他还在清华大学读书的时候，就开始发表作品，在文坛上崭露头角，时年21岁。吴组缃先生从中年起转入中国古代文学研究，由作家而兼为海内外知名的学者。因此，他的文学创作的特点是量少质高。中篇小说《一千八百担》(32000多字，1933年作)和短篇小说《樊家铺》(27000多字，篇幅接近中篇，1934年作)是他的代表作。描写20世纪30年代中国农村经济的凋敝破败，农民深受封建势力的压迫及其对后者的反抗。这些作品(包括先生的其他小说)以其严谨而深刻的现实主义艺术使作者成为当时社会剖析派重要作家之一，被誉为“优秀的农村小说家”。

现在，在小说创作80年后，王东先生根据《一千八百担》《樊家铺》和作家的另一篇小说《官官的补品》的故事改编为31集电视剧文学剧本《宋家祠堂》，我认为，这是很有意义的事情。

《宋家祠堂》据以改编的三篇原作，曾载于原作者早期出版的《细柳集》或《饭余集》中，此二书绝版已久。1954年，人民文学出版社出版的《吴组缃小说散文集》将这三篇小说都收录在此内；此书1981年重印一次(12150册)。30多年后的今天，除了专业文学工作者，恐怕已经很少有人知道这些作品了。《宋家祠堂》的改编，为原作由纸质平面文字符号变为立体的图像符号、变为荧屏上具体活动的形象鲜明的人物提供了文学脚本。使原作描写的上个世纪30年代中国农村生活情景、农民在三座大山压迫下的苦难及其反抗作为审美客体进入更广大受众的视野。

原作是三篇独立的作品，社会背景虽然相同，但人物和故事情节却各不相干。电视剧本则将其连接到了一起：《一千八百担》里的宋月斋、宋柏堂、宋子寿、宋绍轩及其他一干人和《樊家铺》中的狗子、线子、陈扁担等受苦和反抗的农民组成了故事；《官官的补品》里的奶婆和她的丈夫陈小秃子也为线子和狗子所取代；官官的下场也不同于原作……剧本在人物造型、故事轮廓、题旨和语言等方面都无悖原作，体现了原作的面貌；而又将三篇原作紧紧连住，构建成一个更宏大的完整的故事，结构也很谨严。可以说剧本既忠实于原作，又有自己独特的发现。

也许是时代的限制，也许是当时的白色恐怖环境所致，三篇作品中写农民的反抗，大多是自发性的，没有明显表示出是自觉的革命行动。《一千八百担》中的农民，因干旱和受剥削导致饥饿而抢粮，似乎并未明确地写出组织者。《樊家铺》里陈扁担和狗子的行为，也像是个人的铤而走险；作品提到了五龙山盘踞者下帖子到县衙门索要五万元银洋，好似也是隐隐约约，语焉不详。《官官的补品》以第三者的角度，从侧面简单地叙写了七星岭山寨啸聚有500多人，和大风山有联系，写信给县署索三万元，“听说这股‘土匪’和过激党有联络”。上述几处，都非正面书写，而是作为背景情境、藏于幕后的隐性情节来处理的，这当是原作作者在特定环境下有意为之的曲笔吧。

由于时代不同了，不须再顾忌了，剧本作者将原作的背景抒写、隐性情节搬到了前台。于是，《樊家铺》中的个人反抗的陈扁担，到了电视剧本里，便成为了足智多谋、胆大心细，拥有相当武力，在县城内改立地下机关的“陈大当家”，一个“王佐式”的“山大王”。并和共产党取得了联系，进行有组织的革命活动，处决反动县长，击毙区长，终于成为了中国共产党领导下的一支革命武装力量。这样写是剧本对小说的发展，可以说是完成了原作者的遗愿的。也符合20世纪30年代我党领导农村革命的历史真实。

组缃先生是安徽泾县人，十分熟悉当地农村的情况。他的作品真实地再现了皖南农村的自然面貌，生活场景，风俗民情，运用的是经过提炼的家乡话语，是很典型的乡土文学。剧本作家王东先生和原作作家同乡，也是泾县人。因之就再现原作乡土特色来说，有自己独特的优势。这也是剧本忠实于小说的一个重要方面。

然而，从如前所述的种种，可以看出，剧本并不是小说的简单的翻拍，剧作家在忠实原作的基础上进行了自己的艺术驰骋，这是一种艺术的再创造。既不能脱离原作，又要有创新，我看，比完全独立创作还难。电视剧本《宋家祠堂》是一个新的艺术品。

《宋家祠堂》自然也有不足之处，但并非是总体上的缺陷，而只是枝节性的瑕疵，在将来的录制过程中是很容易消除的。这里就不多说了。

蒙王东先生寄赠我剧本的电子版稿本，并嘱写些意见。我读完了长达八百多页的电子版本后，只写了两千多字的感想，权作为长电视连续剧的短序言吧。

（原载《泾县报》2013年6月14日）

女性外史的综合文本

——漫议《朔方》2013年第5期的小说

刚从宁波回到银川，便见最新一期的《朔方》(2013年第5期)揭载了我的散文《别人的故事》，自然高兴。很快将这期刊物通读了一遍，对其中的小说印象尤深。

本期的小说为一部中篇：《花落花开》(作者王滇)；三个短篇：《找人》(作者赵宏兴)、《妇女节》(作者火霞)、《白三老汉进城》(作者孙方友，以下简称《进城》)。在故事建构、人物造型、审美取向、叙事话语等诸多方面，这些作品都各有看点；我看来看去，却从"各有"之中看出了它们的同向性：这几部(篇)小说，偶然在同一本刊物上不期而遇，于无意间巧合，"联笔"构筑了一个女性世界，展示了几代女性的命运遭际和当代女性的生存状态。是不是可以这样说：这些作品合在一起，构成了女性外史的综合文本。这个"文本"并不意味着具有普泛性，但无疑却拍摄了现当代部分女性的社会写真。

《花落花开》叙述的是一个凄美动人的故事，交错和次第铺开了一家三代女性坎坷的人生旅程。老太婆(宛琴)——主人公"我"(程雪菲)的外婆，约生于20世纪20年代，出身名门望族，但民族灾难彻底改变了她的命运。逃亡途中，在日寇飞机大轰炸下和父母失散，被辗转拐卖，入青楼、进戏班，嫁给国民党老军官，最终成为寡妇。这一切都不是她的自我选择，而是不由自主的随波逐流。小说在时代动荡的背景上，勾勒出了妇女传统的社会弱势群体的地位。这种状况是历史性的，也是世界性的。400年前，莎士比亚就说过："弱者，你的名字是女人。"

而作为第二代的程雪菲之母，她的厄运，在很大程度上，却不能不说是咎由自取。她22岁时正值“文革”，疯狂地爱上了一个造反派头头、打砸抢分子，结局不会美妙是可想而知的。然而，遭酗酒的丈夫殴打，离婚后抑郁致病而亡，也折射出妇女的软弱和困境。

第三代女性程雪菲则生活在完全不同的社会环境里，改革开放的光辉照耀着她的青春年华。她上了大学，结识了“优秀的帅哥”，于是相爱、结婚、买房、生子……应该是很美满了。然而不然，“白马王子”原来是个赝品，“理想的丈夫”竟然移情别恋，变成负心汉。小说的主人公依然扮演了悲剧角色。这原是一个古老的社会话题。一千多年前唐朝敦煌曲子词中，就有这样一首《望江南》：“天上月，遥望似一团银。夜久更阑风渐紧，与奴吹散月边云，照见负心人。”

从那时以来，这种状况一直延续至今，仍然不绝如缕。民间也有“痴心女子负心汉”的俗语。时代毕竟不同了，这类悲剧“不绝”的，只是若断似续的细“缕”。“痴心女子”程雪菲虽然也曾自杀未遂，但她终于站了起来，自强自立：“我头脑正常，身体健康，有一双肯做事的手，还怕没有饭吃，养活不起自己的孩子吗！”“我还打算顺其自然为龙龙再找一个老爸……我要开始新生活。”这一番宣言可看作是一面旗帜，上面写着作为此家第三代女性的小说主人公，从精神上正在走出弱势的暗影。无独有偶，本期短篇小说《妇女节》中的梅子，当旧日的情人企图再度玩弄她时，表现出鄙夷和不屑，并愤然“夺门而去”。这样的行动，也是一个异曲而同工的同质标志。《妇女节》的容量看似单薄了些，而一个短篇有了上述的意蕴也就够了；何况本篇还有不俗的心理描写呢。

自然，无论在现实生活或文学作品中，女人要完全摆脱弱势的窠臼，清空这种消极的历史积淀，恐怕还须经历长长的岁月，还须女性自己和社会各方面共同努力。因为传统文化中的负面因素归其还是“不绝如缕”啊。下面说及的两篇作品也可以证见。

《找人》和《进城》写的都是农村女子。前者马兰当姑娘时在芜市打工，曾受小混混骚扰，得到民警小郭及时解救，化险为夷。婚后，马兰想去芜市寻找恩人小郭答谢，却因此引燃丈夫的妒火。解释清楚后，男人勉强和她一起去找。时隔十年之久，人员变动很大；赵警官从电脑上调出小郭的照片，却并非是当年的搭救人，“找人”终于无果而罢。“女性问题”也许并不是作者对本篇题旨的有意设计，而小混混骚扰和妻子探访丈夫以外的男性所受到的思想阻力，这两件事从客观上展现了现实生活中女性的弱势。后一篇的叙事，选取的是一个农民父亲的视角，说的其实还是“女性问题”。白三老汉的女儿白梅进城“打工”，三年不返，也不告知地址，却累计寄了三万元回家。父亲又听了些风传，心生疑窦，于是，忐忑不安地进城去寻找女儿。好不容易打听到据说是女儿的住处，去了两次，整天等候，却只见到疑似女儿的背影，老汉待赶上前去细认，那个“背影”已上汽车绝尘而去。父亲追踪到可能是女儿“工作的歌厅”，也是去了两次，第二次穿上新买的廉价西装，掏了五十元的“观察费”，才得以进门。“只见周围沙发上坐满了女人，一个比一个好看，一个比一个引人”；就是没有找着“自己烂熟于心的（女儿的）那双眼睛”。白三老汉“疯似的踹了这个门踹那个门……拼命挣扎，大声疾呼：‘小梅，你爹来找你来了！小梅，小梅呀！我的孩子，你在哪里？’”凄厉的喊声迸出了一个父亲的绝望。终于被两个保安架着“将他连拉带扯地送出练歌房”。

《找人》和《进城》的故事均为寻人无踪。表现方法也极其相似，都是：是耶？非耶？似幻似真，神龙见首不见尾，“只在此山中，云深不知处”。给读者留下了想象驰骋的广阔空间。但用了相似艺术手段的两篇作品立意却迥异：《找人》不见，在于彰显民警保护百姓安全的自觉性、正义性和普泛性；寻女儿无着，则暗示着非法色情业的阴影和部分年轻女性的高危处境。

关于上面议及的中篇，再说两点，那就是它的标题和语言。“花开花落”是一个被古今不知凡几的文人用过的短语。《京本通俗小说》收录的宋人话本《碾玉观音》中的定场诗有“不得春风花不开，花开又被风吹落”之句(诗为王安石作)，也许是它最初之滥觞吧。南宋陆游的“花开花落又经春”，大概是诗最早用这个短语。后逐渐演化结晶为四个字的精短固定词组。鲁迅1933年的《悼杨铨》中，有“花开花落两由之”之句，痛哭战友遭反动派特务暗杀。王滇将词组倒置为“花落花开”，用来作为小说的标题，赋予词语以新鲜的意象美感。倒置似亦有意为之，“花落”象征作品中第一、二代女性“无可奈何花落去”的命运；“花落花开”隐喻小说里第三代女性的经历——先谢落尔后重新绽放。从表面上看，先落后开不合花季顺序的常理；就隐喻的意义而言，则深符生活和艺术的逻辑。

《花落花开》的文句优美流畅，多用象征、比喻和通感的具象化语言：“正午的阳光瀑布一般哗哗地从落地窗射进来，但在我的眼里，它们似落日的余晖，掺杂着灰暗。细小的尘埃在光带里飘摇，像迷路的孩子，不知要去哪里。它们找不到回家的路，徘徊、哭泣，它们的眼泪却从我眼里流出。”

“他的身板挺拔，像一株笔直的池杉。”

“好像悬浮在一个白茫茫的世界里，轻飘飘的，我醒了。”

类似的话语遍及全篇，例证不胜枚举。读着这部小说，宛然在读一首长诗。因此，我生造一个词组，将它称为“诗味小说”(不是诗体小说)，也许不为过吧。

(原载《朔方》2013年第10期)

一部中外诗史性的学术著作

——评《解读诗词大家》

一部大书

你知道有一部对古今中外五百位诗人及其作品的解读和评析的著作吗？也许有人说：是不是已经出版的《唐诗鉴赏辞典》《唐宋词鉴赏辞典》和《元曲鉴赏辞典》（以下简称《鉴赏辞典》）呢？答案是否定的。我说的不是上面的几部书，而是新近作家出版社出版的魏丕植先生所著《解读诗词大家》（以下简称《解读》）。它和那几部《鉴赏辞典》至少有三点不同：一、《鉴赏辞典》是对唐、宋、元三个朝代诗、词、曲作品的赏析，《解读》除上述三代而外，还包括对现当代和外国古今的诗人及其作品的解读和评析；二、《鉴赏辞典》是对单篇作品的分析，《解读》则是对每一位诗人及其作品的总体评论；三、《鉴赏辞典》为集体分别撰稿，每人一篇或数篇。经统计，《唐诗鉴赏辞典》作者126人，《唐宋词鉴赏辞典》作者222人，《元曲鉴赏辞典》作者173人，三部辞典的作者有重复。而《解读》是魏丕植的个人专著。三部《鉴赏辞典》的总字数约为《解读》总字数的一倍半。

《解读》分五卷：唐代卷、宋代卷、元代卷、现代卷、外国卷：每卷评析一百位诗人（词人、曲家和少量小说等作家，以下通称诗人）：其中外国卷囊括了六大洲近四十国的诗人和作品。五卷总共二千多页，二百一十万字，真称得上卷帙浩繁了。作者用了二十余年的时间精心撰写而成。本书可以说是对唐、宋、元、现当代和外国古今诗人和诗歌作品的全景式的扫描，一部中外诗史性的研究著作；

正如翟泰丰同志在本书序言中所说，是“大书”，“是一部尚无前例，难得的学术性作品”。

资料极其丰富完备

综观《解读》全书，首先震惊于它搜集资料极其丰富完备。每一篇前面，都有本篇所论对象的简介。五百位诗人的小传，搜集资料的工作该是如何地艰巨。也许有人说，网上都能查到，复制下来很容易。要知道即使能从网上全部复制这么多的资料，也是十分繁复的事情。何况事实并非如此呢。著名诗人的简介流传广泛，大同小异，不容易看出是否为复制的。现举一位不甚知名的宋朝诗人曹组的简介为例——

“百度”上对其“个人履历”是这样写的：

> 曹组，北宋词人。生卒年不详。字元宠，颍昌（今河南许昌）人。一说阳翟（今河南禹县）人。与其兄曹纬以学识见称于太学，但六次应试不第，曾著《铁砚篇》以自见。宣和三年（1121），殿试中甲，赐同进士出身。历任武阶兼阁门宣赞舍人、给事殿中等职。曾官睿思殿应制。因占对才敏，深得宋徽宗宠幸，奉诏作《艮岳百咏》诗。约于徽宗末年去世。存词36首。

《鉴赏辞典》的“诗人小传”是：

> 【曹组】字元宠，颍昌（今河南许昌）人一说阳翟（今河南禹县）人。六举不第，宣和三年（1121）殿试中甲，赐同进士出身。官止阁门宣赞舍人，睿思殿应制。有《箕颍集》，不传。词存于《乐府雅词》中，有《曹元宠词》。今辑本《箕颍词》。

《解读》关于曹组的“诗人简介”如下：

曹组，北宋词人。字元宠，又字彦章。生卒年不详。曹组能工诗文，尤善于作词，他的滑稽词于北宋末年广为流传，如《相思会》《脱银袍》等。曹组晚年深得宋徽宗宠幸一时，名气直逼柳永。曹组之词多以侧艳和滑稽下俚而著称，在北宋末曾传唱一时，但在南宋初却受到有识者的批评，甚至是鄙弃。另外，他的一些雅词，尤其是对羁旅生活进行描写的词作则显得感受真切，境界颇为深远。今存曹组之词37首、诗9首、赋1篇和几个零星残句。代表作为词作《相思会》《醉花阴》《蓦山溪》《卜算子·兰》等。

小传传主的生平事迹是不能改变的。但各撰写小传的人行文却自有特点；取的角度和选择材料也各有不同。作家在《解读·读曹组》文前的词人小传中，着重介绍传主的创作情况和作品名称，这也是切合文章题旨的；亦可证见并非复制自网络或其他著作。

《解读》所用资料之丰富，主要还在于文内的旁征博引，不仅是众多诗人和作家的小传而已。举凡经、史、子、集，别集、笔记、札记，当代评论、外国文章，等等，无不纳入其征引的范围。全书五百篇文章，粗略估计，援引的资料至少也在一千种以上。我不敢说丕植先生对他所用资料的原著都进行过通览，有些广为流传的典故也许是转引的(这并无妨)。但多数引文是不多见的。可以想见，从浩如烟海的典籍中勾出对自己文章有用的一句两句，作为讨论的论据，那该是何等艰辛的劳动啊！这些征引，丰富了《解读》文章的内涵，增强了说服力，洗练了文句，并使文章生动、活泼、增色。

解读代表作和选材的独特性相结合

上文说过，《解读》是对诗词大家及其作品的总体评价，实际上也就是简明扼要的诗人评传。因此，既要有传主生平的叙写评述，又须有对其重点作品的分析。本书平均每篇四千二百字，少则三千字，多为五千字。在这样的篇幅里，要实现上述要求是不容易的，必须高度概括，同时又具体入微。魏丕植正是这样做的。在《读白居易》中，作者非常简要地在全文的前后概述了诗人的生平：少逢离乱，中年仕进，老耽娱乐。中间对其作品进行了评析。人们都知道，白居易的重要诗篇可分两大类：一类是讽喻诗，即《新乐府》和《秦中吟》；一类是抒情诗，以《长恨歌》和《琵琶行》为代表。丕植也抓住了这两个方面，在"体察世间百态的悲悯情怀"和"琵琶长恨的浪漫情怀"两个小标题下面做起文章来。作者对重点作品也是有选择的，《新乐府》五十首，《解读》只评了一首《卖炭翁》；《秦中吟》十首，却逐一做了简评。关于《长恨歌》和《琵琶行》也各以一段文字评之。为什么要这样做？前面举的作品如果细析一首（如《琵琶行》），恐怕就得数千字。现在这样写，经过概括的生平介绍和具体的重点作品点睛相结合，在有限的篇幅空间里，一个唐代伟大诗人白居易就从字里行间活脱脱地走出来了。

对于著名诗人的代表性作品，评论总是很多很多，往往已论及毫发之细，后评者如何走出窠臼，确系难题。《解读》在这方面做得很高妙。解读杜甫，绕不过他的"三吏三别"，丕植先生一提而过，点到为止。而选择《茅屋为秋风所破歌》做了具体剖析。这也是名篇，表达出诗人悲天悯人的伟人情怀，评这首诗完全可以凸显《读杜甫》的写诗人忧国忧民的主题。《读苏轼》也是异曲而同工。众所周知，《念奴娇·赤壁怀古》和《水调歌头·明月几时有》是苏词的代表作，尤其是前者，已经成为有宋一代豪放派词的名片。丕植在文中当然须提到两词，但没有引录它们的全文；倒是照录了《定风波》

词全首和《饮湖上初晴后雨》诗全首。并加以解析。但这并未妨碍本文突出“一个无人替代,历史不能忘记……独一无二的……历经千年,依然鲜活,依然耀眼”的苏轼。

如上所述,是不是可以这样说:将所评诗人的代表作和选取他的其他作品相结合,放在其生平经历的框架里进行论述,使被评诗人的精神面貌整体化、立体化、具象化,是《解读》的一个显著特点。

把握评价诗人的准确尺度

对入书诗人的选择,《解读》也有它非同凡响的独特视角。当然,主要的、有代表性的诗人大都被评到了(这方面仍有遗珠,是不可忍避免的,不应苛求),这是题中应有之义。值得注意的是,本书选取了一部分历史评价有争议、有歧见的诗人,或者不那么著名、作品很少,甚至从未被称为诗人者入编。例如张弘范,是元初的大将,亦能文,善诗词曲。有不少作品。他由于以汉族人率元军攻灭南宋,向为人所诟病,各种诗词曲选本大都忌避选他的作品。丕植先生从中华民族的立场出发,认为,元朝“奠定了全国的统一,朝代更迭,宋元交替,这是历史进步的表现”;张弘范的“贡献和武功是有助于中国历史的前进的”。因而,在本书中,以三千多字的篇幅,给了张弘范一席地位。这不能不证明作者的胆识和勇气。

无论是在小说《水浒全传》里,还是在《宋史·徽宗纪·张叔夜传》或其他有关资料中,宋江都是一个农民起义的领导者,和诗人是扯不上边的。《解读》却钩沉出了其仅留下的一词一诗,名正言顺地迎他入书。他的那首七绝,见于《水浒全传》第三十九回,笔者一直以为是小说家之作,读了本书后,才知道真正是宋江的作品。又长了一番见识。此外,如早逝的新月派诗人方玮德、意象诗人李白凤、改行从事新闻工作的诗人玲君,今天的读者、甚至文学界业内人士，恐怕都很少知道了，本书却对他们逐一进行了解读。

评价前人，除胆识而外，更重要的是“准确”，一定要把握好臧否的尺度。郭沫若是伟人的现代诗人，中国新诗的奠基人，《女神》是他流芳百世的光辉诗作。然而，他晚期的一些诗颇遭质疑。《解读·读郭沫若》充分肯定了郭氏在新诗史上的杰出贡献，称其为文化巨人，“吹响革命诗歌戏剧的号角”。在文章的结末，作者写道：“郭沫若就像恩格斯评价歌德时所说的那样，是一个混合了伟大与渺小、天才与庸人的历史存在。”在《读蔡其矫》中，丕植先生写了这样一段话：

> 如果有人把蔡其矫的所有诗歌给以极高的评价，甚至说他是中国象征诗派的开拓者，那么我要说，读了蔡其矫的《祈求》《双虹》《也许》《风中玫瑰》《夜涛》等诗，我并不觉着有什么太过高明之处。同样，如果有人要把蔡其矫的诗说成是一文不值，甚至要把他的名字从文学史上抹杀的话，我想我也是绝不能同意的。

那么，《读顾城》呢，作者开篇第一段就说：“作为诗人的顾城为我们留下了不少值得研读的诗篇；作为惨案制造者的顾城又为我们留下了深深的遗憾和沉思。”

以上又举了三例，作家用辩证的方法对解读对象作面面观，力求客观地再现其真实面貌。足证《解读》作者在知人论世、把握评价诗人的准确尺度方面是用了心力的。

比较文学的审美视角

在《外国卷》里，作者常常从比较文学的审美视角来考察诗人及其作品。这是因为，按比较文学的理论，只能对不同语种的作家及其作品进行比较研究，理出其间的互动影响和脉络关系。

作家在解读俄罗斯诗人叶赛宁时，就以中国诗人海子与之比较。发现：

> 尽管叶赛宁谢世近40年后海子才出生，尽管他们一个在俄罗斯，一个在中国，他们却有着惊人的相似。二人都是由乡村走入城市，然后跟城市格格不入。二人同样热爱农村，批判现代城市文明。最最令人震惊但又似乎合乎情理的是，二人对自己的生命做出了同样的抉择，年纪轻轻便行自杀。

作者是这样解读这个“古洞深谜”的：叶赛宁是孤独忧郁的，“一度因为精神抑郁而住进疗养院”；写出孤独哀伤的诗《生活是忧伤迷人的幻觉》。海子也是孤独忧郁的，写出孤独心境达到极致的诗作《日记》。海子还写有一首《给叶赛宁》。经过《解读》这样一比较，读者不难看出，在性格、创作和个人结局上，海子都明显地受到叶塞宁的影响，这是无疑的。而在《解读·现代卷》里，却并未找见有关海子的篇章，我深信，丕植先生将来一定会补上这颗“遗珠”的。作者在《读叶芝》中直接指出，19世纪出生、用自己的母语和英语写作的爱尔兰诗人叶芝的诗《当你老了》，“基本上借鉴了”16世纪法语诗人龙萨的《给爱兰娜的十四行诗》。两者都是好诗。而《读龙萨》时，魏丕植又叙述龙萨深受古希腊诗人阿拉克里翁和古罗马诗人贺拉斯的影响，并译述和改写了前者的诗篇。《解读》还将古阿拉伯诗人穆太奈比的诗《不挨蜂蜇焉能得到蜂蜜》和出自中国《后汉书》的成语“不入虎穴焉得虎子”进行了比较。两者极其相似。穆太奈比到过中国，寻找过差不多早他二百年的中国诗人李白的遗踪。中国文化对他的创作产生过影响是很有可能的。这种比较文学的研究方法，可以理清不同语种、不同时代的文学现象之间的联系和影响及其发展脉络。取这个视角也显示出作者的渊博学识；读者亦可借此进行超越时空的文学巡礼。

对同一语种的不同诗人的研究，虽不属于比较文学的范围，丕植先生也常用比较的方法。他读唐朝诗人常建的《江上琴兴》，从其韵味联想到现代诗人卞之琳的《断章》；读南宋末年诗人蒋捷《一剪梅·舟过吴江》和《梅花引·荆溪阻雪》，从前者的“春愁”，后者的“愁似我”“似我愁”，想起比蒋捷早生近百年的诗人辛弃疾的“少年不识愁滋味”“而今识得愁滋味”之句和当代诗人余光中的《乡愁》。真是想象驰骋，天马行空，通古今之变啊！这也大大延伸和拓宽了读者欣赏这些诗词的时间和空间。

翟泰丰同志的序言，已经对《解读诗词大家》的文学价值、历史价值、学术价值做了全面而准确的评定。我只是拉拉杂杂写了一些读本书的感言，只能称之为漫议。现在请允许我引用泰丰的一句话来结束拙文：“这套书的出版，是中国文坛、诗坛一件喜事、大事。”

2013年6月27日

人文关怀的艺术书写

——《霁月清风集》读后

《霁月清风集》是项宗西先生新近推出的散文随笔和诗的合集，由中华书局和宁夏人民出版社于2013年2月联合出版。承他惠赠我一本，进行通读，颇有触动；因书数页于读后，以志所感。

先说书名。霁月清风是自然界的美好事物，进入作家的艺术视野，用作书名，对创作主体而言，遂成为审美客体，展示出雅致高逸的情境。作者在本书《后记》中阐释了用此书名的缘由。他先引了苏东坡《前赤壁赋》中关于清风明月的著名段落，而后写道："无论对自然界还是人文界，我们都应当怀有崇高的使命感和紧迫感，以每个人不竭的努力，使之恢复为纯洁美好、清雅脱俗，犹如清风明月般的美好境界。做事如此，行文如此，为人更应如此。"作家将清风明月从自然界引入社会意识之中，作为意象，进行隐喻和象征，艺术地表示做事要抱有清风明月一样的襟怀，行文须追求堪比清风明月的意境，为人则应秉持清风明月那样的品格。这就是作者心目中关于人生态度的价值取向，话语之间，蕴含着对社会的心灵良知和人文关怀。我觉得也是这部作品的题旨，所以用来作书名吧。

再来看整体文本。本书的主体分"散文随笔篇"和"诗词篇"两大部分，各又以内容或体裁归类划为若干小辑。"和工作有关的讲话、总结、报告等统统没有收入"，作家只是将其近一年多时间内所写的散文、随笔和诗词"归拢起来合在这一集之中"，构成他的第三部文学作品集。文学创作是个体行为，作品是作家就自己"平时所见、所思、所悟"（本书《后记》）而作的艺术书写，也就是客体的主观映像。因此，更宜于体现作家的主体性，展示其感情世界，流溢其心灵之泉，彰显其个性特征和思想境界。《霁月清风集》正是如此。

情溢于纸，是本书天幕上闪耀的一颗亮星。正文前的代序《明月清辉伴人生》就是一篇优美的抒情散文，艺术处理非常到位。作品从“又逢中秋……圆月”开篇，展开思绪飞翔，在将近结尾的倒数第二段，又回到原时原地“望月”上来，建构成完整的篇章。中间牢扣标题，紧紧围绕着明月伴随自己的人生之旅进行书写，从“牙牙学语”直到桑榆之年。写当年在前往支宁的飞驰列车上看中秋月亮对前路和命运感到茫然，写知青和明月相伴的农耕生活，写与女友在月下定情，相订终身。对月思乡，自古皆然；月夜怀友，情系千里。这些抒写，情深意浓，是作者真切的感受，也给读者同样的感受。诗人在散文中引自己曾作的小令和诗句酿成清美的意境。最后两个自然段征引李白诗和东坡词咏月的名句增浓了散文的诗氛，读后使人如临其境，不禁会感到，月白风清，如此良夜何？散文以苏词《水调歌头》的结句作结，牵人遐思向前飞行。

本书“逸怀辑”主要是回忆知青生活和同学的篇什。《人间自有真情在》也是一篇感人至深的抒情散文，描述浙江老知青艺术团重返宁夏永宁当年插队之地演出，受到当地父老乡亲热情欢迎的情景。作品的绝大多数段落，都以“你们来了”肇始，反复吟哦，结构全篇，一层递进一层，极抒老知青（当然也有作者在内）和永宁群众之间的鱼水深情。

散文本质上是主情的；散文，包括抒情散文，又几乎都是叙事的，没有叙事，情何所依托。抒情和叙事两类散文之别，不过是情和事何者为主而已。《在和“艺术总监”相处的那些日子里》《吃螃蟹逸事》《追忆》等篇都是叙事散文，同样也都是情透纸背，录下了作家永远难忘自己的那一段知青岁月的文字摄像，表达着对队友、工友和同窗的深挚友谊，不少细节描写充满生活谐趣，趣中寄情，分外生动。叙事是“再现”，抒情是“表现”，这些篇章，将“再现”和“表现”很自然地融合起来了。

“诗词篇”中也不乏抒情佳作，七律《春节抒怀》便是一例。首联状写出诗人在“雪漫边城”特定环境中“归程无计”的浓郁的客地思乡之情。颔联最为警策，可以说是“诗眼”：“半世征篷飘紫塞，一蓑烟雨化银丝。”

上句述自己浪迹天涯的漫长年月，下句“一蓑烟雨”化用昔人的诗句暗示早年插队的农耕生活，用的都是隐喻，构成清雅幽美的诗歌意象，透溢着岁月沧桑的感喟。末句“登楼好赋报春诗”，感情倏地提了上去，使整首诗成为格调昂扬之作。其他如《题焕昌独奏剧照》《（夕晖集）序诗》《赠女》等诸诗作，也都是抒情佳品，不尽列举。

文本中第二颗亮星应当是前文已提及的人文关怀。本书开宗明义第一篇，是散文《龙年贺岁》。作家在历述了过去的一年宁夏和全国社会主义现代化建设的辉煌业绩之后，笔锋陡然一转，写道：“就说春运吧，当下正有千百万农民工弟兄顶风冒雪奔波在返乡的路上。这些滋味都是我们曾经品尝过的。”作者推己及人，在春节到来之际，心系农民工回乡的艰辛，这不能不说是对社会一个广大层面的人文关怀。但文章走笔至此并没有戛然而止，而是更深入一层，将解决春运的瓶颈问题和缩短工农差距、地区差距、城乡差距，以及农民工权益保障等重大综合性议题联系起来，表达了作家的“危机意识、紧迫意识、责任意识”。这种深谋远虑，在另一个问题上也有异曲同工的表述。《杂感（二）》的副标题是《从代课教师25元的月工资说起》。作者问道：“25元能干什么？”接着叹息：“能买一包烟吧，也买不来高档的。还不值公款宴请席上一杯酒的价钱。”作品另举一则消息：“某城市一个投入8亿元使用寿命不到十年的体育中心被爆破拆除了，光爆破拆迁费用就要500万元左右。”这里引的两段文字，没有任何空泛的议论，而是将具象的事物放在了读者的面前，进行鲜明的类比和强烈的对比，促人警醒，使人憬悟。这就是散文的艺术书写。事情的结局是问题获得了圆满解决，代课教师的月工资“马上从25元提高到1000元，是原来的整整40倍”。文章写到这里，是不是就皆大欢喜地结束了呢？不是。作者更进一步引用《孟子》的话质疑有关部门以往的做法“非不能也，是不为也。”并语重心长地提请“各级公仆们深思再深思”。这样一个“凤尾”，大大拓展了作品人文关怀的深广度。范仲淹云：“居庙堂之高，则忧其民；处江湖之远，则忧其君。”表达的是封建时代优秀士大夫忠君爱民思想。他接着说“先天下之忧而忧，后天下之乐而乐”，有所超越。上述诸文继承并发扬着这种先忧后乐的文化传统，倾诉的是社会主义条件下现代公仆对自然、对社会、对平民百姓的人文关怀之情。在同一书里还有《为“草根”英雄唱响赞美之歌》，和前面所述“非不能也，是不为也”的质疑构成高反差，是这种人文关怀的延伸。《国是安危终萦心》是一篇读后感，写张国宝的那种“为国分忧，为民担责”的精神，也是作者自己心灵蕴藏的外泄，人文关怀，说到底，蕴含的就是忧国忧民的思想感情。

《霁月清风集》还有许多精彩的篇章，一组“奥运系列”（4篇）就是其中的佼佼者。作为文学作品，作家总是从具体事物讲起，在具象之上立论和驳论，伸展了雄辩的张力，以充足理由使对方陷于无可置辩的境地，也显现了创作主体洞察风云的国际视野。这当是本书的第三颗亮星。作品具在，不须详析；例证尚多，兹不再举。

宗西先生的诗词，就总体来说，富情韵，重意境，遵格律，讲音调，我以为，这就是《霁月清风集》亮起的第四颗星。前面已稍论及，现在再来解读一组《渔歌子·春芳咏》。词共五首，写了五种春花，很美。第一，色泽鲜丽：金黄、红妆、彤枝绿柳、浅紫轻粉、紫云片片。各花开放并不同时，诗人将它们集聚在一起，遂织成一幅姹紫嫣红的春芳图画。第二，各有特色。迎春花绽放于“梅尽香消柳未匀”之际，海棠则“姿艳丽，色娇娆”，等等。第三，善于用典。《海棠花》首、二句“风骤雨疏残梦遥，红妆银烛照清宵”就化用了李清照的《如梦令》、苏轼的《咏海棠》两个典。《桃花》中的“青帝”是明用典故；《紫丁香》里的“相思结”是暗用典故。这些典不生僻，不难解，用得恰到好处，增添了词的文化意蕴和优雅境界。第四，有所寄托。如“不随桃李逐红尘”（《迎春花》），“红云飘落万千家”（《桃花》），“紫云片片为君栽”（《紫丁香》）等词句，都有言外之意可寻，这就是所谓“象外之象”，意味深长，引人遐想。如果言尽而意止，那就少一点诗味了。

笔者让这篇“读后”，也来一个“言尽而意不止”，那么，暂时搁笔，将我的未尽之意就留在言外吧。

（原载《朔方》2014年第5期）

黄钟大吕铸新诗

——读《李增林诗选》

李增林先生是我的大学同窗，京华四载，前尘如梦。1958年大学毕业，我们一起来到宁夏工作，虽不在一个单位共事，然同处一城，过从遂密。增林初攻现代文学，后由于工作需要，改教中国古代文学。教学和学术研究双肩挑，造诣深湛，讲课精彩，很受学生拥戴。因此，高校职称评定恢复后，他较早地晋级教授，并出任西北第二民族学院（即今之北方民族大学）首任校长。后从政，当选为宁夏回族自治区第七、第八两届政协副主席，由学者而参政。

增林的文学生涯，肇始于1954年，于今整整花开一甲子了。六十年来，他在学术研究和文学创作两个方面齐头并进，成果丰硕。论著有《易经文学性探微》《关于诗经》《〈离骚〉通解》《古代寓言评注和故事》等多部，由此获得著名先秦文学史研究家和楚辞专家的声誉，他还主编了教育部规划的《大学语文新教材》。在文学创作方面，增林以写新诗始，继而又涉猎旧体诗词，成为了"我是一个两面派，新诗旧诗我都爱"（臧克家诗句）的"两栖"诗人。自1954年在西安的群众大会上朗诵处女作以来，诗人创作的新、旧体诗（包括词和少量楹联）有数千首之多。这些作品大都在报刊上发表过，但从未结集。近来，作者于其中筛选出近七百首，编为《李增林诗选》，分《古体诗选》《朗诵诗选》《海贝集选》（即《抒情诗选》）三册，拟付梓行。

增林是一个豪放派，他诗作的风格，如关西大汉，执大刀唱大江东去，《给大海》就是诗人新诗中的一首代表作。此诗作于1959年8月，最初刊登于1962年7月号的《宁夏文艺》；全诗分四节，共五十六行。这首诗刚一发表，就震撼了广大读者，其中也包括我，大家一致认为是一首优秀的诗篇。半个多世纪过去了。现在重读《给大海》，在今天的语境下，仍然是一首难得的佳作，时间的试金石测出了真金。李九华教授已经专文对本诗做了精辟的评析，我在这里只是补充一些重读后的感想：第一，绘出了大海雄奇壮美的形象，恢宏磅礴的气势，宽广阔大的胸怀，明澈晶亮的境界。诚如九华教授所言，这一切都是用拟人的手法表现出来的，将大海人格化了，写活了。第二，全诗都是具象化的书写，没有一句抽象空泛的话语。自20世纪70年代末、80年代初以降，人们对诗歌的审美语言，一般以“意象”取代了以往的“形象”。“意象”对于审美客体的艺术塑造，更富于创作主体的主观感情内涵。我感到，在《给大海》中，诗人热爱生活、追求光明，胸怀壮志的激越强烈的感情，借他笔下“波涛汹涌的大海”的生动的意象完全喷涌出来了，诗全以意象出之，可称为意象诗。第三，全诗是一种隐喻，或者说是一种象征，字面上写的是大海，隐喻或象征的是一种博大的精神，一种崇高的品格，一种不竭的追求。这就是诗之所以为诗也。

《给大海》是增林《朗诵诗选》中的一首。《诗选》共录有一百三十首左右，前后写作的时间跨度长，各篇的时代背景和社会环境也不尽相同，其题材、内容、表现方法更是迥异，这一系列差别，构成了《诗选》中不同诗篇的艺术个性。而时代主旋律乐曲的表达，雄浑气势的充溢，却是贯穿文本的共性，这是《诗选》思想内容和艺术风格的荦荦大端。黄钟大吕铸新诗，放声歌唱出强音，诗人的豪情奔放之作，遂形成了一首首朗诵诗篇。诗人不是超人，不能超越现实，屐痕所及，留下的少量特殊年代印迹，时过境迁，在今天看来，有未尽完善之处，并非是不自然的事。我们都是从特殊年代走过来的人。我不讳言，自己就写过假大空的诗。一种社会思潮对人的影响是群体性的，并不只是对个人而已。

社会生活是极其丰富的，与之相应，人的思想感情也是多侧面的。因之，作为社会生活的反映的产物之一的诗歌来说，“大江东去”和“晓风残月”并非完全相悖而行。宋词豪放派领军人物苏轼也有“花褪残红青杏小，燕子来时，绿水人家绕”的婉约词句；常写“女郎诗”的诗人秦少游也有“雾失楼台，月迷津渡”的阔大境界。以豪放为主调的诗人李增林也有柔情似水的诗章，其《海贝集选》（《抒情诗选》）里的约四十首诗大率如此。文本的开篇之作《遥远的一曲》中，抒情主人公（不等同于作者）回忆了初恋的情况。当心中爱慕的姑娘邀请自己参加她的婚礼时，“我”虽然很痛苦，却表现出骑士姿态：“我以深深的爱啊 / 成全了她邀请的情谊”。这种爱的无私和深厚，使我想起了一位外国诗人（记得不甚准确，大概是普希金吧）作品中抒情主人公对女友说：“我甚至希望别人也像我一样爱你”。二者有异曲同工之妙。《诗选》中有多首以“寄”为题的诗，从《一寄……》到《五寄……》寄托了抒情主人公对一位心仪的女友的深挚情谊，扣动着读者的心弦。诗里以“红玫瑰”借代那位女郎，一是隐喻其美丽，二则状其女性的自尊（玫瑰有刺）；通过隐喻，一个端庄美女的形象就凸显于读者的眼前了。此外，还有几首《雨啊……》《雨啊……你》《你走了》等篇，也都意绪绵绵、情深谊长。其中一些篇章，在抒情主人公的心目中，对所尊崇的女性，则以“红宝石”代称之，隐喻其晶莹高洁。“红玫瑰”和“红宝石”都是对女性的崇高的赞美，这就是“柔情似水”的主要美学内涵。这里再补充一点，在这些书写爱情的诗里，作为豪放派的诗人，感情也是健康爽朗、昂扬向上的，绝没有那种“寒蝉凄切”之感。

增林作旧体诗词起步虽较他写新诗为晚，但产量却丰，经筛选后录入《旧体诗选》的诗词楹联，犹有四百五十首（副）之多。通览以后，我有几点感觉——

其一，唱响时代的主旋律。这一点前文已经论及，《古体诗选》亦复如此，兹不多述。只在艺术方法上作些补充。文本中有些诗章采用赋的方法直述其事，直抒胸臆，如《七律·庆中华人民共和国建国35周年》《古风·贺中国共产党七十华诞二十韵》等，简洁明快；有的篇什咏他事而将主旋律融于其中，以比兴出之；还有的诗尾句“卒彰显其志”，《辛未春登八达岭长城》就二者兼而有之：

一帝长城百代功，登临眺望岭川雄。
五湖游子心相许，修复金瓯奔大同。

写的是长城，却蕴含着人民的期许，尾句点出了和平统一，一国两制，寄托着中华民族伟大复兴的期望。

其二，地方色彩鲜明而浓郁。增林定居宁夏已经56年，对这片热土深情似海。我没有精确统计首数，但在他的集子里，再现朔方风光的诗词比比皆是。例如《七律·仲夏沙湖游》《七绝二首·沙坡头》《七律·来去火石寨》《七律·塞上咏雪》《七律·过医圣皇甫谧故乡》《七律·纪念固原孙寿名烈士》等等，不胜枚举。从这些诗题可以看出，诗人不仅钟情于宁夏的山山水水，还关注着这里的历史、文化、政治状况。皇甫谧是我国独特的针灸医术的创始人，他的故乡安定朝那就在今天的宁夏彭阳县境。孙寿名乃是革命烈士。诗人用对自然景观和人文状态的抒写，交汇成作品的地方特征，本地人读了感到亲切，外地人读了觉得新奇。现录一首《七律·仲夏沙湖游》于下：

碧水金沙映彩霞，鹂歌岸柳伴荷花。
芦争绿簇翔鸥鹭，舟竞银波跃鲤虾。
登岸滑沙童趣漫，骑驼征远古思遐。
茅亭更喜清风度，疑步秋江澧水涯。

此诗全用意象酿造出明丽的沙湖美景。现在我们就单来谈谈意象问题。

其三，意象联翩。意象是诗歌艺术的实体和精魂的融合。诗人新诗里的意象，前文解读《给大海》时已经讨论过；他在旧体诗词创作中也很重视意象的建构，上面举的《七律·仲夏沙湖游》可以证见。再来看看《忆秦娥·悼朱东兀兄》（上半阕）“悲声咽，春寒料峭银城月。银城月。黄河哀泣，柳丝伤别”。

几乎都是意象，外加几个动词和动词性词组，渲染出一种凄凉悲伤的氛围，深深地表达出了诗人对刚刚逝去的这位同窗、同事、学兄、好友的无限哀痛之情。再如：

七绝　再到热河泉

古塞泉溢远客临，楼台依旧水山春。
多情最是离宫鸟，柳浪花间逗故人。

也全是意象。一个“依旧”，一个“故人”，准确地点明了题旨；第三、第四句将拟人的修辞格作为艺术方法，把画面、场景表现得格外生动。这就是意象在增林诗词中发挥的作用。

其四，体裁丰富多样。有四言古诗、乐府、五言古风、七言古风、古绝、五绝、七绝、五律、七律、词、楹联，几乎将古代诗歌体裁都包括齐全了；就楹联而言，从四字联、五字、六字、七字、八字直到九字联，再到多句联，齐齐扎扎，一应俱全。真可以说是旧体诗词楹联体裁大会师了。

以上就是笔者读了三集《李增林诗选》后的一些感言，现在和盘托出以就教于读者和作者。

2014年7月7日

商籁体:欧洲的格律诗

2013年,我发表了两首商籁体诗。偶与友人谈及此事,忽然想到,何不将这种诗体的来龙去脉及其在中国的翻译、移植(创作)情况书写出来,和读者与同好一起探讨之。于是梳理资料,思索内容,建构篇章,草成拙文——

商籁体为意大利语sonetto和英语、法语sonnet的音译,又称十四行诗。它是欧洲中古时期流行于意大利的一种民歌体裁,为配曲调歌唱而作,也就是歌词。这和我国的汉乐府有点儿仿佛。14世纪,意大利诗人彼特拉克(1304—1374)用商籁体形式创作了著名的《抒情诗集》,被称为"彼特拉克体"。由此,商籁体从民歌进入文人创作领域。这种情况和汉乐府于东汉时开始被引进诗坛相类。只是商籁体较汉乐府大约晚诞生千余年。如果不因年代差异而可以从比较文学的角度来考察两种诗体,也许是一个饶有兴味的研究课题。

16世纪初,商籁体被移植到英国,体式稍有变化。最初只在宫廷诗人和贵族诗人间流行,后来范围扩大,传至法国、德国等许多国家,风行全欧。仅就在英国而言,弥尔顿、拜伦、雪莱、济慈都写过商籁体诗。其体式流布至今。英国商籁体诗以17世纪初出版的《莎士比亚十四行诗集》(以下简称《莎诗》)最负盛名。19世纪英国女诗人勃朗宁夫人的爱情诗《葡萄牙人十四行诗集》也是商籁体的经典之作。不过她采用的是意大利的体式,至于为什么题名《葡萄牙人……》,历来说法纷纭。

商籁体有严谨的格律,可称之为欧洲的格律诗。其诗律的要求分四个方面:(一)行数。每首规定十四行,不能增减。(二)分节。一般分为四节，意大利式的第一、二节各四行，第三、四节各三行；英国式的前三节各四行，第四节两行。(三)节奏。即音步，每音步由轻、重两个音节构成，诗律规定每行五音步，共十个音节。(四)押韵。以每行最后一个音节为韵脚，进行押韵。意式商籁体和英式商籁体押韵形式不相同，意式的本身押韵形式也有多种。以下举意式彼特拉克体和英式莎士比亚体的押韵形式为例，每一个字母代表一行的韵脚，字母相同者为押韵。

彼特拉克体(意式)

abba//bccb//ded//ede

莎士比亚体(英式)

abab//cdcd//efef//gg

从以上的介绍，可见商籁体的诗律是很严格的。这又使我想起了我国的近体诗、词、散曲的严谨格律，两者也可以作比较文学的研究吧。

商籁体诗传入中国，被翻译为汉语诗，约摸已有一百年的历史，以翻译《莎诗》为主，20世纪初，就有《莎诗》的单篇文言译作出现，取题名为《莎氏乐府》。一个世纪以来，比较著名的译者先后有邓均吾、梁宗岱、卞之琳、朱生豪、屠岸、梁实秋、金发燊等三十余人。其中邓译较早，约在20世纪20年代。笔者见到的《莎诗》全译本(154首)有两种：一是梁宗岱译，初版于20世纪30年代初，1983年由四川人民出版社重新出版；一是屠岸译，初版于1950年，1981年上海译文出版社出新一版，次年第二次印刷，累计印数达17万册之多。70年代，梁实秋毕40年之功，翻译出版了《莎士比亚全集》，也包括《莎诗》全译本在内，但笔者未见到文本。用汉语翻译(或创作)商籁体诗，节奏，一般以“顿数”对应音步。汉语通常二字或三字为一“顿”。因此，每行以十字至十五字为宜。押韵则以汉语诗韵代之。

随着翻译介绍，我国诗人也将商籁体移植过来，用汉语创作这种体裁的作品。1930年至1932年之间，卞之琳就创作了《一个和尚》《影子》《几个人》等多首商籁体诗，不过没有在题目上标明。其中《一个和尚》节奏和押韵均注意到和商籁体格律相切合。1932年，何其芳写的《欢乐》，则是一首形式合乎规范的英式商籁体诗。1941年，冯至一连作了27首意式商籁体诗，结为《十四行集》出版。他们也有变体之作，如冯至《十四行集》里的第八首《是一个旧日的梦想》、卞之琳写于1938（或1939）年的《空军战士》，都是变体短行的商籁体，即每行字数不足五顿。这种变体《莎诗》中也有，如第一四五首每行只有四个音步。近若干年来，人们常在报刊上看到标题为《××××十四行》之类的诗，其中相当一部分除了行数相符，其他方面大都不符合商籁体的格律，笔者也写过这样的诗。当代诗人顾子欣发表过不少意式商籁体抒情诗，格律谨严，完全合乎该诗体的诗律，其题材和内容却往往呈纯粹的中国特色，如《青花瓷》《京戏》《宋元山水》……做到了洋为中用，可谓是中国传统文化内容和舶来品的形式相融合了。笔者觉得，顾子欣的商籁体诗是值得诗坛注意的。

（原载《宁夏文艺家》总第228期，2014年12月31日）

后　记

这是我的第十一本书稿，也是我的第一本文学评论选集，共收录1959年以来迄今我写的关于文学艺术的评论性和理论性的文章四十六篇。除个别篇章外，都发表过。在这一时间段里，我写的这方面之文一百四五十篇，本书选录的只占三分之一左右。未收入本书的文章大约有以下几种情况：一、我是凡人，没有敏锐的辨识能力，20世纪六七十年代，受社会大环境的影响，自己的认识也是如此，曾写并发表过几篇对一些文艺作品的"大批判"文章，至今犹觉歉疚忏悔不已。此外，还有些在当时语境下写的东西，内容和词语已不适应现在的情况。二、论述重复和内容浅薄无收录价值的篇章。三、给同一位作者写过两篇以上的评论，一般只选其中一篇。四、多年来，我给不少文艺书籍写过序，有些也带有评论的性质，但以前都依例收进我的散文集，这里不再重复编入。五、已选入《吴淮生诗文选》的文章。六、与文艺无关的评论。

本书的文章以文学评论为主，有少量的艺术评论，还有几篇阐述文艺问题的论文。并无多少精辟的宏论和创新的见解，收录编集，不过是记录作者在文学道路上的屐痕和作为个人笔墨生涯的见证之一而已。辑入的文章主要体裁为"文学论稿"，前面冠以斋名，遂成为书名：《思濂庐文学论稿选》。

本书在编选、校对和出版等方面，受到许多同仁的帮助，在这里，谨表衷心的谢忱！

作者2015年2月8日于银川